舟扬帆 ● 著

从侧面望去

"新实力"中国当代散文名家书系

河北出版传媒集团
花山文艺出版社

图书在版编目（CIP）数据

从侧面望去/舟扬帆著. —石家庄：花山文艺出版社，2016.6（2022.1重印）
ISBN 978-7-5511-2821-6

Ⅰ.①从… Ⅱ.①舟… Ⅲ.①散文集—中国—当代 Ⅳ.①I267

中国版本图书馆CIP数据核字（2016）第095936号

书　　名	：从侧面望去
著　　者	：舟扬帆
责任编辑	：李　爽
责任校对	：李　伟
美术编辑	：胡彤亮
出版发行	：花山文艺出版社（邮政编码：050061）
	（河北省石家庄市友谊北大街330号）
销售热线	：0311-88643221/29/31/32/26
传　　真	：0311-88643225
印　　刷	：三河市华东印刷有限公司
经　　销	：新华书店
开　　本	：650×940　1/16
印　　张	：17.75
字　　数	：250千字
版　　次	：2017年1月第1版
	2022年1月第2次印刷
书　　号	：ISBN 978-7-5511-2821-6
定　　价	：52.00元

（版权所有　翻印必究·印装有误　负责调换）

目录

- 001　大年初一
- 013　父亲的战争
- 023　奔向远方的梦
- 028　过　客
- 047　在黄土高坡上
- 084　经　历
- 088　饥饿简史
- 095　与基督徒共餐
- 098　歌谣 1947
- 105　一个人与一个湖
- 110　向城市回归的行军
- 113　顺着大路朝前走
- 116　犹记露天放映时
- 119　鸟群飞过天空
　　　　——兼记温兄跃渊

- 125　革命老人
- 128　先生，不仅是一座山
- 131　新时代的庄园主
- 134　走向大排档
- 137　孩子的红蜻蜓
- 139　妻是运动员
- 143　葛庆友兄
- 146　手腕上的伤口
- 149　我们的大师
- 152　殿堂上的杜仲
- 157　新房子·老房子
- 160　七月的三清山
- 163　害怕握手
- 166　敬畏生命
- 169　遗　传
- 172　照　片
- 175　十七层楼的窗口
- 182　保护我们的心灵
- 185　为阳光而感动
- 188　与汉语对话
- 191　最不著名画家季红跃
- 195　又见镜湖

199　等我十年

202　一座城市的传奇

208　错　位

210　窗含西岭千秋雪
　　　　——闲话周志友

217　大龄女孩

219　有一个美丽的传说

222　西行散记

253　纪念一个山洞

257　下　海

264　流光溢彩的童话
　　　　——韩美林侧影

272　后　记
　　　　——打酱油者说

大年初一

一

大年初一,我们要去潜山看力勋。

朋友刘力勋离开城市,来到潜山县境内、天柱山脚下、皖河岸边、水吼镇的马潭村寻了一个安静的处所住下。去年的大年初一我与俩同事去看他,下了火车,潜山县城距离马潭还有四十余里地。这一天金贵,风土习俗也特别讲究,全年有三百六十四天这一段路都交通便利,唯独大年初一,连平时争分夺秒的出租车也在家歇着不跑了。

那是我个人历史上第二个没待在家里的大年初一。上一次是三十多年前,我下放的翌年,不知怎么就心血来潮,留在农村过了一个"革命化"的春节。好像应该讲清楚,当时没有人要求我这么做,完全是自己要求自己,自觉自愿的。或许也还稍微带有一点儿对农村过年的好奇。

从1968年全社会性的知青运动蓬勃兴起,到1978年开始的下放学生返城大溃逃,经过了十一年左右。我的两位哥哥是这一阶段的第一批知青,披着红戴着花光荣地奔赴那广阔的天地。在这个历史事件中,20世纪60年代一直保持和张扬着革命冲动的这个巨大的青年群体，除了豪情壮志的铿锵之声以外，终于集体爆发出了类似于某种自我悲壮的儿女情长。当满载下放学生的专列缓缓启动的时候，汽笛一声肠已断，车厢内将去农村改天换地的知青和车窗外送别的亲友都遽然泪飞顿作倾盆雨。当时还是小学生的我没去车站，那个场景是听别人说的。我亲眼见的是，二哥在来送他的同学簇拥下刚离家不远，母亲以及莫名其妙留了下来的一名女生便放声大哭，从上午滔滔不绝地哭到了下午。我对哥哥那女同学恣肆酣畅的号啕生发出一种隐约兴奋的神秘感觉，但奇怪的是从此以后却再也没有见到过她。

二哥下放的地方属于淮河北岸的凤台县，据说在该县最富裕，可十个工分也不过才值七角多钱，饶是他那样积极在农业生产劳动中努力锻炼自己屡获各级表彰的知青先进分子，到年底生产队一结账，也就勉强不欠钱而已。但比起大哥插队落户的长丰县某地则又是云泥之差了——那年大哥所在的生产队十分工仅一角三分钱。这点儿钱肯定是养活不了人的，对农村有了更加深刻的认识之后，大哥待在队里出工的日子便有限了，每每到各地知青点串联着玩，潇洒地绕一圈以后就回了城。他的理由是，那个破地方兔子都不拉屎，在城里就是没事上街埋头走路，一天也不只捡到一角三分钱。所以他下放那两年，并没有多少机会接受贫下中农再教育，当然，更没有兴趣去身体力行地实践被寄托于一代青年改造落后乡村的社会理想了。

二

大年初一，我们要去潜山看力勋。

我是 1975 年下放潜山的。这时候的下放知青与当初"大有作为"的豪迈构想实际上已经没有了多大的关联，而且也不再以之前的分散插队落户为主要形式。艰苦的农村生活、繁重的农业劳动和微薄的农作收入——城乡经济的剪刀差,决定了无论是到农村去的知青本人还是在城市里的知青家庭,很快都把下放看作是一场放逐的徭役。而农民,由于本来就不太够填饱肚子的口粮又给知青舀走了几碗,内心里也不欢迎他们的到来。从乡村基层的社会结构上就矛盾重重,知青事故不可避免地层出不穷。等到我去农村时,知青政策已经作了一些调整,不仅按人头拨有建房款、个人下放的前三年财政给予一定的生活补助,并且将过去散落于各生产小队的知青户归拢起来,一个生产大队建立一个知青场集中管理。

大约每个知青和知青家庭都把知青政策中的一条规定记得分外清楚:下放整整满两年后才有参军、招工和推荐上大学的资格。所以1968年的下放知青,最早是1970年离开的农村。这就为后继者们树立起了目标,没人真正愿意在贫瘠的农村扎根,远大志向固然是美好的,可惜愈是远大愈是遥不可及,只有这个"两年"的目标深入人心。1970年以后的下放学生,在整体上与他们的知青前辈发生了很大的改变,前者尚有一个被冠以理想名义的出发点,而后者没有出发点,只有"两年"之后何时能够招工回城的目标。从时间上看,1968年的下放学生正是1966年的红卫兵小将,他们以飞蛾扑火的壮丽姿态投身广阔天地,未必不是一股革命激情的伸延续展,但也不过就是两年的工夫,那种勃发的激情便彻底地化解为个人就业步骤的不得已选择了。

刘力勋与我同龄,他下放在国营的普济圩农场,每月有二十元左右固定工资,在当年的社会价值的认知上似乎比到农村挣工分强。他们过的是标准的集体化生活,吃食堂,统一参加劳动,最低要求的温饱不成问题。但是国营农场里下放学生栖落得比麻雀还多,若按正常的渠道及程序回城,从天上掉下来上调名额正好落到头上的概率可堪比中奖。

我是一个例外，不具有标本价值。上高中时我有两个愿望，一是打仗，二是下放，总之就是迫不及待地想离开家的束缚，没心没肺地跑到外面的世界去走走。根据当时的知青政策我有两地可选，其实随便到哪儿都不用担心上调问题，我则毫不犹豫地选择了离家相对更远的潜山县，下放在了一个原本并不接收知青的区办集体小农场。场里共有十几个中老年男性农民，我单独一名下放学生待在那儿是比较寂寞的，落雨天不出工我有时会到周边大队的知青场去玩。不过，他们更喜欢没事往我这儿跑。小农场有炕坊、鱼塘，猪圈里还有两三头猪，在不同的季节食堂会适时用孵不出小鸡的"旺蛋"，自产的鱼、肉来改善生活，特别在农忙"双抢"时节，每天中午必有一份荤腥，全年的伙食平均水准比当地的知青场要高得多。尤其重要的是，一个工分日的十分工值一元零八分（按照相关的分配政策规定还可提高至两元多钱，然而区里只批这么多，否则就可能超过区干部的工资水平了）。如果知道农场自产的蔬菜不管荤素每份二分钱（少数外购的只计购买价成本），你就会明白这个一元零八分是多么值钱，远远超出它的币面价值。我除了抽几支烟再无其他开支，直到今天我都还觉得那一时期真是富足——居然有钱花不完。我打算购一支气枪打鸟玩，被场领导劝阻，后便买了一块手表。当年全中国的手表只有四个品牌：南京生产的钟山牌表，30元。上海制造的钻石牌表，105元；宝石花牌表，110元；上海牌表，120元。我就买最贵的上海牌，很对得起自己的虚荣心。

　　那个小农场的富裕，是因为它只有十几亩主要用于培育稻种的水田，其他便是孵鸡、鱼苗、碾米磨面等副业，还有一辆拖拉机跑运输。20世纪七八十年代形容热门职业的一句顺口溜："四个轮子一把刀，白衣战士红旗飘。"其中"四个轮子"指的是汽车司机。不过在农村"四个轮子"将拖拉机也囊括了进去，驾驶员的经济和社会地位都明显高出普通社员不止一筹，同样也十分吃香。小农场的一名拖拉机驾驶员娶的就是下放学生。在有关知青上调的所有规定中，面向的都是未婚下放学生，一旦在农村成家则意味着放弃了回城，在这里面我不一概地否定爱情，但爱情这时也需要痛下决心。

三

大年初一，我们要去潜山看力勋。

我1976年第一次到潜山的水吼镇去，就是乘坐小农场的拖拉机。过去人们还按老习惯把水吼称"岭"。一路颠簸着往山里去，公路贴着皖河像一浊一清的两条飘带，沿途三祖寺、野人寨、水吼岭，地名匪夷所思，令人想入非非。天柱山又名"皖山"，而皖河是叫潜河的，因了山才又有别名。这皖山皖水即是安徽简称"皖"的由来。皖水此时尚未脱开皖山的怀抱，极清凌妩媚，又闲情逸致，还不乏泼辣的野性，在葱茏的叠翠中飘逸而出。河对面山坡的竹林间挑出小村的屋角，缀出一条弯曲细长的小径，轻巧随意地搭到水边。浅石滩上泛起着散文诗一般轻盈的浪朵，白花花的。水清澈见底，河心却蕴积了一团稀奇的绿，浓得像是浮又像是沉在那儿，丰腴的颜色，若画，水粉画。那是一口很深的水凼，竹排经过时长篙打不到底，当地人叫潭。人在河这边举手掌作话筒状喊数声，不多时，从诗画里便悠悠地撑过来了一张竹排……

大概又过了八九年，刘力勋背着一只青春的行囊也第一次走进了这片青山绿水。他当然同样也必须循着这条砂土公路前往，但不知是经哪一处渡过的河，一步一步地跫入了大山里去。这时的力勋与八九年前的我区别是，知青身份早已成为曾经的往事，他在一家树大根深的国家单位享受着一份枝叶丰茂的俸禄。但他并不感到富足，那年头我们好像都不宽裕，工资到手留下必要的生活费用之后，剩下的三下五除二就花光了，喝酒或者买书。好在 20 世纪 80 年代没人会问你有无幸福感，我们却又仿佛总是怀有无数欣悦的理由。可是一切事物都非要有个理由吗，也许我们的心灵就是最好的理由。很难说得清力勋为什么一定要寻找去那偏僻的小山村，在一位乡村教师家里盘桓多日，留下一段印象心灵远足的不可磨灭的印象。按说，从理论上他也可算是今天的驴友前辈了。

其实在农村时我挺羡慕像力勋他们那样下放在国营农场的知青，你会有一大帮不分青红皂白的同伙，别说生活中其他方面的有趣了，就是打架也多是打他个不亦乐乎的群架。

下放学生在乡村总体上声名狼藉，大多数农民的眼里他们几乎就是游手好闲、偷鸡摸狗、打架斗殴的近义词。不过，我倒沾了知青"声名狼藉"的光。虽然农村不是军队你不至于愚蠢到要去那里当将军，但一个曾想打仗又想下放的傻小子，我确实是准备在农村锤炼锤炼自己的体魄和意志，为将来进而孔明退而渊明劳其筋骨一番。我犹如跟自己有仇似的，时常逮住了自己就不饶过，一次冬天挑塘泥，脚底生了个疮，结果不疼还罢了，一疼我就非要踩着它硬扛。小农场人见我的劳动态度虔诚而勤恳，几乎就是反射他们印象中"坏"知青的一面镜子，绝对为下放学生好榜样，欣慰得不得了，待我像亲人一样。那年春节我没回城，他们恨不得把我拉扯分了去各家过大年初一。后来我离开农场的那一天，好几位四五十岁的汉子舍不得的泪水都淌得跟孩子似的。

还沾了一个光：小农场人在生产、生活中与外人发生争执时，若我在场即便奉上一副知书达理的友善面孔，外人一般也不会太嚣张——谁愿意轻易招惹"声名狼藉"窝里扒拉出来的同伙啊？此类事不多见却也不是绝无仅有。左邻的一个生产队与小农场有地界纠纷，农场的性质属于区办集体，土地同农场职工的个人没有直接的产权关系，但对于生产队社员不啻等同于可传代的家产了，所以一旦发生冲突，生产队有明火执仗的积极性，而农场就没人愿意动员自己个人的身躯去捍卫集体的利益了，久而久之，只剩下了忍气吞声的份。我最早一次遭遇对方铲草皮竟然铲到场里来了时并不知情，但看着那些来历不明的锄头感觉眼睛里揉进了沙子，浑身不舒服，于是上前质问，社员声称是生产队和农场的旧账，叫我这个下放学生不要管。我更生气了，以我的脚底下为三八线，谁敢越过必有战事。农场本来无人伸头，见长驱直入的社员们一时踌躇起来，这才出来献声圆场，双方都给一个面子。

　　以后那生产队的社员倒也不再什么时候都毫无顾忌地无事生非了。其实我又不准备争当烈士，哪会傻到真的一个人去招呼一大堆锄头？历史上的对峙农场从来没有捞到过便宜，这次没落下风，在农场人看来就是小胜。事后场里那个拖拉机驾驶员兴奋地问我，你能打过几个人？我想想，伸出一根手指头。他很失望，提起一个外号叫"黄狗"的下放学生，钦慕地说他一个人能打过他们整个生产队。

　　在当地人的字眼里，"狗"可不仅仅代称那一点儿看家护院的虚张声势，还包含着具有一种野性的凶猛，像狐狸，叫毛狗；豺狼，叫豺狗。

　　"黄狗"我见过，是上海老知青，下放已经八年，要是一个生产队的日本鬼子也该被他打败了。在当地农村毕竟上海知青的社会关系稀薄，相对本省下放学生而言他们上调更难。八年实在是一个恐怖的时间长度，令人望而生畏。若放在我身上简直不敢想象，虽然小农场的经济条件不错，可生活还是单调、清苦的，地里长什么就只有吃什么，如山芋收回来了，这两个月下饭的菜肴除了改善伙食的那几顿之外，其余顿顿都是山芋丝，直到收获的山芋吃完了为止。弄得我工作以后多少年都还拒绝山芋。农活也繁重劳累，眼一睁便下田干活，尤其"双抢"季节，早出晚归，两头不见太阳，晒得跟非洲原住民似的。在许多枯燥难耐的昼夜，你都会感到一日长于百年。

上海人在我们的习惯印象中通常都是温文尔雅的，我不知道"黄狗"刚下放时的状况，反正随着年复一年的招工无望之后，他逐渐成了"声名狼藉"的代表性人物，传说一个人能打过一个生产队了。

我辞别农村后，便无从知晓上海知青"黄狗"的下落，想必若无重大利好的个人因素出现，他就很有可能拖到1978年知青大回城的浪潮涌起，才在浪潮席卷之下顺势冲走。

后来人们从不同角度揣度过知青运动发起的缘由。不论当年领袖的初衷究竟是什么吧，在客观上都延迟了中国就业危机的呼啸而来，把这个隐性的社会问题打进了千千万万知识青年上山下乡的背包里。终于，到了1978年，绑扎这只巨大背包的绳索不可遏制地被撑开了，使得整个社会忧虑重重的就业问题立即像无数只小蟑螂疾快地爬出来，在蓝天阳光下散开向四面八方。

四

大年初一，我们要去潜山看力勋。

想当年下放，他从乡村拼死拼活地返回城市，如今又逃离城市来到乡村，但这不是轮回，两者毫无关联。现阶段有关城市与乡村，段子里是这样说的：农村人刚吃上肉，城市人又开始吃素了；农村人刚用白纸擦屁股，城市人又开始用它擦嘴了；农村人刚在城里买了房子，城市人又开始搬到乡下去住了……这就是我们今天的调侃。

可能力勋也是用调侃的眼光睥睨一下身后的城市，拍拍屁股便二度重返马潭了。又是二十多年过去，马潭变了样，变成了一处游客嬉玩的风景区，那高速公路、民居小楼、竹筏漂流，无不演示着时代的进步。不用说，力勋也变样了，他的心态可能要复杂了一些，这一次更像是逃避着什么？或者暗暗地期许着什么？他没有再次渡达皖河的彼岸，而是在此岸驻足于一所民居，长住，宛若一个懒惰的农夫守株待兔。上一次是彼岸，这一次是此岸，但没有红尘万丈，也没有禅意机锋，就是鸡犬相闻的平常日子。如拜年短信多见的一句：岁月静好。

力勋离开城市时我们便已约好要去看他，只是并未确定将会是哪一天。潜山当地的习俗大年初一不出远门，却竟然有朋友自远方来，在村民看来非同小可，力勋情绪高涨得在我们到达之前的中午便已现了酒意。于是晚上继续醉，酩酊到第二天。我们返行，又约好明年也就是今年再来，还是过年的欢喜时节。

今年力勋不断有消息传来：租居的房子进行了装修，做了个移风易俗的小举动，安装了据说是马潭村唯一的一只抽水马桶，种了菜、养了鸡……然后就等待着这一个新年春节的到来。

在大年之前首先来到的是小年，腊月二十三一帮朋友聚到了一块儿。其中的晋，是"文革"前的老知青。他和他的妻子是"同一战壕里的战友"，在邢燕子那个时代就上山下乡了，落户农村的时间，比1968年领袖关于知识青年接受贫下中农再教育"很有必要"的指示传达以后的任何下放学生都长。我想象他们当年的乡村生存境况应该不会比后来者更好，不过有时提及过去的事情，他们会不自觉地流露些许青春和岁月、激情与温馨、奋斗同自豪的心绪表达。我听到过对他们的采访者和那一拨先行者知青自己的叙述，他们会围在煤油灯前学习《矛盾论》《实践论》《愚公移山》，还有《哥达纲领批判》，会在劳动的罅隙进行有关个人、集体、社会、环境、改造、建设的严肃思考，他们身上革命精神的火花十分鲜艳，与后来的我们泾渭有别。我妄自揣测，或许是那时还没有强调"接受再教育"，身为农村背景下"有知识的"青年一分子，他们受到建设社会主义新农村的一腔革命热情的驱动，都怀有一点改造落后山乡的自觉意识。当然我也明白，在历史事件中，人们的现场感受同情境之后的遥远回顾，有时会发生无意识遗漏后的明显差异，犹如空气中的微粒水珠，在特定条件下形成海市蜃楼的虚幻远景一样。不过，我仍然愿意相信，虽然那时一切的行动都不由分说地命名以革命的前提，但晋和他的"插友"们上山下乡的革命热情中，可能也不缺乏有社会改良的内在品质。我从未因为过往对于知青运动述说的一言难尽，便降低过对晋和他的插友们个人的敬意。

1969年我到二哥下放的地方去玩，见识过这样一名老知青，林。当地的农民和下放学生都非常钦佩他，哥哥在路上就和我说起过林，村外一片瓜地埂有三座坟，一个吊死、一个淹死、一个屈死，三个不得好死的冤鬼聚在一起，夜晚不祥的动静传播得悬乎其悬，没人敢单独在那片瓜地守夜看护，只有林不信邪，一个人去破除迷信。我掂了掂自己的胆量，不得不对他敬仰了几分。林晒得黑不溜秋、裤腿卷到膝盖上、赤着大脚丫，见到他时我的眼珠不转了，在我的小脑袋瓜子里这完全就是一个彻头彻尾的农民，从外表形象上丝毫看不出遗存有城市的一点一滴。我也赤脚在田埂上走了几步，赶忙又套上了鞋，滋味很扎心。我几乎是立刻便崇拜林了。他乐天开朗，走路喜欢吹口哨，会吹许多我闻所未闻的歌曲，离得老远你就知道他过来了，以后我再也未遇到过谁能把口哨吹得那么响亮那么悠扬。用今天的语言形容就是，他浑身散发着一种人格魅力。过了好多年，我都清晰地记得他光着一双脚、走路大步流星的模样。我下放时也打赤脚、也吹口哨，不知有无他早年的影响？林多次得到招工的名额，却都推让给了别人，恢复高考以后才离去。他的父母都是教育工作者，后来他自己也成为一名幼师的美术教员。

1977年10月份，广播里宣布恢复高考的消息像一阵风刮过田野，大多数知青闻讯都丢下手中的农具，呼啦一声地回城复习去了。日后潮涌而起的知青大回城，源头实际上滥觞于此。翌年，仍然还在农村坚持出工劳动的下放学生大为稀少，到了1979年，广阔的田野里便基本上不见知青的脚印了。

五

大年初一，我们要去潜山看力勋。

去年，我们从马潭告辞力勋踏上返程，三人在潜山县城闲逛了一个下午。改变是相当彻底的，别说那青石路面古朴陈旧的老街，就连当年不陈旧的新街都不翼而飞，没有一个记忆中的画面滑过我的眼帘，无处不陌生。我下放的后期曾被县里抽到县档案馆帮忙整理档案，在这儿住过一段时间，每天吃过晚饭后便不知该如何打发日子了，百无聊赖地在大街小巷信步乱窜，足迹遍布全城。我并不是一个喜欢沉湎于陈年旧事的人，但是在这个既熟稔又生疏的地方，心底还是发出了一些幽幽的感慨。

下放农村，是我独立走向社会、认识生活的第一步，我是隐有某些感怀之念的。不过我也担心这些真实的感念，很有可能却是浮托在小农场生活的无忧以及对上调回城的无虑之上，一种时过境迁的站着说话腰不疼的虚假觉悟。如果我下放在一个整劳力干一天只能挣得到一角三分钱，甚至更低的地方，而且还不知这种日子何时才能熬到头，前途渺茫，我又将会怀有怎样的感念？我不愿想象。

事实上，当下放刚满整两年时，我就不想在农村继续待下去了。下放时我带去了两只箱子，其中一只的箱底装有一些书，这些书我不知翻了多少遍。不干活时我最常做的事，是一个人在山野林间、塘埂田边遐想独步，回到屋子就是记日记、写信。给所有亲近的朋友写，有时一天要写好几封，有时则一封要好几天才能写完。谁也架不住我如此疯狂地写信，总是寄出去的多于收到的复信。我后来想，从那时起我就开始与文字休戚与共、甘苦同舟了，直到现在。所以我相信，当历史具体到个人的身上时，是带有其指纹印痕的。

那时我想不到，将来有一天，曾经的知青刘力勋会回到农村种了菜、养了鸡，等待着我们这一个春节再来看他。

腊月二十八，是今年节气中的大寒，下午纷纷扬扬地飘落了雪花。望着窗外我陡然想了起来，我的一位朋友，就是在一个大雪天从肥东县他下放的生产队连夜赶到撮镇送一份招工表，因为翌日就是最后的期限。不知道这份表为什么直到最后一天才给他，名副其实的最后的幸运。窗外的雪花不算大，不过天气预报说，大别山区有大到暴雪，要是道路积雪结冰，尚在路上往家赶的人们就够呛了！

春运是中国交通线上一年一度剧烈的社会"痛经"。期间世界上最庞大的打工群，带着愤怒、欣慰、失落、温馨等等丰富的生活表情，有钱没钱回家过年。就业是我们的一个社会问题，也是一个经济问题。不知中国春运史有无开端的记载？依我看，最早的春运就是从知青运动为起始，过去农民都被绑捆在了脚下的一亩三分地上，很多人甚至一辈子都没走出过本乡本土，春节附近集中性流动的人群只有奋不顾身的下放学生大军。或许知青运动也是一次与春运相似的社会"痛经"，它既是一个社会问题，也是一个经济问题，两者都和就业相关，而就业问题又是20世纪五六十年代中国人口失控结果的一个衍生物。知青和农民工同属候鸟，春运不堪重负，如今连大年三十都是人满为患。

唯有大年初一，乡间俗约，不出远门。这一天真是个言不由衷的日子：它是春节，却不一定是春始；它决定了一个人的属相，然而年龄却与它无关，可是它却是一年中最有动静的一天。这一天，我们要去潜山看力勋。

2012年1月

父亲的战争

兄弟姊妹中,就我和二姐从未回过老家。前些年我玩笑般地提议过,适宜的时候我要带女儿回一趟老家,看看祖坟的风水。风水说自诞生后走的就是神秘路线,曾被斥为迷信而几近绝迹,但如今起死回生,很多人尤其是商人好像宁愿被风水幸运地迷信一把。并且,在堪舆学里大概它还是一门学问,大学讲堂上由专家传授相关知识呢。我不懂堪舆又不是商人,但我却固执地认为我们家的老坟头上是冒青烟的。如果一个人置身于战争的最前沿,又毫发未伤地从炮火弹片的罅隙中穿插了过来,足见是有祖宗福祉护佑的。父亲即如此。

父亲十二三岁时读过两年私塾,以后不会看书只会"读"书,所有出版物到了他的手里都像捧了只麦克风,抑扬顿挫念念有词,在家学习马列著作也是这般吟哦诵唱。在20世纪二三十年代的中国农村,父亲差不多也勉强算是受到过教育的孩子了。继而他在村子里种田,干农活也许是农民生涯中最枯燥繁重也最无乐趣感的劳作,我猜想父亲一定很痛恨在水田里风吹日晒还累得死人,才一年他便又学了裁缝。父亲的针线活出类拔萃,满手锦绣,母亲也擅女红,但我们几个小时候衣裳上的补丁常是父亲的手艺,那多足虫细爪一样紧密匀称的针脚,若不仔细分辨会被误为缝纫机的杰作。我想,读私塾以及其后那两年的时光,对父亲的人生具有深远的历史意义:识字说明多少有了点儿文化,学裁缝的经历比在田里盘弄泥巴肯定也要多长些社会见识，而更关键的则是意味着这个乡村少年的内心不安于现状了，这是一种思想的潜觉醒，意识到人生片断的某些新追求比做农活更有意思。后来果不其然，闭塞的山村到底未能留住这个心变野了的年轻人，他终于离家上路要去觐见更广阔的世面，走进了一段激荡着热血青春的危险的战争之旅。

母亲曾用恨铁不成钢的口吻责备我的某些行为特别像父亲。母亲当然比我更了解父亲，但她白夸奖了我，比起父亲我差得远。试举例一二：我的酒量一般上了桌子是堪堪自保岌岌可危，却大都在豪爽、厚道的假象下被高估了，而父亲，他的酒量比我们兄弟几个都大得多，所以相对较少出现虚假繁荣造成的不雅后果；父亲少时曾把家里养的一头猪赶到队伍上去宰杀了打牙祭，我虽也有把家里挂在树上晒的咸肉偷了几大块，送邻友与其同学聚餐所用的壮举，但二者的根本区别是，前者的那头猪给包括父亲在内的革命者制造了一场开赴抗日前线的壮行宴，它壮烈牺牲，不负使命，死得其所，而我贡献出的斤两不菲的肉制品，其下落既与我没有任何关系亦无其他特殊的重大意义。

这样说吧，大概我的天资不能算太薄但也不厚，自认就是开智很迟，是一个懵懵懂懂的人，即便如今对待许多世间万物懵懂依然。

几年前我去土地革命时期鄂豫皖苏区首府的河南新县采风，我从小受的就是革命传统教育，然而站在那片血染的土地上我还是意外地震撼了。我想在那个峥嵘崎岖的岁月里，红色战旗下除了极少数是接受了马列主义的先驱觉悟者，其他有为吃粮而扛枪的，有因亲人"闹红"跟在后面的，而最大一部分的人，恐怕还是年轻活跃茂盛丰沛的生命力向黑暗沉寂的朽旧社会的灵肉冲撞，纯粹就是由于燃烧起一股青春烈焰而奔向战场的。这些人一旦融入了那股沸腾的时代洪流中，他们就共同怀着一种硕大的理想——实际上这个理想非常遥远，他们中大多数人应该都并不清楚自己的未来究竟是什么，可就是那个理想的光芒照耀着他们义无反顾地向前冲杀。那是真正的抛头颅洒热血，在箭厂河乡，国军和还乡团打回来后，山过火石过刀，命若草芥血流成河，一万七千多乡亲活下来的不到三分之一，七十多年后的今天，人口也才繁衍到一万五千人，还没有恢复至当时。这个数字令人无法不震撼！也许在我的头脑里，需要重新认识曾经舍生忘死的那一辈人，和他们那场被我们无意中解构了很多细节的战争。时势造英雄，现在我相信，是风起云涌的革命激情，唤醒了那一代人蛰伏在血液中的生命激情。时代不一样，人也不一样了。

在我少年时代的记忆里，铭刻最深的是父亲管教方式的严厉，而怎么也想不真切我们之间有过多少亲情交流的温馨场景，这是他们那一辈大多数当兵人的通病，仿佛父亲不是在家里，而是在他的战壕中用望远镜遥望掩体外的儿子，看这糊涂小子能不能拉开枪栓。当然，你对战壕中的他也无从了解。有关父亲早期的经历，在他老年住进了医院以后才偶尔对我们叙述过一点。

走出大山的父亲既团结紧张又严肃活泼，干什么都有一股新鲜劲，作战胆大，几仗打下来后即被上级选送旅教导队培训，一名青年军官就这样简明扼要地诞生了。父亲认为，那一次的培训学习很关键。但我想，父亲的看法未免本末倒置了，除了打仗勇猛外，他本身识字兼精通针线活，应该也是在那个普遍文盲加上生活水准低下的日子里，区别于一般普通战士的重大长处，自然亦是他进步较快的原因之一。如有风水先生或可解释为父亲读私塾、学裁缝时，我们家的老坟头上便已经青烟袅绕了。当年父亲所在队伍开拔出大别山区他的家乡时，有几个同村伙伴原本是随他一道踏上漫长征途的，最后一脚终又缩了回来，我猜度，很可能那几个没读书也没学裁缝。

父亲的"私塾"和"裁缝"之于他，组合出了"学习"一词的完整含义。读书是典型的脑力劳动,本质为"学",学而时习之,缝纫活儿就是标准的"习"了,熟能生巧飞针走线。很显然,再加上部队的那次培训,在"学习"这个问题上父亲是个既得利益者,所以读过私塾的小裁缝革命成功以后,格外重视他的子女们的学习教育问题。

父亲的理想是他的孩子统统能够上大学,每日最好他眼一睁就看见你在读课文,即使遭遇他自己被打翻在地的"文革"期间,也不肯松懈对我们学习方面的严苛要求。可惜他的手段过于简单粗暴,只有高压强迫政策的那一招。一次我不甘心被锁在家里温习功课,从又高又窄的摇头窗子偷偷爬了出去后不巧又给父亲撞上了,大怒之下他居然足足追了我好几里路,那是中国式家庭教育的经典一幕,父和子、追与逃,要不是最后我跑进了一片巷道横七竖八的迷宫般的居民棚户区里,凭着对地形的稔熟,不要命地钻巷穿门终于摆脱了他,差一点儿就给他当场拿获就地惩办了。所以后来我对女儿的学业教育,就绝不愿从父亲的角度再给她增加一层多余的压力。

我上学过早,在父亲教我认字年龄的前几年我便已经开始痴迷课外读物了,几十年至今已成为一种生活习惯,在家无事时唯有翻书。当时很多字不认识,都是拔出萝卜带出泥,大致可能也许所以地毛估带猜。山东的三舅来探亲,见小小的一个人儿煞有介事地抱着一本厚厚的繁体竖排《西游记》,不觉好笑,你看得懂吗?他指着一个"獃"字问我怎么读。字形与"凯"差不多,我回答大约读"凯",与"呆"的意思差不多,"獃子"类似是指"呆子"。三舅笑了,解释这个"獃"其实就是"呆"字的繁体,知道了我果真看得懂。然而我也有毛病,习性散漫,捞到手边的都是菜,一味地浏览,不求甚解,不晓得该做一做笔记及研究。以后更是忘性大于记性了,有时别人谈起半天才恍然想起原来自己看过。所以有那饱学朋友要批判我不读书不读报,我唯唯应诺,虽不敢不看书不敢不看报,但只是看，的确不敢当一个"读"字。

父亲的文化程度比较低，他对书本和读书人似乎有一种天然的敬重感。我幼年时期家里就有两个很大的书橱，满满当当地堆满了书——在20世纪五六十年代，除了少数知识分子的家庭，寻常工农分子出身的人家是难得见到。这些书大部分都不知他从哪儿弄回来的，对培养我们学习兴趣提供了有益的基础。他从来没有阻止过我们热爱课外阅读，除了强调学校功课是第一位的之外，顶多强制早睡早起，夜晚想把小说看下去你得和他斗智斗勇。在整个青少年时期，我的内心深处可能与父亲都有一种温和的对峙。温和是我的性格，对峙是青春的叛逆，我抵抗一切外来的压迫，只愿意做自己喜欢做的事情。这种抵抗的形式不激烈，然而它是根深蒂固和绵绵不绝的，如同经久历年的海浪一层一层地覆盖过岁月的沙滩，一直延伸到了青春不再的后来。

也许每一个男孩子都做过少年英雄梦。幼时我的脾气格外古怪，惹翻了打滚放赖比犟驴还犟，但奇异的是只要不闹腾我又胆小、老实、温顺，极其内向，安安静静、不声不响地沉浸在自己的世界里。我可以一个人坐在床上把被子散乱开，堆成脑海中的大山，用象棋、军棋或扑克分成红蓝两军，摆来放去地指挥它们在"山区"攻防打仗，自言自语自得其趣，一玩就是半天。我上中学时学会了抽烟喝酒和锻炼身体，除了我错误地觉得当时和以后都实在无处可用的外语之外，数理化语文地理政治也是我所有在校期间学习得最活色生香的多彩时期，身心与文化都得到综合、全面的健康发展，精神饱满得特别盼望爆发第三次世界大战。后来到了20世纪80年代，一度武侠热，我借工作单位的学校阅览室之便，几乎把市面上的武侠书籍一网打尽。那段时间走在路上说不定就手上脚下骤然攒了劲，蕴含壮士大侠的奇峻胸怀，假想着对道边的法桐、电线杆或是一辆从远而近的汽车暗暗发功，痛下杀手，轰然打断或击毁。这些，都是我的一个人的战争。

　　至于我和父亲之间的战争，好像是集中发生在我的小学生时期，如果归纳为一句话，就是围绕着强权与自由的不平等对话所造成的不对称战争，主要的表现形式为弱国无外交，儿子不得不被动挨打。这种局面，在70年代忽然就得到了改变。父亲从"干校"归来时，我已经升入初中，父与子各自的环境和身体条件都有所变化。父亲变了，虽然他的行动仍近似于军人那么站如松行如风，但对我们明显比过去慈祥和蔼了许多。本来我以为这是经受过"文革"的暴风骤雨触及灵魂的功效，但是等到终于我也知天命了以后，有一天幡然醒悟，真正能够改变人的唯有时光沙漏落于人身心的蚀影，父亲的变化是因为他老了，他的锐意和锐气都已在无形中消散而去。我迷迷惑惑地想，会不会还有一个原因：是否他意识到孩子读的书比他多、学历比他高，从文化心态上他蓦然也自觉劣势了？文化这个东西虽然看不见摸不着，但它也正厉害在这儿，润物细无声，决胜于无形。我知道这个理由有点儿勉强，不过我习惯了懵懂地看待问题。给父亲一个数学方程式他能解得开吗？他也只有迅速地矫枉过正，管教政策宽松到只要老师班干不来家访，就假设我是一名热爱学习的好学生。或者哪怕来家访了，如果不是学习方面的十恶不赦，处理起来也留有余地给予出路。

　　直到今天我都不明白父亲从哪儿得出的结论，他以为我的功课成绩很好，奇怪的是这与我初中同学的印象中居然也相吻合，实际上那时我学习并不特别努力，而且平时成绩也不像父亲以为的那么超群出众。每逢家里来了客人，他一般都不会忽略掉了我，总是不乏表面批评其实炫耀地向客人批评我身上有"骄""娇"二气——该时期的社会主流用语之一。我有幸在合肥师范附小初中班读的初中，那儿犹如"文革"中后期的一座孤悬世外的小岛，是一个稀有的学习氛围浓厚的校园。当时尽管我喜欢把课外时间都用于去玩，翌日总是要辛苦女班干追在后面索讨作业本，但鉴于成绩公布排名榜上墙，涉及了我那一点儿可歌可泣的虚荣心，每当考试前我都还是全力以赴地临时抱佛脚的。好在，圣明的佛祖也保佑我！在我以后体验过的所有的学制教育课程中，仿佛只是初中课本上的知识至今尚有不少还记在脑子里，余者早已还给老师了，或当时就压根没从老师那儿学过来。所以真要给自己的学历取一个相近值的话，我还是老老实实地自认为初中毕业生为宜，免得心虚，那些接着混时间再后来混文凭读的学校不过是大言不惭、虚张声势，只能做做样子而已。

我见过父亲填的表格，文化程度：初中。如此我俩差不多。但要是知道我坦白自己的文化程度实际上也就相仿于初中，能把父亲气死。前半辈子他都在与天斗其乐无穷、与地斗其乐无穷、与人斗其乐无穷，却就是没把我这个糊涂小子的文化程度斗得比他高。父亲和他们那一代人，经历着从一个阶级推翻另外一个阶级暴力行动的武装斗争，到1949年以后的社会主义建设热潮和历次急风暴雨式的政治运动，是他们的历史宿命，不以个人的意志为转移。50年代后父亲的编年史似乎可以波峰浪谷为记：1954年洪涝，母亲不知是褒扬还是数落过，职任在身的父亲几乎就没有回过家，不是在江岸就是到河堤，小车不倒只管推；1969年大水，"文革"已从文斗升级到武斗，父亲的处境危险，我们全家避难于巢湖之畔的乡下，小隐；1991年洪水，夜半时分我家前面的小河内涝泛滥，清晨机关大院里已是一片汪洋，我抱着女儿走下台阶，她望见门前游泳池一般鳞波荡漾，不禁快乐地叫了起来。如果允许她下水玩，她宁愿不被送到她爷爷家去住——其时，父亲早已离休在家里颐养天年了。

父亲的战争理应是该打完了。事实上，以后的很多年他都不太了解这个正在发生着深刻变化的时代了，不太明白人们的生活观、道德观、价值观等等都在发生着急遽的转变，不太清楚社会上的沟坎墙壑以及除旧布新。年逾九旬的父亲参透了生死关，常说如今的每一天他都是赚的，他无须再为生活中的烦恼而烦恼，心态彻底的开朗祥和了。生命的最后两年他就是这样开朗祥和地长期驻扎在医院里。父亲一生中的最后一次愤怒，是他奋力挣扎着不让医生护士们把自己捆绑到推往重症监护室的车子上去。久病成医的父亲稔熟医院以及自己的各种境况，他以一个老人的羸弱、敏感而不相信医生这时说的话，他不肯被隔离进重症监护室，不肯做喉咙切管手术，术后就无法说话简直太可怕了，他只想留在病房有子女陪伴着像留在家里一样。然而，现在他已经当不了自己的家了，他必须被送进那个他感到恐怖的地方。医院的重症监护室近似于是一处高档消费场所，它最放心和最欢迎的是如父亲这样费用全部由纳税人埋单的患者。那间重症监护室愉悦地迎来了父亲的入住，耗费了很大力气才把他送进来的医生们欣慰地感慨，没见过脾气这么大的老爷子。

其实医生遇见的是强弩之末的父亲，他只剩下了风烛残年，哪里还有什么脾气？"文革"时期我们家生活异常困难，转业在当地工作的以前父亲部队上的一名老兵闻知，寻来给我们家以帮助，他仍然像过去一样称父亲首长，还高低要请父亲去他那儿吃过饭，或许因为我是家里最小的男孩，父亲带我去难得地改善一下生活。客人就是父亲和我，他们俩喝着酒叙说过去，借以宣泄今日。酒后返回，路过四牌楼工农兵商店时正好快要打烊了，一名工作人员拦着不让进，憋攒了一肚子火的父亲发作了，低声吼："要是搁以前，老子枪毙了你！"吓得那人惊惶地抵上门。父亲一转身，走！我跟在父亲的身后，两个人一大一小，一高一矮，一前一后，啪哒啪哒地走，回家。

医生当然不会知道，父亲已经很多年都没有发过火了。曾经父亲心梗，几次被120送进医院。每次医嘱绝对不能再喝酒。住院是一件特别烦闷的事情，可是病灶老是拖着一个小尾巴，一日父亲申请回家，其实是偷偷地溜去饭店喝酒了。翌日检查医生十分奇怪，怎么病况突然大好，有如神助！父亲暗笑，出院。以后每天一顿小酒，把日子滋润着过就是。

那天我接到大姐的电话，说要给父亲喉咙切管、上呼吸机的事情，大家的意见不一致。我能想到那些对立的意见和与意见一样对立的脸色，我还能想到快把病房住穿了的父亲不在意生死，只在意与亲人在一起。大姐焦急，医生说，切管后等恢复得好了，把管口封起来还能照常说话；医生说，假如不切管，老爷子也许今天晚上、也许明天、也许……谁也不敢打保票……我倾听着大姐的焦急，其实听到第一个"也许"我们就已经没有也许了。如果说我们担忧以后会后悔的话，我们更害怕明天、今天……很快就后悔。我从外地回来后，与家人们守在重症监护室的门外，在走廊上我们遇到一名在南京读书的医学硕士，她的爷爷也被热烈动员做喉咙切管手术，是她及时赶回坚决地阻止了，她说如此高龄的虚弱的老人做这个手术怎么可能恢复？白挨一刀后就躺在重症监护室里等着吧。过了十多天医学硕士的爷爷从重症监护室转移回病房，当时我特别羡慕她读的专业，猛然就想起了大约十年前采访我国著名肿瘤专家李同度先生时，老教授涩涩地说过一句话：一家最好要有一个学医的，看病就不会吃亏了。回想起老教授的告诫，我的心里特别难受。我们不懂治疗，我们只能心揪着。坦率地说，作为患者的亲属我不敢不信任医生，但是在这个人们相互缺乏信任感的消费时代我确实又不敢完全信任医生，剩下的问题是我们该信任谁？或许这就是现实中我们个人所面临的焦虑而荒诞的抉择两难。

那位尊敬的重症监护室主任尤其恳切地多次阐述过手术的各种理由，其中一条无比扣人心弦：老爷子革命了一辈子，为什么不让他享受到最新的医疗科技进步成果？

是的，为什么不！于是，从被送进重症监护室开始，父亲便永远躺在病床上，无法说话，切断了与亲人的一切交流，或一成不变地昏睡，或一成不变地望着天花板，一成不变地"享受"了七个多月——最新的——医疗科技——进步成果。墙壁粉刷得真白，时间流淌得真慢，在那么漫长的无言的日子里，不知父亲是否还耿耿于怀，被捆绑到车上时他抗争地怒斥：……你们是绑架……

这是父亲留给我们和留给这个世界上的最后一句话！是役，父亲完败。

父亲走了。父亲终于走了。这是我心底最隐蔽的大逆不道的真实想法。父亲肯定厌恶极了那个弥漫着化学药品气味的苍白寂寞的空间，现在他的灵魂终于可以挣脱插了很多管子的枯瘦的身体，抛开尘世所有羁绊地纵情一跃，重新回到他喜欢的天地中去。既然母亲说我身上的很多缺点都与父亲相像，那么我就有理由以己之心地深信，父亲他会渴望逃逸这种背离生命意义的羁绊。

走出医院，我长长地呼了一口混杂着医药味的赤裸裸的浊气。回到家，我想为父亲写点文字，第一次写父亲，想了很多，却似漫无边际又似思维枯竭，竟都落实不到纸上，叹口气，免了。也许父亲也是这样想的。为父亲最后送行时，我们静悄悄地守在灵前，让他静悄悄地走亦如静悄悄地来。也许父亲也是这样想的。挂在殡仪馆灵堂上有两句话，很冠冕堂皇而又万籁无声：少年传檄为收拾山河社稷旧乾坤踏破征程万里挥戈皖苏鲁，老骥伏枥要烛照子孙纲常新岁月阅尽春秋九旬归魂大别山。

呜呼，父亲化作了一缕青烟，飘去。

2011 年 9 月

奔向远方的梦

大约是九岁或者十岁那年,有了第一次远足的经历。

那是生活相当贫乏的年代,在成长的岁月似乎所有的零食都能激起我极大的兴趣,水果尤其是难得一尝的奢侈品。自从听说西方远郊的蚕场有大片大片的桑园后,紫红的桑葚儿就几度出现在我那孩童彩色的梦乡里。终于挨到了期冀着的季节,一个星期天的凌晨,我把书包里的课本掏出来,塞进前一日晚饭时预谋偷藏起来的几只炕饺,就挎着出门了。和初升的太阳一道,穿过整个城市,走向郊野,走入一个少年的美丽的憧憬。这是一次秘密行动,没钱坐公交车,也根本就没有想过要乘车,凭一双小脚丫,往返大概有五十多里路。饿了自有干粮,渴了像小鹿一样趴在石头塘边饮水,曾听母亲说过,战争年代在野外,遇到干净水塘先吐一口唾沫,若唾沫散开便可喝。这个经验当然不科学,但兵荒马乱的世道亦可将之当作"科学"罢。整整一天,归来已经日薄西山。家里的大人发了一阵急,他们是吃午饭时才意识到从早晨就一直没见着我人影了,找了一圈,但包括我平时最要好的伙伴也不知道我的踪迹。那一日的结果是,当父母得知我跑到城市另一边的郊区去了,吓了一跳,居然没再过多地指责,只是告诫:以后到稍远一点的地方去玩,必须告诉家里的大人,以便到时候万一需要的话,晓得该往哪个方向去找。与如今时刻罩在父母视界之内的独生子女们比较起来,当年孩子的快乐天堂是多么宽广。

我如一只飞翔的鸟儿降落了回来,小伙伴们个个都羡慕得要命,他们吃惊我把桑林描述成天上的云彩一般,那怎么可能呢,又不是羊群!但我真理在握,我采撷回来的大半书包桑葚儿令他们瞠目结舌,我有发言权,我说,一棵桑就是一朵云,人在望不到边的桑园里溜达就像走在天上。

九岁或者十岁的那一年,我梦中的天空上,一棵桑就是一朵云。

十二岁时,真正意义上地出了一次远门。夜里,雾气濡湿迷迷蒙蒙,哥哥去和司机交涉通融,我先抓着铁扶手往火车头的顶上爬。上面已经有了三五个阴鸷的身影,我刚露头就有人凶狠地嚷,哎,小孩,不许上来。我还是爬了上去。他们问,小孩到哪去。我老老实实地说了淮河北岸的一个地名。很凶的人仍然要撵我下去。这时火车拉响了一声汽笛,水汽近似于细雨,哥哥还没上来,我不知道司机究竟是否会允许哥哥和我搭车,又害怕火车意外地开了而哥哥却跟不上,剩我一个人在这黑漆漆的夜里面对这帮恶狠狠的家伙。我蓦然感到极度的孤独和无援,我哇地哭了。很凶的人更生气了,说你一个男子汉,哭什么哭!那是我这辈子首次被别人称为"男子汉",感觉十分奇特,泪水立马收了,暗暗地吸了一个肚子,脖子犟得跟小公鸡一样,我决定不再回答他的任何问题。终于哥哥上来了,几个人一搭话,原来大家都是知青。

火车启动了,夜幕里竟还飘起了雨丝。在那个年月里我是一个自卑而郁悒的小学生,自五年级或四年级下学期起开始长期逃学,起因不明,或许是前一年在另一个校园内曾被高年级学生抢去一枚心爱的领袖像章,我屈辱、愤怒而又胆小不敢反抗,于是对外在环境产生抗拒的心理,随后因搬家转来了这所学校,下意识地总想逃避这个更加陌生的新集体。每天早晨背着书包上学去,半途鞋子一转弯便偏离了校门。其实逃学是一名孤独儿童的一段心灵孤旅。有一日我像往常一样徘徊在常去玩的那片地方的一条铁道上,望着两根铁轨伸向未知的远方,也不知为何勾起了我自卑的心绪,陡然的无比惆怅,不知自己明天、后天以及后天的后天该怎么办。这是我第一次对人生的未来产生了深深的忧虑,尽管当时我还只是一个混沌未开的孩子。那时学校很像一圈乱糟糟的羊栏,牧人并不在意某只小羊儿在哪儿溜达,很久很久以后家人终于发现了我的逃学行迹,采取过一些阶段性的措施,却都没有达到过长治久安的效果。我就是一个忧郁的流浪少年,漂泊在自己的心灵孤旅之中,除此我又能流浪何处?我从未离开过这座城市,也没有坐过火车,我非常神往那种铁轨上的风驰电掣,想一想都觉得迷人。哥哥曾许愿,适当的时候带我去农村看看,他是希望农村那种贫困的生活能够给我一些教育。我自然不会考虑到有关教育的问题,我一直期待着的是远行的本身,但我不曾想象,是在这样的一个细雨霏霏的夜晚,和一帮陌生人坐在无遮无拦的火车头顶部,身上沾附着烟煤燃烧后从烟囱口冒出的雨点般飘落的黑色颗粒,开始了我的远行。

下一站火车刚停,我们都被雨逼了下来,找一节闷罐子车厢钻进去。车厢里的感觉比车头上当然是天壤之别,只可惜好景不长,在淮南九龙岗车站被一个戴红袖章的查获,每人罚款二十元。原本不坐客车就是为了省下票钱,这下亏大了。我对铁路线的认识,从第一天起就记忆尤为深刻。

哥哥在凤台县插队落户,据说那个公社是全县最好的公社,他们大队又是该公社工分值最高的大队,即便这样,他们的生活依然艰苦异常,知青们有时没菜吃,就用咸盐拌饭,可想而知,那年月淮北农村的生活水平是多么的低下。哥哥下放期间我一共去过两次,第二回是寒冬,寒风呼号,雪片儿狂舞,皑皑的平原上凄迷苍茫。都说小孩子不怕冷,吃过晚饭哥哥他们一帮知青在屋子里聊天,我听一会儿没劲,便跑到外面雪地上疯去了。正玩得浑身发热,倏然,耳畔飘来一阵熟悉的旋律，我扭头望去，呆了，在风雪交加中，那只被白塑料纸糊着的窗洞里透出一盏油灯的光芒，屋里的人在唱《国际歌》，简直和电影镜头里的情景一模一样。我起了一身鸡皮疙瘩，心里直感动。说来也许别人不相信，当时我想到了大革命时期的一种悲壮和一种雄壮，天晓得还是毛孩子少年的我怎么会冒出了这么个奇怪的念头。以后我没问过哥哥他们，我始终也不明白他们那天为什么突然唱起了《国际歌》，但我的胸膛为某种旋律而怦怦大跳，我的情感为某种音乐所融化的那次，可用一个词形容——开天辟地。后来我就一直无法忘却撼动了我心灵的那一刻。

　　远方的风景永远充满了诱惑。那年暑假和朋友喝酒聊到了大海，我俩偏偏都没见过海，一时兴起，当即拍定第二天就去北戴河，要见识一下蓝色的海洋！回到家，对这样年轻的冲动之举，夫妻之间不可避免地爆发了一场激烈的争论，我悄悄丢下一封苦恼人的信，转身溜之大吉了。那封信遣词造句登峰造极，非常有感染力，看得老婆哇哇大哭，不过她掉眼泪时我已经坐在了火车上。

　　20世纪80年代，差不多是中国在正常的交通秩序下铁路最不堪重负的时期，一路上累得要死，到秦皇岛在朋友那儿草草地吃了顿饭，碗一丢就迫不及待地要去海边。穿越那道防风林时我都没想到大海竟会如此遽然地隆起着凸现在眼前，一点儿不夸张，感觉就是"隆起"的"凸现"的！我骇了一大跳，半晌说不出话来。原来这就是……海！秦皇岛的朋友催我下去，我结结巴巴地说，风这么大怎么游？朋友诧异了，哪来的风？我伸手试试，果然，这是一个无风的日子。原来无风也真是三尺浪！我滋生了一种恐惧。平素我喜欢自吹水性，但下了海我始终不敢往远处游去。我主动喝了一口海水，比想象中要咸得多，但似乎并不苦；上了岸我又故意不用淡水冲洗，也并不难受，仿佛倒是更通体净爽。看来一切的体验必须是你自己的，对你而言才是真实的。

远方的梦总是出现在我们的脑海，梦编织着我们的时光，点染着我们的岁月，曾有那一股热情、一缕向往，或许还有一丝怅惘伴随其中，收藏在我们的心扉。而大约只有经历了年年岁岁的寻梦之后蓦然回首，我们才能领悟，梦是在远方，然而那个"远方"，其实就是我们的内心。

从这个意义上说，梦同时也就在我们自己的身旁。

2005 年 8 月

过 客

在火车上

有点不舒服，嗓子也莫名其妙地哑了，我到自己的卧铺档爬到中铺上躺下，不久，一阵急剧的骚动喧哗把我从假寐中惊起。事情的缘由，是我们一位女士的照相机电池在隔壁档走道旁的一块插座板上正充着电，被一个来历不明的小伙子拔下来换上了他自己的手机，边充电边不停地打电话。我们的女士无意中发现这个粗暴的无礼行为，她愤懑地斥责小伙子，后者辩解他当时喊了，问插座上的电池是谁的，无人应答，他就给拔了。他的辩解实在太强词夺理，而且那种满不在乎的口吻、声调和神情构成的态度令女士更加不快，我们的一名男士冲了过去声援，事态有升级的可能，好在等我赶紧跳下铺位时，我们的男士已经被旁人拉了回来。那小伙子是个生面孔，独行者，看不出来这儿有他的铺位，应该是刚从当雄车站登车的不速之客，随机地进了这个卧铺车厢，好像这条道儿他走得稔熟，完全是踏在自家一亩三分地的田埂上。那不客气神态，一屁股垛在别人这个靠走道的下铺边沿，一只胳膊斜斜地撑着身子，继续打他的电话。他很年轻，二十多岁的模样，野外工作者的肤色，头发桀骜不驯地散乱着，打电话时一口四川腔，我知道在这个高原上最多的外来人口就是四川籍的。川音耐听，酷似那山重水复中流淌出的抑扬顿挫，某些音节拉出了三分绵长，特别有质感，不是唱戏胜似唱戏，很适合抒情，即使一朝翻脸了，悠悠的长腔变成了杀气腾腾的硬朗，也是那种听起来要延宕至秋后才动手的斩立决。不过你若真是以为还有一个秋后的话，说不定眨眼的工夫人家就已出招了。我本来是准备过来拉架的，充当一下军事缓冲地带的作用，此刻拍拍他的肩膀，哑着嗓子说了几句息事宁人的话。小伙子的身材不算健壮，但是挺拔、精悍，他不吭声，目光阴鸷凶狠，边听电话，边像一条吐着芯子的蝮蛇歹毒地盯着我。我嘴角一丝浅笑，退回到这边的窗口旁坐下，侧望着外面的山野。正是大多数旅客午后休息的时间段，周围归于了平静。小伙子的这个电话漫长得很，要不就是他连续打了好几个电话，说的好像都是钢管等材料方面的事宜，对方似乎就在这条铁路沿线附近的哪个地方，也许是某种勘探点或者什么工地上，感觉这小伙子的终点可能不会太远，说不准下一站就到了。列车行驶在高原上，玻璃窗内外是两个世界，密封的车厢里源源不断地吹着氧，温暖怡人。我收回视线，取了本书来，跷着腿坐那儿看，不知什么时候我差点儿都快忘记了之前的冲突和那个不客气的小伙子，也不知什么时候他漫长的电话终于结束了。

　　刚才是哪个在他跟前指手画脚的！小伙子走了过来，目光向前边的卧铺档寻找，挑衅地问道。现在，他的川音改成了普通话。

　　他到底还是过来了！我坐着没动，仍然跷着腿，低头看书。有两只脚在我的腿前停住，我继续低着头，瞄这双鞋子，翻一页书，心想这个家伙不省事，还冒失。

　　你干吗？想打架啊！我们的那名男士从后边的卧铺上一跃而下。他曾经当过兵，身手尚不失矫健，此时并不畏惧局部的小规模有限战争。我放下挡住了过道的跷着的腿，在两者之间站了起来。

不过还没待我这个"军事缓冲区"正式启用，狭窄的走道上立刻挤满了人，矛头都直指小伙子，爆发出一阵暴风骤雨般的激烈的谴责。周围是我们的同行者，小伙子成为众矢之的，一下子掉进了强大舆论愤怒声讨的旋涡之中，他绝对想不到会突然陷入这样难堪的境地，原先那股嚣张的气焰顿时熄灭了，一时间竟惶然不知所措，进退两难，狼狈极了。我笑笑，依旧哑着嗓子说几句息事宁人的话，拍拍他肩膀，把他推了回去。小伙子仓皇后退时，我们的一位同行者Z先生也回到了他的铺位，还在大声地继续发出对小伙子最后的愤慨：他这个人的素质怎么这样差，他应该向那位女士道歉！这句话给我的印象格外深，在一片呵斥指责鞭挞批判中，每个人表达情绪的语言风格都不同，这一句的特别是在于，它的表述太文明了，针对的又是一个野性的莽撞的太不文明的年轻人，反差尤其强烈。我隐隐地感觉小伙子好像被刺了一下。

这件不愉快的小事到此为止，终于可以彻底地抛在脑后，那个小伙子回到那边就再无声息了，他肯定感到沮丧，自讨了一个无趣的结果。没有谁会再注意他的存在了，车厢里人们本来就是陌路相逢，走道上轻轻地一侧身便彼此交错而过，何况是一个令人忍不住白眼相加的他！

一个女孩坐在我的对面。女孩家在河南，这一趟是陪父母到西藏来做皮草生意的，现在回郑州，没有买到卧铺票，暂时在我们车厢里待着。她不知道在车上能否补到卧铺票，隐约地流露出了一丝杌陧，再就是似乎由于挤占了别人的空间而小心和歉意。我们聊到了皮草，但她对牦牛和寒羊的皮毛兴趣并不太大，她懊恼的是到了西藏，居然没能进布达拉宫。在这个问题上我比较理解她，的确是一个遗憾。

列车的喇叭播音预告，前方将要到达那曲车站。列车上的播音有点儿奇怪，仿佛全中国的列车都是专门训练出来的一种广播口音，普通话都统一说得不够标准，又都统一的很够温软。过了那曲之后，将能在车上看到措那湖，据说湖面像一块巨大的碧玉落在了高原上，我觉得自己这时非常向往列车驶过那曲。

那个小伙子果然真是在那曲下车，他朝这边走来，依然挺拔而精悍，经过这儿时他停住了脚步，顿了一顿，蓦然显得有些羞怯，用力地大声说，他向那位阿姨道歉，刚才他太冲动了，中午多喝了点酒，对不起！

这一幕完全出人意料，谁都想不到。小伙子往前走去，随后车厢里引起了一阵热议。小伙子很快消失在过道那头，河南女孩的父母原先就坐在小伙子那边窗口的座位上，目睹了争执前后的全过程，此时赞叹地说了一声，这还差不多！我的目光在站台上寻找着，小伙子出现了，他背着一只马桶包，朝站外走去。我目送着他的背影，希望他能望一眼这个窗口，我会向他招招手。小伙子自然不晓得有一个陌生的人打算向他招手，他头也不回地离去，走出车站，走向原野。不知为什么，小伙子后来令人惊愕的转变，我总觉得主要就是因为Z先生的那句话击中了他，或许可以理解成这就是文明的力量。一句文明的语言，首先也意味着是在把对方视为文明的人，它本身也是一种潜在的尊重，唤醒对方内心里的某种文明的意识。

小伙子背着马桶包的身影我特别特别的熟悉，曾经绝大多数下放知青的肩上都挎有过这样一只桶形的包，它是流行于20世纪70年代的一种时尚，也是当初一种青春放逐的书写。那时的我们和今天这个小伙子一样，背着一只装满了青春的激情冲动的马桶包，走出一个个车站，走向一片片原野，抛洒掉一年又一年像列车这么飞快奔驰的年轻时光。

列车飞快地奔驰在高原上，但你向远处看时却感觉不到速度的飞快，宛若我们只是在一毫一分地慢慢离去。我取出包里的《西藏交通旅游图》，寻找前方还有哪些草原、冰川、雪峰、湖泊。人在高原上，撞击你心灵的都是那种波澜壮阔的感受，像海水一样涌来，把你淹没，有时你觉得仿佛缺氧似的恍惚，空间与时间在恍惚中置换——前天、昨天甚至刚刚才发生的事情转瞬即成过去式，不知是一时还是一地，只知道身为旅人我们企望着前面未知的景色更加美得惊心动魄。

终于，前面窗口有人发出惊叹，远处看到了藏羚羊，一只、两只……毛色混杂在大自然的底版里不太好认，旁边便又有人急忙地问在哪儿。过去这一片土地是藏羚羊的乐园，它们安详、娴雅、毫不设防地漫步在草滩上，可是以后的某一天，荒野里响起了利欲熏心的枪声，乐园变作了偷猎者的靶场，藏羚羊的数量急剧减少，终于成了濒危的物种，从此它们变得无比惊惧了，时刻警惕地张望着这个危机四伏的世界。我不是藏羚羊，我不知道它们是如何看待这种直立行走被称为"人"的动物，然而有一点我明白，"人"，是我们对自己的命名，藏羚羊未必赞同，它完全可能使用另外一个危险的发音来表示。

高架桥贯穿荒野，状若浮在地表之上的一道长虹。长虹的下面是野生动物的通道，列车在虹上疾驶，我们像从空中飘过。无论是一棵树、一座山、一条河，或者一只藏羚羊，我们都是对方的过客。

在藏羚羊的眼里，我们大概不是人，而是列车——一条滑行着的巨大的怪物。这个世界真是太奇怪了。

布达拉

这张《西藏交通旅游图》上面的广告图片太多了一些，我在近日逗留过的地方逐次瞄上一眼，随即折起来塞进旅行包里。我的手触到了一只小塑料袋，里面装着铅笔、橡皮、本子之类的学习用品，我把它们带来现在又将带了回去，我怔了怔，拉起旅行包拉链的过程中思绪涣散了一刻，随后我的目光投向了窗外。汽车在大道上行驶，沿途道边的地里生长有庄稼，从市中心到郊外的贡嘎火车站，是我们离开拉萨之前的最后一段里程。

这是一个再见的时刻。或者应该扬扬手，拜拜。我想起一个藏族姑娘。藏族女子多叫卓玛，男子多叫扎西。前两日在拉萨的一家东北饺子馆里，我以为那位服务员是卓玛，她却说叫拉姆。我知道卓玛是指仙女，问她拉姆呢，原来是月亮的意思。临走时我说拉姆再见，心里是说，月亮再见。她扬扬手，说扎西拜拜。

在此之前，昨天，是预定安排的最后一个项目：参观布达拉宫。当时我不可能知道，后来在火车上我将要碰到一个陪父母进藏办事的河南女孩，这一次她来了西藏，却没有机缘进入布达拉宫。她羡慕地瞧着我，困惑地问，你们怎么买到门票的？她跟着父母在布达拉宫的外围转了一圈，悻悻地望着那些从宫殿下来的人群，人家怎么就那样走运？

"布达拉"是普陀罗的译音，意为菩萨居住的宫殿——这个名字令人心向往之。果然，游人如过江之鲫，前赴后继，挤得水泄不通。这是一道无解之题，管理方不得不严厉规定，凡入门后必须在一小时内参观结束离去。但加以限制也只不过是增快了一点儿流速，依然比肩接踵，人满为患，解决不了根本的市场需求问题。大千世界只有一座布达拉宫，所以我相信这个问题是永远无法解决的。

江湖人言，走过路过，不要错过。

错过了肯定就是一种遗憾，没有进过布达拉宫，能算来过西藏吗？进殿之后你立即会震撼于所有的金碧辉煌和所有的神玄奇奥，巡睃着经幡、燃灯、佛像……追踪着导游的解说，在川流不息的人群中穿行。导游对西藏的历史烂熟于胸，解说得干脆利索，宛若执了一柄风快的短刀，把那些故事一片一片薄薄地削下来端呈给你。

为了文物保护计，很多宫殿都关闭了，在庞大的复杂的布达拉宫里，游客走的仅仅是一段规定的路线，更多的奥秘都遮掩在狭道的背后与人们擦肩而过。导游很有经验，尽量避开那些最拥挤的地方，领着我们有所选择有所取舍地跳跃着前进。我如游进浩瀚海底珊瑚礁群中的一条旗鱼，奋力划摆尾鳍匆匆地穿梭过其中一隅，几乎正是一个小时刚到，我又重新回到了蓝天白云的下面。蓝天真蓝，白云真白，阳光真光……亮，不过对面远处的山顶上云雾阴沉密布，好像有一阵雨正在缓慢地推移过来。下山的路，有点儿像从天上飘落人间，拐过两道弯后，我在一面矮墙上抱膝坐下，回首仰望这座巨大的迷宫，暗想，你，仍然不能算来过西藏。

对于我这样一个生活在内陆省份视野又很狭窄的人来说，在很长的一段时期内西藏的遥远不仅是地理上的，更是心理上的，它几乎就相当于是天边的海市蜃楼，一片雪域的幻境。许多年前，朋友雪曾跑过几趟西藏，他跟我说，下次我喊你一块儿去。当时我吓了一跳，西藏？不是开玩笑吧！

我的同事、画家D也到过几次西藏，最早一趟他走的是川藏公路，"蜀道难，难于上青天"差不多就是当年这条路的真实写照，它真是一条蜀道从四川通向了世界屋脊的"青天"；D最近的一次去西藏则是去年，天堑已经变成了坦途，如果除高原反应带来的不适之外，就相当于走亲戚一般轻松地周游了一圈。而D最为幸运的是得到了在西藏工作的朋友——我们一位老乡的襄助，在老乡的安排下，D跟着消防队员的后面在布达拉宫里面跑了一个遍。像这般幸运，后来有一个河南女孩想都不敢想，她就是站到了布达拉宫广场上，都不敢做近在咫尺的幻想。

布达拉宫广场是开放性的广场。开放性意味着不用买门票，你可以随意地走进去，中国所有的城市都建有至少这么一个开放性的广场，供市民随意地嬉乐游玩。一条大道把广场分隔成了两块，靠近宫殿的那一边车水马龙，游人如织，这一边的草坪上则相对安逸、休闲得多，有少数漫步的市民，几对依偎的情侣，还有几个类似我们这样拍照留影的外地游客。我从广场上朝那个方向仰望，也许这是展示布达拉宫全景最好的视角，我明白了电视或宣传品上常见的那幅眼熟的画面之源头何在。雄伟的宫殿依山而建，海拔3700多米，离山脚的绝对高程也有200多米，站在广场看去需要仰望，站在市内任何一处的街道上看它都需要仰望。它是矗立于拉萨市中心的地理坐标，也是沧桑西藏的历史掌故，同时还是一座巨大的迷宫。明天我将会像一条鱼，游进参观布达拉宫人群的溪流中。

雅鲁藏布

之前我们是从后藏重镇的日喀则市出发，不久便行驶在同雅鲁藏布江宽阔河谷平行的一条公路上了。道路十分平坦，与内地的高等级公路并无多少区别，只是道边的山坡上偶尔会有危石眈眈，虽然一些坡段拉上了铁丝网，但想必当真有巨石或泥石流顺势冲来时，这种防范大约只可算是一种心理上的宽慰。

顺着江畔的公路，我们返回拉萨。不过这道水，纵然它浑浊、汹涌、湍急、滚滚向前，可充其量也只能算是夸张了一些的溪流，实在不像是那条传说中的亚洲大河——雅鲁藏布江。藏语的雅鲁藏布江意为"高山流下的雪水"，青藏高原是这道"高山流下的雪水"的幼年摇篮和青少年成长期，我们途经的这一段，大约可以视为其少年阶段，再往下去还会有一条条支流血脉一般地注入它的躯体，使它渐渐地丰饶起来，变得朝气蓬勃、英气逼人，青年的雅鲁藏布江继续一路奔腾而去，冲开了一道闻名遐迩的雅鲁藏布大峡谷，终于成长为一条惊涛骇浪的巨龙，又掉头甩尾奔向印度、孟加拉。进入印度后它就改名叫布拉马普特拉河了，这是出自梵语，取"梵天之子"的意思。藏民把雅鲁藏布江视为"母亲河"，就像我们看待长江与黄河一样。对河流赋予某种特殊的情感，似乎是人类的共性，不知这与最初的生命是来自于水里有无内在的关系？

我们每一个人的生命成长，又何尝不是一条时光河溪的潺潺流淌呢？在我的幼年，正好赶上了"三年困难时期"，有关这一阶段人们最深刻的记忆就是吃不饱饭，那时我年龄太小记事不多，所记得的似乎也没有那种强烈的感同身受了。有关于"吃"，好像反倒是在我的少年时期，才成了真正需要严重对待的问题。有几件事记忆格外清晰："文革"期间家里的情况比较糟糕，长年难得一见荤腥，零食就更不用提了，平时我对一切食品都抱着一种贪得无厌的极大兴趣，有一天逃学在街上游荡，猛然间发现地上有一粒椭圆形的扁扁的黄色药片——我的第一反应它是药片——但那时药片少见有这么漂亮的彩色的，更关键的在于我多么希望它不是药片，而是一粒异形的小糖豆子就好了。捡起放进嘴里，居然发甜，大喜，不料外面的糖衣化尽，里面奇苦——原来真是药片；另一事是1969年发大水，我家附近有一条小河造成内涝，我用一只小推网居然网到了一把小草虾，母亲烧了一碗汤给正在生病的妹妹吃。我网虾有功，给尝了几口，真个是鲜美啊，之后很多年里都没忘掉那沁人肺腑的滋味，至此喝过的汤也再没类似的那样鲜美。别人我不知道，我自己的少年似乎就是一个吃出来的成长史，有一次哥哥的一位朋友H带他的弟弟和我到外面去玩，买了一个西瓜在摊子上吃，H和他弟弟都尽情地大快朵颐，我却不紧不慢地斯文地吃着，他俩都笑我怎么吃得这么慢，却不知我是故意克制冲动保持住一副自尊的吃相，因为我知道自己有一个广为流传的"好吃"的名声。不过这种克制是很痛苦的，所以那时常呆想，要是人不用穿衣吃饭就暖了饱了，那该多好啊。虽然我晓得这是梦想。

2002年夏天我第一次到新疆去的时候，梦幻般地发现倘若当年我们家生活在这儿，那遍地的瓜果当真是允许一个少年满足口腹之欲的。在我们的习惯性印象中，似乎南边总是代表着雨水丰沛、山明水秀，总是要比北边风和日丽、气候宜人，我当然清楚新疆和西藏在地图上的位置，但我却从未真切地想过新疆的正南是高原西藏，是唐古拉、喜马拉雅还有冈底斯山，那儿的环境气候却要恶劣得多。

后来我查过地图，雅鲁藏布江发源于冈底斯山，沿着山脉的走向一泻千里，到了号称"小江南"的林芝地区拐了一道大弯流入印度。它的上游是世界上海拔最高的大河，如果让我来起名，我会称它"天河"。

为了安全起见，西藏的公路上严禁汽车超速行驶，城市之间设有检查站分段计时，按照规定的速度/里程换算时间，不得提前到达目的地。驾驶员都很有经验，一般时间不会相差太多，有时见到有车辆无缘无故地靠在道边，仿佛停得莫名其妙，其实可能就是人家跑得快了，在这儿耗掉一点儿时间呢。

从日喀则到拉萨，我们的车共停过两次。一次停车是因为从那儿可以遥望一个山顶。那座山顶是天葬台，此时正有青烟袅袅飘散，导游说我们的运气不错，碰到了上面正在举行葬仪。我记不清自己最早是什么时候知晓这种葬礼形式的，也许就是通过很多年前一篇西藏题材的小说。天葬台离公路或者说离我们所站的位置比较遥远，如果事先不预知的话，遥望着那个遥远的山顶，像我这样愚钝的人，不会想到那一缕青烟的特殊意义和超凡境界。前后有好几辆旅游的汽车鸣笛而过，还有几辆停下以及离去，我明白这些车辆驶过或者停下都各有各的理由。在这一段视界开阔的公路上，其实你可以选择在任何一处的道边驶过或者停下。昨天导游神情庄重严肃地劝说我们增加几个自费项目，作为回报，他免费赠送我们观看天葬台和游览布达拉宫广场。这名导游年轻而精干，据介绍拥有一个在援藏导游队伍里听起来很上规格和档次的名誉头衔,并且与我们还是老乡,所以被郑重地特地安排给我们。他的专业并非旅游,而是毕业于一所著名外国语院校,他并不隐晦自己更喜欢为外国人服务的观点,说上次带一个国外旅游团,一上车每人就给了他30美元。这一路他的话不多,我只记住了两句,还有一句是:以前他不信佛,援藏以后信了。

现在我们停在这儿,又来了几辆车,旅客们都下来了,散落地走动着,散落着的还有一些销售旅游小商品的藏民,形成了一个热闹的路边集市。我站在集市杂乱的声音里,想象着远处那冒着青烟的山顶上,我想从那儿到这儿,可能比我想象的还要遥远得多。

另外一次停车是在一个三岔路口,停车的期间还有几辆车停下以及离去。此处前不巴村后不巴店,冷冷清清的道边只有三两个当地人在兜售小生意。还有一位带着两个孩子的年轻藏族女子,她空空地垂着一双手,没有小商品要售卖,犹如一株纤细的树,只在一旁亭亭玉立着,任凭孩子扒在车门口前玩耍。孩子一副顽皮可爱的模样,有我们同车者给他饮料、食品或钱币,孩子便更顽皮也更可爱了,像只羊羔拱进了一片青草地,快乐地撒着欢。年轻的妈妈平静地微笑地看着这些,笑容宛如一枚清爽的叶子贴在脸颊上。

我们攀谈起来,原来她今年二十三岁,有三个孩子,最大的明年要上学了,最小的才一岁。她嫁过来时公公就已经不在世了,去年丈夫患脑溢血病故,现在家里五口人:婆婆、她和三个孩子。看不出来一个五口之家,竟然她是顶梁柱。不知她怎么能顶得起来?

她说,家里有八亩地,种青稞。平时婆婆帮着照看孩子,她下地去干活。笑了一下补充,家里还养了四头牦牛,牦牛帮她犁地。

说国家每年补助她家一千元钱。笑了一下补充,明年最大的孩子上学,费用也都是国家承担。

说不需要在家劳动的日子,她就会带孩子到这儿来。说完,又笑一下。她很喜欢笑，淡淡的那种。

她的叙述像她的微笑那么自然。其实在她瘦弱的肩膀上，压着的是繁重的生活担子，可是她的神情却不显丝毫的焦虑、阴郁或忧心忡忡，我想什么叫乐观，她就是，换了个人还不愁死啦！但我又想，用乐观或近似于乐观的什么词汇去修饰那种纯朴天然，是否矫揉造作了？有时我会害怕自己的身上无意中冒出来某种虚头虚脑的矫情，可能显得造作。

她很聪明，猜出我们的汽车从哪儿过来的，说她的娘家就在那边。

那边？

日喀则那边嘛。她笑着说。

实际上听到她的大孩子明年要上学时，我想起了包里还有一袋小学生的学习用品，然而这个念头只是一晃而过，稍有犹豫便被忽略了过去。后来，离开了这里之后，那个念头才像根小火柴棒一样又闪耀了一下，我陡然有些懊悔，那袋学习用品应该一把丢给她。

一"错"再"错"

八月份的西藏，到处都是我们这样的朝拜者。不错，是朝拜者！也许到其他地方的性质为游览观光，但青藏高原绝对是你期待已久的朝圣之旅。南极、北极，这是地球上的"第三极"。"极"表示的是最终的顶点、最高的尽头，想一想你竟然来到了大自然顶点、尽头的地方，想一想，再想一想，你的心脏肯定已经因此而怦然大跳了。

高原上阳光猛烈而清澈，透彻得仿佛能够照射进人的脏腑，每天眼一睁，看到的这个世界都被太阳照耀得光光亮亮，被紫外线洗涤得干干净净。后来我理解藏民不杀生，连苍蝇都不杀，除了宗教的原因，还可能由于这里干净。

　　我想一个人刚生下来时，心灵肯定是无比的干净，干净得只剩下了爱，没有一丝邪念。人类的天性是善良的，所谓人之初性本善。女儿上幼儿园的年龄时，我们家住在旧楼的一层，厨房是单独建在对面的外边。一天，从厨房池子的下水道竟窜进了三只老鼠，经过一番激烈的追击围剿，老鼠全身而退者一、受伤逃逸者一、当场毙命者一。甫一发现鼠迹后女儿就紧张极了，对于她也许这是一个惊心动魄的过程，这时她猛然伤心得大哭，叫着责备爸爸把老鼠撵跑就行了，为什么非要打死它！是啊，为什么？可能在她的眼里，即便耗子也是活泼可爱的小动物。与同龄人相比，女儿似乎一直更天真烂漫更童趣懵懂，我不知是不是应该叮嘱她，这个世界上还有无数的丑陋、丑恶和丑态，要提防啊孩子。但我又怕说得多了会给她的心里造成晦暗的阴影，在未来拥挤嘈杂的社会中，把所有的邻人都当作了陌路人，所有的陌路人又都当作了潜在的敌人，人与人之间缺乏友爱和信任，生活得压抑而忧悒。当她十六岁时独自地去上海求学后，最初的那几年我总是担着一颗父亲的心，祈盼她遇到的都是那种光明的温暖的小环境。

　　在西藏的每一条路都堪称"天路"。翻越海拔4900米的冈巴拉雪山，绕行世界上最高的淡水湖羊卓雍错，我们向日喀则进发。

　　"错"在藏语中即指湖泊，羊卓雍错与纳木错、玛旁雍错并称西藏三大圣湖，我们昨天已经去过世界最高的咸水湖纳木错，所以导游说我们的路线是一"错"再"错"。

　　中国最大的咸水湖曾经是位于戈壁滩深处的罗布泊，在一个不知道准确年份的时间里，它竟然不可思议地干涸了，青海湖意外地晋升为中国第一大咸水湖，而第二大的，就是纳木错。纳木错的总面积达到了1920平方公里，烟波浩渺广阔无垠，它的蒙古语名称叫"腾格里海"——听起来感觉好像更过瘾一些，不过藏、蒙语的意思都相同——天湖。听说纳木错湖面的色彩随着天空光线的变化而变幻多端,与远方洁白的雪山遥相辉映,极其壮观、迷人。可惜我们没有眼福,赶上了一个完全的、彻底的、不折不扣的阴天。然而它依然壮观、依然迷人,无边的羌塘草原上吹过无边的凉风,无边的波涛拍打着无边的沙滩。有一头披着一张华美毡垫的白牦牛走进了湖水里,我骑在牛背上告诉自己,这个湖面的海拔是4718米,比我爬过所有的山海拔都要高得多得多。

我原想捡一枚小石头带回去,我想这枚石头在海拔四千多米的咸水里浸泡打磨过了多少个世纪呢!可是,这儿的一滴水一粒沙都是天湖的,一个外人凭什么能把一枚石头带到另外一个地方去?我在湖边捡了一会儿石头但又放下了,往回走时却在沙滩上捡到了两张五角钱,之后我给了一位抱孩子的藏族妇女。立刻有多人围过来,要钱。我没有施舍的想法。给那位妇女也不是施舍,在心里是把钱还给了天湖。

在羊卓雍错湖的一个观景点时,把这条线路跑得熟透了的驾驶员坐在车里没下车——外面的风凉,他大概瞧见有人下车前从包里拿上一些铅笔、橡皮、笔记本的小物品,淡淡地说了一句,过去这些东西孩子们很喜欢,后来广东人来带的都是零钱,现在就不太有人愿意要这些东西了。我不由想起2000年和朋友到陕北去时的情景,我们就是带了这样的一类学习用具当作小礼物,许多经常在地上用树枝学写字的孩子拿到手都欢天喜地的样子,如今不知有无变化?我的包里也有一袋这样的东西,我惶惑一下,手犹犹豫豫地又缩了回来。我问自己,会不会有一天,你忽然发现自己已经不合时宜了?

车过羊卓雍错后,山势愈来愈高,举目望去几疑不是一种以地质纪年为计算单位的浩大隆起的坡度,而更像是霍然间从云层里悬挂下来的一面垂直的巨幕,"之"字形的公路一道弯复一道弯地向天穹上描去,汽车似一粒粒昆虫慢慢地挪移微小的躯壳。个体的生命在大自然的伟岸面前微若尘埃。

我问自己，你是不是不觉间感到畏惧了？你好像有些恍惚，后来你无论如何也想不起来，冰川究竟是什么时候、哪一段路上突然就出现在了你的眼前？

你吓了一跳。其实或许你早就见过这道冰川，在这儿曾经拍摄过几部电影，如《红河谷》《云水谣》等，你努力地回想电影里是否有冰川的镜头，但即使见过也不代表你就认识它，你的脑海里未曾留下印迹。如今你才知道这道冰川原来有个动听的名字：卡若拉。据说卡若拉洁白的长裙以前一直拖曳到山脚，拍摄一部电影时的炮声轰响之后，它高贵地后退一步，白裙退卷到了半山腰上。你半天说不出话来，心里又一次地畏惧了。望着那美轮美奂的覆盖与缄默优雅的凝结，震撼于冰川为什么要后退？

实际上这些年来，不管电影里的炮声有无隆隆响起，全世界高山的雪线都在后退，南极的冰川也在坍塌，科学家警告我们，全球正在变暖。同伴们奇特地聊起了一句话，是很久很久以前电影上的一句台词：大地在颤抖，空气在燃烧。那时的电影太少，很多台词都会经久不息地广泛流传。

江孜，果然是电影里的英雄之城，一柱拔地而起的孤峰和矗立在峰顶的城堡，本身便构成了一座无与伦比的纪念碑。这便是宗山抗英遗址。1904年，凭着落后原始的武器和血肉之躯的江孜军民，奋勇抵抗装备了当时世界上最先进枪炮的英侵略军，那不啻就是一场血腥屠杀，到最后的时刻，江孜英雄退守最后的宗山城堡，无一人畏惧，直至全部的生命都幻化于炮火的弥漫硝烟之中。这一段历史实际上我以前就知道，但身临现场的我再一次重温仍然感到浑身发热，肃然起敬。望着那块纪念碑我走了一会儿神，我想如果当年我在场，我应该也会是一名抵抗到生命最后一刻的死士。虽然我是一个胆小的人，然而胆小不一定就怕死，就像胆大未必就勇敢一样。

汽车继续向西藏的第二大城市日喀则进发，那里有历代班禅大师的驻锡地、黄教藏传佛教格鲁派六大寺院之一的扎什伦布寺。

远远地便可望见建筑在山坡上的寺院，金顶朱墙的殿宇层叠毗连，在斜阳的照射下金光灿烂而辉煌壮观。

游人像流动着的河流，然后分散成无数条小溪。从我身边走过的人群中传来熟悉的乡音，在这个夏天里，那些人和我做了同样的旅游路线选择，在很多的时候我不知道人们从哪儿来又将到哪儿去，但这一刻我知道，火车或者飞机把我们从何处带来，将还会带回何处。

许多年前

我是穿行过云间而来，浮翔在蓝天之上。高原的天空和大地犹如融合在一起，这种感觉很奇异，仿佛飞机不是"降落"到地面，而是盘旋着寻找一下方向，便直接"飞上"了高原的停机坪。

在一般人的印象中，似乎应该乘火车进藏比较科学，有个从低海拔向高海拔过渡的适应过程，其实没用，时间太短，你的内脏功能还没来得及进行适应性调节，列车便已经冲上海拔五千多米的唐古拉山口了。等到了拉萨，走出一路补充着氧气的车厢后，你该怎样高原反应还是怎样高原反应。

这是我第二次造访藏区。第一次，2009年，参加一个采访活动，去地处青藏高原边缘的四川阿坝州的松潘，那是个藏、羌、回、汉的多民族居住区。

电视的卫星云图上，降雨的区域覆盖了我们整个的行程。傍晚的飞机，一直延宕至次日清晨起飞，到成都转乘川航的飞机时，又一误再误，还剩下不到一个小时的航程，多趟班机的乘客却都愣是眼巴巴地望着云空生叹。探询原因，机场方面答曰黄龙那边大雨，不符合飞行的气候条件。偏偏有乘客接机的亲友在那边等急了，打电话过来询问怎么还不飞，两下里一沟通，方知其时黄龙机场阳光如锦缎般明媚悦目，天气形势一派大好不是小好，那乘客顿时怒不可遏，强烈要求机场给予一个合理的解释。继而众人才终于又得知，黄龙机场只有一条飞机起降跑道，遇到顺风即便晴空万里也不能起飞；好在另一条跑道已经在建，不久的将来乘客们就可以不再受此之困了——原来，罪魁祸首并不是因为期间的雨水丰盈，而是由于风向不对。令人百思不得其解的是，这一现成的理由好像既非国家机密又非个人隐私，不知为何秘而不宣？据说成都至黄龙的飞机极少有不延误的，而此条航线是由川航独家经营。所以，这次赴藏，订购成都转机到拉萨的机票时，想当然地首先就提出：只要不是川航的飞机，其他都可以。

我有关航空客运方面的见识不是一般的差，我一直都以为，进入西藏的民航只有成都至拉萨的这一条线，也不知怎么就形成了这样一个糊涂认识。也许，是因为许多年前……

许多年前的那个春天，我和朋友结伴，骑车北行兜了一个圈子，半途与雪相识，雪是一个豪爽开朗的性情中人，我俩一见如故，此后便成了挚友。他携同一位朋友来到合肥。其时正值全民经商的热潮，赚钱是件很新鲜也很刺激人的新生事物，十亿人民有一亿在跳舞，一亿在思考该不该跳舞，其余的八亿都正在做或正在想做生意，并且遍地黄金俯拾皆是八亿中几乎一半人的基本共识。雪他俩这一趟的最初动因我已经忘了，可能就是在我的酒桌上雪喝到合肥廉泉啤酒时，猛然想起了他们那边的啤酒市场商机无限，于是做一次啤酒生意的想法在雪的大脑里应运而生了。当年物资紧缺，是标准的卖方市场，手头无款不一定做不成生意，但没有货源肯定做不成生意，那就放下包袱开动机器吧，办法总是人想出来的。20世纪80年代我们还是一个不够开放却敢于讲信用的社会，工作认真约会准时不随地吐痰诚实厚道外加热爱文学如我这样的人一般都有点儿信誉度，我打一张借条换了张啤酒提货单，又找了一辆解放牌汽车，凭那张单子到啤酒厂的仓库提货，在车厢上堆出了一座酒山，罩上雨布，用绳索扎紧，雪他们便浩浩荡荡地启程了。为朋友帮忙，本来这事到此为止就与我无关了，汽车临发动时，雪邀我干脆一道去玩两天吧，这不是来回顺风车嘛。雪这人大方，要是口袋里装上点儿银子他更加无比的大方，眼下啤酒的生意虽然还没有上路，也属胜利在望，估计他的心里已经开始计算利润如何，吃喝如何，如何如何地准备豪放地消费一把了——那时人土，最豪放的消费就是喝酒，一场一场地喝，边喝边大谈文学。一想到那个温暖热烈的场合我立刻动心了，凡是涉及去哪儿玩，我历来是一个意志十分不坚定、立场十分不稳定、方向十分不确定的人，只稍稍地一踌躇，便跟着他跳上了驾驶室。

烈日当头，酷热的夏季，坑坑洼洼的路况又不好，好几百公里的颠簸，途中隔一段就听见雨布里有啤酒瓶爆炸的声音。雪那朋友每听到响声，都要喊雪一声哥，痛心疾首地说，哥，又炸了一瓶。我也不安了，提起了心吊起了胆，这一路放炮仗一般地炸下去，雪他俩还指望挣个什么银子！好不容易熬到太阳落山，晚风减了两分燥热，啤酒瓶不再爆炸了，一颗心终于慢慢地落了下来。这是个无月之夜，天黑得十分彻底，仿佛偌大的世界只剩下了两边的庄稼地夹着一条公路，两道茫然的灯光射向凄迷的前方。不知什么时候雪和他朋友好像迷了路，这跑到哪儿了，怎么感觉许久没有车辆交会，路标也见了鬼似的瞧不到了？更糟糕的是一天跑下来驾驶员现在精神委顿了，脑袋在脖子上一晃一晃的，我落下来的心又重新拎了起来，努力地陪他抽烟说话，有一刻我自己不知不觉地出了个神，随后就猛丁打了一个冷战地发现驾驶员竟然趴在方向盘上睡着了，我大叫一声他才惊醒……车停靠到路旁，驾驶员必须睡一会儿了。我和雪他俩在车下抽烟，伸手不见五指，漫无边际的大平原上凝固着漫无边际的黑，还有三个烟头微弱的火光，和三个微弱火光闪现出的模糊脸影。

万幸，我们终于安全抵达了目的地。而且在路上时以为啤酒瓶爆掉了不少，经过清点才知道并不多，在满载一车庞大数量的基数下完全可以忽略不计，是我们在心理上把那些爆炸效应无端地放大了。不过，倒是有另外一个"险情"在后面等待着雪——市场存在很大的啤酒供应缺口完全没错，但不幸的是，缺的不是合肥的廉泉，每种啤酒都有它的销售半径，商家不认这个牌子。

雪和他朋友那两天跑得焦头烂额，一瓶也没推销出去。最后的结果是由我又原车把啤酒拉了回来。这笔生意雪没赚钱，反倒赔了路费。到家后我去还了啤酒抽回借条，那些爆掉以及喝掉了的，相当不好意思地打进仓储的自然损耗率里了。

以后雪断断续续地跑了一些生意，劳心劳力，也有所斩获。他一度跑西藏时感觉顺风顺水的，成功率挺不错。有了几块银子衬腰，那回返程途经合肥时，雪就很仗义地邀我等下次和他一道去高原上玩玩。应该去看看，他说，太美了！那时候还没有青藏铁路，在我的意识里去西藏是一趟千辛万苦的长途跋涉。雪悲悯地摇头，轻松地说很方便的，从这边到成都，然后坐飞机，一飞，就过去了。我没好意思大方得往飞机上想，更没好意思说我还没坐过飞机。不过，一个人一辈子能花到什么钱大致都是有个定数的，这笔旅费不该我花，翌年雪在西藏的生意因人事的变更而中止了，他们又转战去了别的省区，原计划中的我的西藏之旅自然也就取消了。

不过今天，我终于还是来了，西藏！

2013 年 7 月

在黄土高坡上

穿过延安

唱着来唱着去，梦绕神萦的黄土高原。陕北吸引我们的究竟是什么？是那刀劈斧砍似的粗粝的地域风貌，还是那像厚土般积淀的黄河流域文化根基？是那湛蓝的天浑黄的地，还是枝头上艳红的大枣旷野里雪白的羊群？抑或只是为了一支高亢苍凉的信天游？

大过年的去陕北，既非探亲亦非访友，就是去走一走，而且是往黄土高坡大沟大峁的农村里钻。不知别人是怎么看，同行者们都戏言自己是不是有病。

是否因为大年初一绝少远行者，卖不出几张预售票，那班火车竟然停开了！买到的是年初二的票，晚上登上了去西安的432次列车。原以为路上可能没什么人，乐得一路轻松自在，不料我们的卧铺车厢里是满满的，居然有这么多兴高采烈的人们，在地域空间的转换中欢度春节！中国老百姓以往过年，除了走亲戚一般是不出远门的，从腊月三十的大年夜起，整个春节期间一大家人其乐融融地相聚团圆，是传统文化中最具享受性的亲情风俗。最近这些年，世上的许多事物都发生了快速的变化。

没有多少变化的是车厢里一如既往的很脏，与我几年前上一次乘坐火车的记忆十分吻合。我们的邻铺是一家人，年轻的男主人带着他的弟弟还有几个女人，是他的老婆和小姨子们。那个男人有些矜持，好像是生意场上挣了几个钱的主，女人们则很热情、快乐和爽朗。他们并不像许多生意人喜爱的那么张扬，不过可以从那些手指上戴的大块金饰物以及购买东西时满不在乎的态度上，看出他们富足厚实的生活底气。他们给了我们作为旅伴必要的礼貌和尊重，很快我们就知道他们是浙江人，在新疆的一座边境城市办了一家生产皮鞋的工厂，这一次他们夫妻俩是回家乡多带几个帮手返赴新疆，再建一个分厂。

对于这样的人，我历来是不羡慕但却有几分叹服。说不羡慕，可能与生活观、价值观形成的差别不无关系，也可能是我的心理方面稍微有点儿阴暗，因为我的性情太过懒散，又率性、不羁，有一份悠闲与自由就很容易满足了，天生不具备他们那种奋发图强闯荡世界的本领，于是只好不敢羡慕了。他们这类人往往有着坚定的信念同坚韧的毅力，在人生地疏的环境里开创出自己的事业。像沙漠里的芨芨草，有时你简直无法想象是哪儿来的那么蓬勃旺盛的生命力。

在西安，我们分手，奔向了各自的方向。

从西安到延安，在历史岁月的行进中是一段特殊的历程。在这一段不长的距离内，中国曾经走了许多年。而今天我们坐在662次列车上，也只不过用了七八个小时，宛若历史一晃而过。我感到了惊讶，这列火车打扫得很干净，每个卧铺档都放着两只装满了开水的水瓶。就这么一点儿小事，却给我留下了极为深刻的印象。这可是去延安的车啊！

中国大约没人不知道延安。在三十多年前，一度曾有过无数的"红卫兵"去虔诚地朝拜这革命的圣地。那时我太小，没赶上浪潮，如果赶上了,我想我也会去的。如今在那个时代狂热过的人们早已冷静了下来,都学会了用批判的眼光去审视昨天,其中也有现在成为名人的,在学会批判昨天的同时,还学会了掩饰和美化自己的那个昨天。毋庸讳言,那是一个充满了激情和幻想的世界,盲目者众而清醒者寡,智者能有几人?我清晰地记得,"文革"风起青萍之初的一日夜晚,童稚的我跟在父母身后在氿河岸旁的小花园道上散步,父亲语气激动地告诉母亲,这将是一场触及灵魂的"文化大革命",是无产阶级夺取政权后的又一次继续革命。如今回想起来,他们当时的情绪振奋及其发自内心的愉悦,既代表了一种情感朴素的中国老百姓普遍的盲从,更可以理解成小人物在社会潮流中无意识的身不由己。那天父亲心潮起伏,内心应该是神圣的庄严的,他绝对想不到日后运动刚刚掀起,自己便将作为走资本主义道路的当权派被打翻在地。其时他心里不会没有委屈、不解以及惶恐,但却不曾怀疑过这场运动。这就是当时人们一种根深蒂固的思维定式,革命是我们生活里的主题词。1976年我下放到农村,哥哥的一封信是这样结尾的:"现在中央的斗争很激烈,我们要紧跟毛主席,永远干革命!"对于这样铿锵激昂的家信,我们的下一代肯定是无法理解,然而,我们青春如此,年华如此。倘若当年我已长大,我会怎么样呢?我知道自己碰到热闹场合就忍不住要凑过去瞅两眼的德行,估计当年绝大多数的人差不多就会是我的影子。假如我在那个年头也造过了一些孽,那么我又该如何面对今天的世界?不过我不是名人,没有那么多体面的需求,所以无法体会到某种名人的心态。

我以为初次走入圣地,会给我带来无穷的遐想,不料一觉醒来列车已经到达了延安,才清晨六点多钟,冬日夜长,天还未亮。生怕错过最早的班车,下了火车就急急忙忙地往候在站外去榆林的长途汽车那边跑,大家都抢到了座位,松下来了一口气,汽车开动,出了城,天色朦胧幽亮,从夜驶向昼。同行者们的话题逐渐地活跃了,天也真的亮了。我这才蓦然想了起来——延安呢？

那会儿，我们一出站就往长途汽车那边奔跑的时候，都把延安给忘了。

看来在特定的情境下，人们真的能忘掉点历史啊什么的。

到了家的感觉

长途汽车里极冷，大约冰箱的冷藏室中也就是这般光景，脚被"冷藏"得直发疼。车窗上结了厚厚的冰霜，用嘴哈热气，没等霜化，热气便又迅速地在玻璃上凝冻起来。随后我们才得知，这一天的最低气温是零下摄氏十八度——敢情比冰箱冷冻室的温度还要低了！

车到绥德县城停下来，这是一个交叉路口的大转盘，另有一辆中巴车靠在路边，警察在不远处维持着公路交通的通畅。走下车我们便明白了，大家被"卖"了，被这辆榆林长途汽车运输公司的客车"批发出售"给了一辆个体运输车。在过往的旅途经验上，这是一件司空见惯的事情，其他旅客都比较响应号召，争先恐后地拥上了那辆中巴车，抢占座位，进行一轮新的洗牌。但是我们的伙伴，来自北京的女士曲小侠首先生气了。生气了的曲小侠是很善于发难的，她的每一句话都像巡航导弹一样，射向我们开始乘坐的那辆车车主的耳膜。

我们这一行共五人，组合比较奇特，除了与我同一个城市的两位画家杜仲和何南燕之外，曲小侠是北京汉霖文化发展中心的总经理，另外还有一位陕西省国画院的画家田庄在陕北境内全程陪伴我们。我本来似乎同美术并无什么关联，居然荣幸地被邀请与他们为伍了。

我和田庄大概都数懒散之人，他们三人义正词严地向车主交涉时，我们却在一边犹如事不关己高高挂起地聊起了陕北这明亮亮的阳光。过去我只听说陕北人爱晒太阳，今天沐浴在这仿佛具有绸缎般质地暖融融的纤尘不染的阳光下，在车上时的寒冷感在一层一层地渐渐消退，浑身舒适而惬意，我才体悟出其中的道理。

车主"卖"我们固然可憎，但他们的神情之诚惶诚恐，态度之理屈词穷，同在南方的省份遇到类似遭遇时那些车主的气壮山河、颐指气使大相径庭，感觉上要慰藉了许多。最后，车主又专门为我们五人另外找了一辆看上去顺眼一点的车子，供奉姑奶奶、二大爷似的赔着小心将我们哄了上去。

在我的记忆里，好像没有经历过比零下十八摄氏度更冷的气温，尽管太阳是这样的灿烂。我们五个人中，对严寒的体会、感受大概数我最少，曲小侠和田庄生长在北方，杜仲与何南燕则进入过自然条件极其恶劣的西藏，特别是后者，当年她从中央美院毕业，主动放弃了读研究生的机会，一个人背着画夹登上世界屋脊，在生与死的边缘跋涉了整整一年，在阿里那回，甚至差点儿没能活着回来。用她的话说，真正感到了冷时，你穿上再多的衣服都不顶用，寒冷无孔不入所向披靡，宛若血管里的血液都失去了温度。

这辆个体户的汽车一路上不时地停下来带着客，在凛冽的寒风里慢吞吞地驶进了陕北北端最大的城市榆林市，我差不多也快冻僵了。第一步踏进了有暖气的房间，温暖的感觉有如春风沁人肺腑，我长长地松了一口气。或许就因为是在陕北这个极具象征意味的地方，我突然产生了一个联想，1936年毛泽东率领着中国工农红军经过长征，千难万险地走进陕北时，他是不是也有类似的感觉：一颗心终于放了下来——可算是到家了！

晚上陕北画家常虎给我们接风，回到房间，有榆林市作家协会主席霍如璧等人来访。霍老先生问我们对这里的生活是否习惯。杜仲答道，他来到陕北便好像到了家。

我不由瞧了杜仲一眼,倏然反应过来,也许厚道而慷慨的陕北,给每个外乡人都是到了家的感觉。无论今天,还是六十多年前。

寂寞的遗迹

一条清澈见底的榆溪河从内蒙古蜿蜒流进陕北,在距榆林市北面三公里的红石峡穿峡而过,与无定河合流。这是明成化八年,延绥巡抚都御史余子俊驻节榆林期间,凿石渠引水西下的工程。峡谷峻峭危崖对峙,东崖为宁元古刹雄山寺,殿宇石窟都是在地势险要的悬崖上凿刻出来的,看上去令人提心吊胆。因年代久远,窟内的石刻佛像和彩绘壁画已经风化腐蚀得厉害。峭壁上多有古往今来的名人摩崖石刻墨迹,如"大漠金汤""振河不泄""威震九边""河山千古""还我山河""力挽狂澜"等等,读来振聋发聩。峡谷间阵阵山风掠过,犹如依稀地回荡着遥远时光的人马嘶喊声。

崖壁上还分布了许多不规则的浅浅的圆孔。我不解,做了多种猜测。司机小沈说,这些孔是工匠们攀崖凿岩时搭脚手架所用。我顿时不吱声,心内仿佛被什么一撞,立刻对这些搭建了历史脚手架的浅孔生起了敬意。

此时榆林河尚未破冰,到了夏天,想必"河水清且涟漪"。小沈告诉我,下游就是无定河,那儿便开始有了人烟的污染,河水也就没有这么澄净了。

大约唯有离开嘈杂喧哗的城市,站在这个交错着大自然鬼斧神工和数百年前的人类工程的峡谷内,我才能那么强烈地感觉到,人类文明进化所带给我们的一些欲说还休的东西。

离红峡谷两公里的地方,是明长城遗迹镇北台。这座城堡依山据险,巍峨挺拔,气势磅礴,与山海关、嘉峪关并称为长城三大奇观，被誉为万里长城第一台。这时的镇北台无一游人，寂寞地立在苍茫的荒原上。我登上去，在第一台阶处有一出租望远镜的年轻人，他也是那么落寞地等在那儿，看到游客并没有露出我们十分熟悉的略嫌过分的欣喜热情，来锲而不舍地招揽生意。他很淡定，静静地看着我走近。

年轻人慢吞吞地说，用望远镜吗？五毛钱。

我瞧着他，犹豫了一下，摇摇头。

五毛钱，随便你看多长时间。他又慢悠悠地补充。

这回我是坚定不移地摇头。看大自然，我宁愿用自己的眼睛。

听到我的口音，他倏然问，你是南方人吧？

那要看跟谁比。我回答。我去过广东几次，人家是把安徽看作北方，老是说你们北方人如何如何。

他说，你们那里肯定比我们陕北富。说完就不再开口。

我爬上顶层，眼界豁然开朗，连绵不绝的黄土地波涛凝固了般地铺展开来，心里生出一股波澜壮阔的涌动，人有一点儿恍惚，仿佛望见了当年旌旗战鼓烽火举的壮观，萧萧的风声几疑是群马嘶鸣。其他的同伴还在远处的坡上来回走动拍摄着，我激动得大喊，但他们都听不见，无人对我回应。后来下楼时，我却怎么也想不起来在上面究竟都喊了些什么。在我的记忆里，这样的情况不是经常发生。

其实站在顶层时我有点儿想改变主意了，也许在这儿眼睛确实不够用，也许应该去拿望远镜感受一下那种极目之外的旷远、辽阔。下得楼来，那个出租望远镜的年轻人仍然静静地看着我走近，我以为他会慢吞吞地说，用望远镜吗？五毛钱。我瞧着他，等他开口。然而他没说。或者他觉得开始已经说过了。我心里面踌躇一下，还是从他身边走过。

在镇北台左边的一处向阳的坡梁下，我碰到两位晒太阳的老汉，交谈中，他们几乎是下意识地认为陕北肯定比我们家乡穷。这就使我又想起了租望远镜的那个年轻人说过的话。他还在城堡里等待有人去租他的望远镜。

不是每个地方都有如此令人感怀的镇北台，也不是每个地方都有像那名年轻人那么有耐心的人。

逼近的沙漠

向北，是试图去寻找一座在沙漠中被岁月蚕食、被风沙吞噬了的城堡。

泥土严重的沙化，一望无垠的黄色，夹杂着背阳处的积雪。缺乏植被，地球在这里是裸体的。裸体的震撼力不仅仅只冲击着你的视觉。汽车是匹被驯服的野马。驾驶员小沈说，现在我们是不停地在关内、关外穿行。

"关"，在过去是个非同寻常的名词。据说在宇航器上，用肉眼观察地球，人类的遗迹只能看到埃及的金字塔和中国的万里长城。长城的"关"，应该还是一种思想的产物。它曾经是那样的雄壮伟岸，可是今天，我们的眼前只剩下一段段绵延的黄土的残垣断壑，快要与高原的地形地貌融为一体了，它该是为大自然侵蚀还是被历史所湮没的？如果没人告诉，我很难想象它竟然就是在太空中看见的那道著名的遗迹。现代的公路和长城的遗迹不是平行的，时而交叉，汽车顺着公路飞快地在其中穿越着，不断地从"关"上来回越过，这种感觉格外奇特，好像我们不时地与历史相交。

原野上的牧羊者吸引住了画家们，他们要下去到草地上拍照片。小沈将汽车停靠路旁，习以为常地跟着大家往前面走去。我不由担心了，车子的门窗都是开着的，也太不谨慎了，谁知等我们回来车上会丢多少东西！

小沈诧异，咋了？车上的东西怎么会丢？他对我提出的问题感到不可思议。

或许这样的诧异只有在陕北才能出现。我奇怪地隐隐想到了长城那被保留下来的部分。当然，这是瞎想。

后来我们到了佳县，是部队上的同志接待的。听他们说了一件事，以往这儿的治安情况非常好，自从黄河大桥建成后，发案率莫名其妙地增高了。真要仔细推敲似乎也有点儿原因，早先这儿是条断路，罪犯跑到这里作案如果事发难以逃走，如今交通便利，来流窜作案的多了。1993年，榆林市发生了一起抢劫银行案，四个犯罪嫌疑人杀死两名储蓄所工作人员，劫走了四万余元钱。天网恢恢，罪犯无一漏网，被执行枪决。算起来，为了四万余元钱，熄灭了六盏生命之灯。虽然生命并不能用钱来换算，但此时一条生命所承载的货币价值还不到一万元则更加使人扼腕叹息。

这当然不应该是文明的代价，交通与犯罪原本没有必然的因果联系。只能这么说，并不仅是自然界的沙漠在向我们逼近。

大约是1988年，我去山东曲阜，常见骑自行车者进商店习惯于将车子置于道边不用上锁，便相信自古孔圣人的家乡夜不闭户路不拾遗的传说了。距今又过去了十二年，这十二年间中国的变化日新月异，曲阜街道边的自行车能否还不必锁？是与否，都会令人感叹。

柏油马路到头了，汽车在沙土道上颠簸着进入了毛乌素沙漠。我在电影电视上见过沙漠，然而真的身临其境，那种震惊无法言表。头脑里仿佛也被铺天盖地的沙子填满了，茫然得要命，只挣扎地想起四个字：洪荒时代。我怀疑，地球的幼年时代是否类似这样荒凉？我们生活在地球上，可是我们平时对这一点却好像并没有多少感觉——我们的一切生存体验，其实是在"土地"上，而不是"地球"上。但今天我确确实实真真切切地感受到了：我的脚下是地球。

沙漠没有记忆。在沙漠里行驶缺少路标和地形参照物，小沈以前曾带着其他人去过那座废弃的古城堡，不过这一次他没能找到。难说我们今后还有无机会再来。于是对我们而言，那个古文明遗留的痕迹，实际上等于已经彻底地消失在迷宫般浩瀚的沙漠里了。

真不敢想象，将来是否也会有人这样去想象我们。

顽强的生命

我不懂油画，碰到非写实一类的作品，立刻会被那些超凡脱俗的视角和令人眼花缭乱的表现手法打败了。唯独喜爱凡·高那印象派的《向日葵》。倒也不知究竟好在哪里，不过他的向日葵那种挣扎着寻找阳光的焦渴，让人的心灵为之悸动。第一眼看到时吓了一跳，向日葵居然是这样通体的黄吗？但是皱起眉头想想，换了其他的颜色，似乎就没有如此的热烈急切了。

沙漠里有一种红色的灌木，一枝一杈都显得极有筋骨。若是绿色呢，大约立即变得肥美起来，然而在天荒地老的沙漠背景下肯定不堪一击。潮水一样奔腾起伏的黄色的沙原上燃烧着一蓬蓬红色的植物，色彩的组合大胆而奔放，排山倒海的粗犷的笔触简直使人的呼吸都有点儿困难。

"沙"字的构成是"少水"，恰恰生命最是离不得水。或许是这一原因，沙漠里的生命常常表现出那么渴望不已的状态。一种生长得十分奇怪的树，粗壮笔直的树干长到一人多高的时候突然分叉出许多蓬勃向上的伞状枝杈，酷似张开着的手指竭力伸向天空，要最大限度地去抓住阳光。这样的生命形态令我异常着迷。当地的老乡说，它是柳树。我大吃一惊，柳在我们家乡恰似曼妙多姿的仕女，可那婀娜娇柔的"女子"来到沙漠，居然就变得如此强悍雄劲！大自然的造化真是不可思议。老乡告诉我们，柳树的"手指"长到一定程度，便砍将下来做盖房子的椽子，几番砍伐，树干就愈长愈粗。不亲眼看到这种柳树，绝不可能想象出沙漠的柳是如此的庄严、古朴和坚韧不拔。那位老乡头上扎着一条白羊肚毛巾，脸膛被高原上的阳光晒成了古铜色，典型的陕北形象。他放牧着一大群羊。这群羊是好几家的。同他聊天我们长了一点儿见识，如今每年都要搞沙漠绿化，是由飞机撒草种子，航播。他也叫不出草的名称，根据我们有限的知识猜想，大约就是那种生命力顽强的芨芨草之类。老乡说，现在不让养山羊了，因为山羊啃吃草根，种多少草也挡不住它们贪婪的牙齿。

按照植物学分类，芨芨草属禾本科，多年生草本。它通身可用，且为良好的固沙耐碱植物。糟糕的是它怕山羊的利齿。我们都知道，这些年沙漠正以越来越快的速度向我们逼近，这显然并不是山羊的缘故，因为山羊这一物种已经在世界上生存了多少万年，而沙漠化的问题却是最近几十年才开始突出地严峻了起来。我们每一个人都该听到警钟了。

沙漠似乎成了一个生态恶魔的代名词，而实际上远自盘古开天地，它就是天之下地之上的一种自然存在的地貌形态。对于地球，它比人类出现得更早，由此不难推断，沙漠的本身并不是人类生存的大敌，现代文明社会违反大自然规律所付出的生态灾难的代价，这笔账应当得算在人类自己的身上。

我走上一片沙丘，沙子细腻如粉。蓦然，一只只小小的爪印映入了我的眼帘，像一串项链延伸到背阳处的积雪里。是哪一种小动物呢？沙鸡、野兔、老鼠，抑或是什么鸟儿？那一刻我的心中充满了柔情。其他季节沙丘是流动无形的，这是化雪后生命初次留下的痕迹。我小心翼翼地在旁边踩了一个浅浅的脚窝，然后惊喜地招呼同伴们来看，心底有如溪水潺潺而流。

返程的路上我们遇到了一对年轻的夫妻。小两口都骑着自行车，媳妇系了条红头巾，在沙漠中十分耀眼。汽车驶过时我们招手，他们高兴地回应。后来我们在一片树林停下来拍照、休息，他们撵了上来。有了前面的序曲，大家都快乐地互相招呼。小伙子是送媳妇回娘家去，车后衣包架上带了满满一篮子春节走亲戚的礼物。

从他们来的方向看，这对小两口的家应该是在沙漠的里面，我不清楚日常他们是怎样生产劳动与生活的，然而他们愉悦的笑容像明亮的阳光一样照射进了我的胸膛，使我相信他们的日子不论是否艰辛劳累，一定也似这阳光般灿烂地洋溢着爱情和充满了乐观。我们平时好像更习惯待在装有空调恒温的房间内，天冷了、天热了、刮个风、下个雨都是我们怨天尤人的原因，遭遇一点点困难便常常呻吟般地感叹生活不公，宛如受了天大的委屈，是不是就因为我们阳光晒得太少，把自己弄得弱不禁风起来了？好像也就是从近一些年开始，我们的生命力比过去脆弱了许多。

吃早饭的时间

陕北的生活节奏似乎很慢，刚开始有些不习惯，与人约时间，最好打一点提前量，尤其是早晨的预约。后来我才弄清楚，到现在陕北人还往往一天只吃两顿饭，早饭通常要到近十点钟才吃。一日三餐，是人类生活自然形成的，有其科学性与适应性，过去物质生活条件不好，在贫穷农村的很多地方，人们为了节省口粮，农闲时便改为一日两餐，自欺欺人地糊弄自家的肚皮。我下放时许多人家就是这样，不过自从土地分田到户之后的很多年里，在我们的家乡好像再没听说过了。我特别惊讶的是，陕北不光农村而且城里的许多机关单位也是如此。

是否两顿饭的间隔很大，便把时间也拉长了？

昨晚说好了今天七点半吃早饭，然后去沙漠寻找古城堡遗迹。已八点钟了，车子没来；又过了半小时，还是没有踪影；等到终于出发，已经快十点了。不过今天不能全怪驾驶员，原定的那辆三菱越野吉普车因故过不来了，榆林的朋友临时重新抽调了一辆面包车来送我们。

　　路上司机透露，三菱吉普本来已经出来了，但因出租车司机们罢工堵住了街道，三菱吉普进退不得，才换他绕路来救场的。

　　陕北人格外重视传统节日，大过年的堵了路，这一举动非同小可。原来，罢工是因为该市运管处出台新规定，出租车一年要交六千元的什么费用，而且一次性必须交八年的，司机们愤怒了，大年初五聚集起来，把车子开上街，塞住了几条主要街道的路口。我担心，别弄得下午回来进不了城吧？司机倒不在意，说榆林市政府规定，凡群众游行集会什么的，经申请同意可在上午举行两小时，只允许两小时。他这一说我更担心了，两小时以后怎么办？市政府又有相应规定，市区以外所属各县辖地群众集会请愿的，政府必须在两个小时内给予答复，而在本市区内出现类似情况的，则要求在一个小时内就应予以处理。果然，傍晚我们回来时，街道上安安静静，一派过年祥和安宁的气氛，似乎这里根本就不曾发生过什么群情激奋的场面。

　　在陕北期间我们大部分是活动在农村的山野里，在黄土道上行走，穿村过庄，老乡们见到我们总要热情地招呼进家里去喝茶歇歇脚。甚至有时走在大道上，老乡从几十上百米开外的家门口望见这几个过路的像是外地人，也会大老远地扬起胳膊高声邀请来家坐坐。那次一位农民在大道上追着我们拉呱，他见我们背着行李走路，由衷地说你们不坐着汽车到农村来，你们是毛主席的人。这句话使我震动，陕北农民的感情太朴素了，我想，这种朴素给我的震动怕是一辈子也难以忘掉。

老乡说，改革开放后，群众的生活发生了很大的变化，过去的口粮都成问题，如今能吃饱了，不过近些年进步得又慢了。陕北的自然环境不好，土地贫瘠，特别是缺水，地里不生钱，又没生钱的办法。我不由想起了国家关于开发大西北的战略构想，到处已经谈得热火朝天了，在榆林市打的，出租车司机以为我们是外地来采访的新闻记者，格外热情，立刻声称开发大西北需要我们宣传，而来到下面农村，好像人们对这一话题就没那么敏感了，似乎还是个非常遥远的事情。

在乌龙堡鸡场，只见大门上贴着一副对联：发扬革命传统，争取更大光荣。这样的对联，曾经是十分流行的，而今天也许只有在陕北才能看到。

陕北的革命传统很多，我觉得能让这片黄土地绿起来，就是更大的光荣。不知道陕北的大梁大峁是从哪朝哪代什么时候开始变得这样光秃秃的，这应该是所有问题中最大的，谁能使黄土高原上生长起葱郁茂盛的植被，泥沙不再被雨水冲刷进黄河，谁就毫无疑问是伟大的人。

陕北人一天吃两顿饭，当然是他们长辈的长辈们流传下来的生活习惯，这当然也肯定同粮食的收成有关。如果从历史上这里就是一个丰衣足食的地方，这一习惯可能不会形成。等到高原上完全绿了的时候，这个习惯也完全应该留在了历史之中。

不废江河万古流

榆林军分区政委樊明印派他的三菱吉普送我们去佳县。途中停下来拍照，我站在塬上，明灿灿的太阳将我的影子扯下了百米深沟。沟里有一个村庄，一口口窑洞静悄悄的，有两只狗，有一头驴，还有一群羊像飘在沟间的云朵，不知为什么没有看到人。一种温暖宁谧在我的胸腔内酝酿而生，我的影子落在沟底显得有点模糊，奇怪的是我却感到仿佛比脚下的更真切。阳光是那样的美好。我好像在为什么而感动。

放眼望去，山坡上是我们这个年龄的人都熟悉的"大寨田"。那一层层的梯田蛮好看，只是不晓得水土如何保持。我在农村待过两年，那儿林荫草绿水清，从坡冲往下到畈上，梯状的水田一排一排层层叠叠，通常田埂当中被人们的脚底踩得发白，两边是一溜青草把埂沿护得结结实实，夜晚走路即便没月光，只要能瞅得见脚下模模糊糊的这道白就不会踩错地方了。夏季的气候变化多端，有时前晌刚撒过化肥，后晌却落了大雨，水从顶上面一层的田里哗哗地逐次披下来，最后都流进畈中间宽阔的河沟，滔滔地奔去了远方。农民望着水田就会心疼，这化肥还没使上力却都淌走了！

可这陕北的植被稀薄，满眼黄秃秃的黄土地难得见到一点儿绿，没有野草的根叶护着，那雨水下来了还不把梯田的埂冲得稀里哗啦？随后我才惭愧自己的无知——陕北雨少，连年遭受着旱情，人家盼雨都盼不来。

在佳县县城，正碰上乡下的一些秧歌队来给县政府以及机关单位拜年。姑娘小伙子都穿着红、绿或黄色的衣服，女戴花、抹脸，男扎白头巾，都执彩绸、扇子等，随音乐的转换，变化队形和舞姿。每队均有一位领衔的，大都是上了年纪的中年人，却只穿日常服装，手里拿一柄长长的饰物挥动，队伍便跟着他欢欣起舞。领衔者舞一阵子就要唱上一曲，调子如天梯从云端垂地，比高原上的深沟大梁还要跌宕。我不懂秦腔，但也听得出唱腔难度极大，不像歌舞厅里的卡拉OK，谁都可以吼它一段。这些歌词我毛估带猜能听出意思，大体上是新年的美好祝愿和赞颂。

一般来说，被拜年的单位得对秧歌队有所表示，通常是给些糖果香烟等物品，富裕者也可能会给钱，不过不论前者还是后者数量都不会给太多。特别是去年陕北大旱，全年没有下雨，收成不好，春节很多乡村的农民不再有心情组织秧歌、腰鼓队了，就少了许多过年的喜庆活动。

旱情是西北逐年以来愈来愈严重的一个问题。我们前几年便已异常震惊地看到就连万年不息的黄河也出现了断流，让人担心将来会不会变成了一条季节河。大自然好像在扳着手指头正与人类一笔一笔地算着账。

佳县的香炉寺，坐落在黄河岸边一块凌空伸出的悬崖上。走上一条弯弯曲曲的碎石小道，蜿蜒地穿过一座发人幽思的破败的古城墙门洞，就像穿过一段破败而令人警醒的历史。据说前些年，一位著名画家站在这个视角回眸黄河岸边的古城墙，画出了一幅使他更加著名的油画，题目好像是叫"黄河绝唱"什么的。今天我也站在这里，发现惊世骇俗的并非画笔，而是黄河本身。我发了一阵呆，体会到面对这幅图景不会画画不免太遗憾了。走进寺中，我探头观望脚下落差近二百米深的这条闻名于世的河流，我并不恐高，然而那一阵子腿却有点儿发软了，在黄河的面前深刻地感觉到了人的渺小。

不过，这劈开晋陕大峡谷造就出万千气象的宽阔宏伟的河床中缓缓流淌的一抹浑水，就是那条风在吼马在叫黄河在咆哮的汹涌大河吗？我遥想着它当年的磅礴气势。河面这时已经破冰了，但从这么高的远处俯瞰，宛如河水沉甸甸地停滞在那儿。

为了黄河不断流，该是我们为她做些什么的时候了。所幸，国家已经提出了"退耕还林"的计划，规定陕北倾斜度25°以上的山坡必须植树，用12年的时间造林，改善这里的生态环境。

十二年后，不知陕北是什么景象？十二年，使人憧憬，也使人忧心。假如有朝一日我也能涂抹几笔，一定要站到那儿去画上一幅，名字那天就想好了——《不废江河万古流》，祈愿黄河万古长流。

焦点访谈

来到佳县乌镇，镇政府的同志为我们打开客房，端水、烧炕，做当年老百姓们为八路军做过的那些事。

我出去"观察地形"，无意中发现了镇中学。之所以说"发现"，是因为我原来只以为人家住在窑洞里，没有想过教室竟然也会是窑洞，从外表上绝对认不出来那是学校。我是根据空地上一副铁制的双杠推断这是学生们的运动器材。

这天我们从下面的村子里回来天已黑了，到"家"才听说有人想见我们，下午等了很长时间，是要反映镇上拖欠教师四个月工资的问题。人刚刚才走，打算明天再来。他们把我们当成中央电视台《焦点访谈》栏目组的人了。

拖欠教师的工资，让人心里堵得慌。我曾听过陕北一名小学教师的故事，村里聘他时谈妥的报酬是月工资一百元，以后每年增加五元。我无法想象出如此菲薄的收入怎样才能维持他的生活。大山里的小学校简陋得你难以置信，他带了三个年级，同学们都在一口窑洞内上课，在一堂课里他需要给孩子们分别讲解三个课本，布置三种不同的作业。孩子们没钱买本子，上学时每人带一根树枝，当作笔趴在地上写字。就是在这么艰苦的条件下坚持教学，村里还不能按时支付他的工资，拖欠得没完没了。一晃，许多年过去了，他一直在学校没挪窝，他想他不能走，他要是走了，孩子们怎么办？

听了这个故事，我对那位小学教师怀着一种深深的敬意，同时我禁不住疑虑重重，还想骂一句人，偌大一个村子，当真连每个月一百元的教师工资也支付不起？

不过，如果就是真的付不起呢？

陕北农村的孩子读完小学之后，再想继续念书就很难了，往往要跑几十里路才有一所中学，一是住校花费读不起，二是名额有限入不了校。尤其是女孩子，能读完中学就了不起了。

我们不是记者，更不是《焦点访谈》栏目组的人。试想一档电视台的访谈节目成为万众瞩目的社情问题大救星，其本身也从侧面说明了我们的行政还有法律渠道的不通畅、不完善。而且，据我们所知，即使《焦点访谈》也并非就能包打天下。我们做了解释，不过我们都很想为这里的教师们做些什么，北京来的曲小侠表示回去愿意帮助他们将材料托人转交给中央电视台，至于能起到多大的作用就不敢说了。

接着，我们又得知，被拖欠了四个月工资的不光是教师，还包括镇上的干部们。我的心情不由变得十分复杂，挂了个秤砣一样，沉甸甸的。开始以为镇上歧视教师，现在晓得这个乡镇的财政非常困难，就是没有钱，难为无米之炊。我不是这儿的县长，他们的财政状况无须我操心也无法操心，我不自觉地有些难受，薪水像这样拖欠下去，有些本来就生活困难的人家怎么过日子呢？搁到哪个身上都受不了，连日子都快要过不下去了，想必县长不可能是聋子，在当地这么长的时间都解决不了问题，不找《焦点访谈》又找谁？

我们还听到了一些对个别人的反映（或者说举报），这种事我们不了解情况，不能乱发言、瞎评论，但是有一点是明确的，无论在什么地方，如果有人攫取他不该获得的东西，我想他的位子迟早有一天是坐不稳的。

过些日子我们在延川县交口镇，看到小溪对面的山坡下矗立着一组白色的气气派派的现代化建筑群，与镇子街上破旧的房屋形成了鲜明的对照，都产生一种异样的感觉，不管那是什么单位，在这样的地方都似乎太奢侈了，没把钱花在它最该用到的地方去。画家杜仲气冲冲地过河去探个究竟，没一会儿他跑回来，却兴奋得要命。原来那是一位北京知青，事业有成后回到当年下放的农村故地重游，捐建起来的这所学校。

我们蓦然心一热，那位知青最是理解陕北。

冷暖窑洞

在很长的时间内，我把陕北的窑洞等同于我们这边的房屋。

从佳县的乌镇，沿着一条清水河去当川寺，途经一个伸到路边的山嘴，坡上突然开了一扇二尺见方的窗口，大约这是世界上最小最简单的代销店之一。我走到跟前才发现了它。这是一口窑洞，从侧面望去，你还以为它就是山的一部分。这儿住着一位七十多岁的老汉，这个窗口就是他全部的生活来源。

我在窗前站下。里面没有人，他坐在另一边的门口晒太阳。我蹭过去，搭讪。我以为这个代销店的生意冷清，老人误解了我的意思，回答，不冷，山把太阳都吸进去了，里面暖和着哩。"山把太阳都吸进去了"，闻所未闻的生动的语言令我瞠目结舌，那一刻我豁然顿悟，窑洞原来与房屋有着巨大的区别。前者是有生命的，是与世界万物的休养生息同呼同吸的，这种感觉对人来说是非常坚实且特别深刻的。而房屋绝对没有，砖瓦水泥构筑起的只是人与大自然之间的屏障。同时，我又体会出，尽管此刻我站在他的面前，似乎离他很近，但是我们的距离实际上远得很，这种距离来自我内心深处根深蒂固的矫情。这也是类似于窑洞与房屋的区别。陕西画家田庄陪我们下来曾感慨地说：现在只有艺术家还愿意与老乡们搞"三同"了。当时我心里还不禁得意，此刻那种虚伪的自豪则被击得粉碎。

来到米脂县桃镇的申家涧，那是中午刚过的时分，我们走进一口门上贴了一副黄色对联的窑洞，找水喝和休息一会儿。来到陕北之前，我只见过红色的象征着喜庆的过年门对子，在这儿才见识了还有黄、白和绿色的，它们有着另外的含义。这家的男主人卧病在床，女主人热情地为我们烧开水，还拿出大枣和瓜子招待不相识的客人。有客自远方而来使朴实的主人们兴奋欢愉，可是不知怎么，我总是感到似乎有一缕愁云从干燥的墙壁渗出来，像药味一样在空间里飘来拂去，仿佛这间窑洞也病了，在不断地无声地叹息着。这种感觉是真实的，在大家休息时，我陪着其中一位同伴去后山上拍镜头，坐在一口新窑前喘口气时，我似乎真切地体验出了窑与窑也存在着差异。

　　山路是陡峭的，一家一户分散在沟峁里，陕北的每一条羊肠小道的尽头都是一户人家。所以在每间窑洞新建之前必定要先垦出一条路来。崎岖的小道指引我俩上山，走到没路时我们才发现眼前是一口刚刚挖出尚未住人的新窑，它像一行文字结尾处的句号，提醒我们两人在这儿歇歇脚。阳光是温暖的，窑洞散发着一种清新的健康的气息，真正犹如一个生命的开始，或者一个生命将从这儿重新延续，是那种无处不在的生机向你扑面而来的感觉。我讶异地发觉仿佛心扉也在喜悦地张开，生长出一种近于春笋破土般的情愫。这里应该是孕育最初的生命和爱情的地方。也许农人们每建起一座新窑，就真是为了那种新生活的开始。

　　在延川县刘家山的黄河岸边，我曾钻进了一片被废弃的窑洞里，奇怪的是我没有再感觉到里面的温暖，尽管它也是完整的窑洞。不论别人怎么认为，我坚信，这是因为那片窑洞的生命终止了。

　　那一片废窑是刘家山人曾经的家园，陡峭的山坡下就是一河黄水，如今村庄已经搬离了河岸，后退了好几里地。从岸边迁徙走我可以理解，但我没想明白为何只移居了这么一点距离，因为我看不出来新旧址的生存环境有多少优劣的区别。既然如此，刘家山的新的窑洞，会被赋予怎样的新的含义？

大红枣儿甜又香

绝对想不到苍凉的沙漠里竟然还生长着这样一种清凌凌的叫作沙蒿的植物。它有点儿类似淮北、中原的扫帚苗或南方的荠菜，嫩绿脆青的一朵。生长在那么严峻的生态环境中，真是难为它了。

不知打什么时候开始我们倏然反应过来，凡是能吃进嘴的东西，味道无一不变得糟糕起来，从肉食品到蔬菜类几乎全都味同嚼蜡，我们曾经怀疑是由于改革开放后生活好了，人们口味要求变高了的缘故，后来有一天终于恍然大悟，原来是因为大量使用化肥、激素等等化学物的结果。再加上农药可怕的残留作用，人们这时便想起来要去寻找安全的绿色食品。不过，像扫帚苗、荠菜这一类野菜，如今也不一定"野"了，从市场上买回家一把，没准还是大棚里人工培植的。

但沙蒿是百分之百的绿色食品，没有任何污染。榆林军分区政委樊明印说。

我也算是跑过一些地方的，论起来，陕北的吃是相当朴实无华的，即使军分区政委举办按照他所说的最高标准的宴会，在我们家乡也不过是普通的酒席。我记住的不是宴会的标准，而是樊明印的风趣和智慧。

标准没法说，接待张震将军应该用什么标准？1997年他来到陕北，一顿饭只许上两个菜，要说特殊的待遇，那就是每天要吃一枚当日生的新鲜的鸡蛋。

陕北的农家茶也不是茶，是饭，喝一碗就饱了，顶饿。从沙漠出来，我们进了一个村庄，窑洞门对子的横联，最常见的是"开门见喜"。

有几个乡亲老远就看见了我们这些外地装束的人，欢喜地迎上来把我们往家里引。而不论走进哪家，勤快好客的主妇立即就烧糜子茶，是用水煮炒熟的糜子和豆类，没一会儿窑洞内便弥漫起了喷香的味儿。也真是渴了，接过来就喝，好家伙，水只盖了个顶，大半碗是干货。这边还没喝完，主人不放心地连连问喝得惯吗？好喝，真香。主人直高兴，第二碗早又盛在一边等着你了。我琢磨，再喝，回头那午饭还能往哪儿装？

跑一路陕北的黄土地，别怕你吃不上饭，我们不管走到哪个地界，感到肚子饿了后就朝最先瞧见的一家窑洞里钻，请老乡给做顿饭。前后经历半个多月，我们还从未遭受过拒绝，更令人感动的是，也不曾有人要先问你说个价，不知是老乡不好意思说钱的事，还是觉着来者是客就没打算要钱。饭烧好了，他们全家人则会放心地离开窑洞去外面，让给你一个自由自在的场所。临走时我们留下饭钱，主人必定闹出个大红脸，仿佛占了什么便宜。这是一片没多少功利色彩能够净化人心灵的土地，走出窑洞，迎接你的就是洁净明亮没有杂质的瓦蓝的天空。

我们带了一些笔和笔记本，当作散发给农村孩子们的小礼物。但是走入农村的第一天，我们却碰到了一个意想不到的难题，随便进了哪家，大红枣和瓜子管你一个够，并且告别时老乡一定还要你带上一包枣子。陕北的大红枣和醉枣是非常著名的，但是我们无法携着那么多枣子继续后面的旅程，于是后来我们只得每经过一地，便将前面人家送的枣子再丢给他们。

我作了一个胆大妄为的设想，假如我身无分文地浪迹天涯，最终我最愿意去的地方是哪里？我想大概就是陕北了，仅是陕北人那地道、质朴、敦厚、善良的秉性，就足以援救一个无家可归的生命。

故旧和新交

　　从来不曾设想陕北过年居然过得那么彻底，感觉最强烈的一次是到了因出美女而闻名的米脂县。在桃镇，我们找到乡政府的大院，一颗心落了地，放下背上感到愈来愈沉重的行李，立刻联系食宿。院里有一对夫妇，不料，人家不接待。那位端庄素净的女士说，乡政府的同志全部回家过年去了，这里没人。那么她本人呢？女士解释她只是看门，不管其他的事。而她的丈夫，则不在本地工作，意思是她与这个大院的来往接待没有干系，不要妄图打她的主意。再问难道连一位住镇上的同志都没有？麻烦她给找一下。按照她的说法，乡政府的人员要不住在县城，要不就是农村，反正都是远在天边，难到了没法儿去找的地步。这个基层政府的年过得也真可以，弄得我们好像地下党突然间与组织上失去了联系，形势顿时意外地恶劣了起来。

　　再不知该找谁了，连乡政府都没了人，似乎基本上就失去了指望，小镇的街上那些饭店、旅社不过大年十五还能开门？山穷水尽之际画家杜仲想起了一个人。1988年他曾单独一人来过此地写生，当时的乡党委书记叫杜兴元，曾借给他一辆自行车跑乡下。问及，杜书记多年前便调任了县党校校长。杜仲要我陪他去街上找公用电话打114，查询杜兴元家的号码。是否能够查到家庭电话号码姑且暂摆一边，我是不敢抱有什么奢望，一次生活旅途中短暂的不期而遇，已经过去了十二年，抗日战争再加上解放战争也该打完了，人家还能记得他吗？

　　趁杜仲打电话的时间，我进了一家未营业的饭店找开水，里面有三个汉子在喝酒。其中有一位别人称他马指导，是派出所的。马指导听说乡政府没人接待我们，挺着急的，立马表态，今晚你们就住到派出所，六点钟咱去找你们。我性急，更怕夜长梦多，想请他早一点去。马指导摇头，说咱的事多，不到那工夫怕不得消停。另两个喝酒的汉子便在一边笑，说马指导工作忙，你们就等着好了。

那边，杜仲打通了电话。杜兴元还真记得十二年前的人生邂逅，欣喜得不得了，立刻帮助我们与乡里联系，给我们以妥善的安排。后来我们离开桃镇时，杜兴元一定要我们取道米脂县城，让他一尽地主之谊。

杜兴元人很实在，似乎不善言谈。他曾是一名年轻的大有希望的基层科技干部，可在这一级上他停留了十几年，再无可喜可贺的仕途进步，不知与他话不太多有否关系？不过，他见到杜仲的第一句话却使我震动了一下，比道尽千言万语都令人难以忘怀。他说，上次我说过还要来陕北，他一直在等着我。十二年前的一次萍水相逢，还有比陕北人杜兴元这样更加有情有义的吗？如今再与人相处，想到了杜兴元，我的心里便好像踏实了许多。

那位端庄素净的女士听说派出所的马指导要安排我们晚上住到所里去，失声问道他是不是喝过酒了。原来，弄半天那人是派出所聘用烧饭的，人们开玩笑称他"马指导"。这时乡里的有关干部突然出现了，一位、一位、又一位，热情地表示欢迎，原来开始因为我们未持有县里相关部门转乡政府的介绍信，人家拿不准我们这伙不速之客的来路背景、目的何在，所以警惕性很高地要保持开一截距离。我想，这真是一种困扰，乡村基层干部的环境困扰。当然现在情况发生了变化，陕北人的实在、热忱都暖烘烘地扑面而来，一切困难迎刃而解，很快安排就绪。我们安下了心来，此刻所谓的"马指导"已经无关紧要了。

不料，正吃饭时他跨进了门来，我偷看了一眼手表，不多不少六点整。

窑洞他已经拾掇好，炕也烧热了，这才来喊我们。我蓦然反应过来，为什么他要到这时才能来。这就是人家的真诚。大家面面相觑，最后决定三个男士还是跟"马指导"去派出所住，人都是有自尊心的，不能让他知道我们已经晓得他不是指导员了。

"马指导"快活地同我们聊天，谈派出所在当地的威信，看得出他非常热爱（羡慕？）警察的职业。我们口口声声地称他马指导，他的脸上浮现着兴奋而幸福的神色。也许，只有在我们这样外乡人的面前，他才真正地当了一次感觉中的"马指导员"。后来，有一刻他的表情忽然严肃起来，格外认真地要我们出示身份证，我们不禁一愣，特别的不自在，踏入陕北，这是第一次被检查证件。而这时的"马指导"已经全心全意地进入了派出所指导员的角色，郑重地解说有关的公安条例，我们都有点儿别扭地看着他，大约他意识到了什么，陡然脸一红，嗫嚅地补充，万一夜里所长来查班，他说不清我们的来历不好交代。这句话有点露馅，当然没人会点破他，只是开始那种活跃的场面出不来了。他好像坐不住了，临走时脸上带着某种歉意。

躺下，我们一时睡不着，炕烧得太热。想必平时他是不会浪费这么多炭火的。不知过了多久，"马指导"突然又回来了。不料他竟拎着一大袋红枣，一定要我们收下，说大枣是他自己家种的，刚才他跑了六里地，从家里背来的。

"马指导"脸上的歉意还没有完全消失。

水的宝贵

世界上宝贵的东西当然非常多，但那应该是在地球上有充足的水资源的前提之下定义的，不妨设想，一旦失去了水，生命的本身面临了威胁，其他的一切宝贵还有什么意义？

陕北画家常虎告诉我们，1999年陕北全年没有下雨。这句话像尖利的爪子一样攫住了我们的心。

常虎是田庄青年时代的国画系同学，是他们这批才华横溢的同学中，极少数仍然留在榆林的画家之一。他为我们的黄土高原之行做出了令人感动的大力帮助，甚至，将他在农村的堂弟的地址也写给了我们，嘱我们路过时务必进去吃一顿饭。他的堂弟媳是一位俊秀的米脂婆姨，聪明能干，做得一手鲜美的羊肉饸饹。我们在陕北农村人家搭伙的主食基本上都是面条或者饸饹，但没有哪一顿的味道比这一次更好。桌子上大家如行云流水，风扫落叶。

可是我没有吃饱。

我是尽力抑制着胃口的欲望，瞧着还在源源不断地端上来的热气腾腾的诱人的食物，颇为艰难地放下了筷子。我在农村生活过，我知道一年不下雨对农民意味着什么，我自己也体味过农人与地里庄稼一起仰望万里无云的晴空那种焦灼的滋味。1976年或是1977年，夏季"双抢"插晚稻的时节，我下放的农村那里也是缺雨，多数塘堰里的水都用得将要接近尾声了，上面调来了高射炮进行人工降雨，农民天天爬起来就要望望天空有无云彩，终于一日在隆隆的炮声中大雨把旱情浇了个透湿。那才是多长时间，三十天还是四十天？在我的记忆中，70年代春夏季节能有一个月不见雨水就是极其罕见。而在这陕北，一年，三百六十五天，一天复一天，没落一滴雨点！农民们会是怎样地盼望老天爷开眼，想也不敢想！

我想在这里省下一点粮食。真是这么想的，也许在家或者到其他地方都不会这么想，然而那天吃饭的时候却忍不住就想了。上路不久，田庄知道了我中午没吃饱，他先是埋怨，继而生气，越生越气，气得很了，一个下午不再理我。他是半个主人，且又代表了常虎和常虎的家人。我无言,也许还有比水更宝贵的,那是陕北人的忠厚。

在米脂县的桃镇,镇上的自来水管子冻坏了,要等到四月份春暖以后冰化尽时才能修复。所以"马指导"为我们烧开水,是从远处的井里挑来的。

从延川县城去黄河岸边的刘家山,山路极崎岖,一条土黄色的大蛇一般在山谷沟壑间盘旋着。这是一段干旱的里程,由于经年无雨,许多地方路上灰尘甚至厚达几寸,一脚下去湮没鞋面。

开始遇见毛驴拉的小板车,我以为车上的那一铁桶是柴油。我怎么也没想到竟然是水,因为水好像不应该装在这种通常用来盛油料的铁皮桶里的。当得知人们往往为了这一桶水需要跑几十里路拉回家时,黄土、山道、驴车、铁桶、人影的画面在我的脑中定格了。到今天它依然是极其清晰地挥之不去。现在,我家用水,基本上是不会浪费的,这不仅仅是为了节约什么水费。

我们夜宿刘家山的村支书家中。他家的那台彩电,是中央电视台赠送陕北的物资里的一件。彩电在这里大概还算得上是稀罕物,晚上,他家十分热闹,有不少人来看电视。选台时,孩子们就叽叽喳喳,他们几乎对每一个频道的节目都耳熟能详。电视是放在他们家最好的窑洞里,相当于我们家的客厅,来了客人,一般也被安排在这最好的一间。

上炕睡觉前,我们每人将毛巾用水蘸蘸湿,在脸上抹了一把。如果此时有人问我在这个世界上你最心疼的东西是什么,我肯定会回答——水。可能也只有站在陕北,你才会产生出这种弥足珍贵的感觉。

山与人

说起九曲黄河,恐怕要数壶口瀑布的名气最大,知道刘家山的人肯定就不多了。这一是人家尚未宣传，谈不上知名度，所以暂时除了摄影家、画家们的口口相传之外，普通的旅行者根本就没听说过它；二是，道路实在难走，离延川县城有九十多公里，全是险峻陡峭的简易山道，自己没有车子想都不要想。县委宣传部派了一辆北京吉普送我们，浑黄的尘土如影随形，一路上不见任何交通标志，碰到的每一个急转弯都使人感到眩晕，吉普车宛若不是行驶，而是在高塬大峁间攀缘。虽然作为陕西本省的知名画家，田庄也是第一次到刘家山去，他恐高，在副驾驶的座位上朝前看，老是心惊胆战地不断直接面对高峡深渊，心脏有点儿顶不住了，于是把曾经跑过险情层出不穷的川藏线的杜仲调换到了前面。杜仲在家里看不出来有多高风亮节，但到了外边，喜欢表现出类似总管或者船老大的姿态，晓得要为别人着想了。

　　大自然把最粗犷最雄壮的部分留给了刘家山，黄河在这里遽然掉头，百丈大峡谷下的河床耸人听闻地拐了个一百八十度的弯。这里就是那传说中的黄河大拐弯，天旋地转，乾坤挪移，是惊天动地的山与惊心动魄的河雕塑般地绞缠扭结在了一起，简直就是一座穷尽你想象力的时光史的造型。

　　我们三个男士从悬崖向下攀缘。右边的险要处是一座石城堡的废墟，路已经毁了，无法过得去，不知是哪一年代的遗迹。坡底这边有近年来才废弃的村落，残垣断壁，院墙颓败。在山上听来有点儿虚幻的大河的轰鸣变得真实了，风声掠过旷野，但一时你却觉得仿佛周遭一片寂静，恍若置身于一段被尘封着的岁月的积淀中。河畔，兀立着一个石碾，犹如亘古不变就卧在那儿。这一切，使我产生一种莫名的敬畏感。也许，人活在世上，还是应该敬畏些什么才好。人类其实很软弱，并不是像自己以为的那么强大、战无不胜。你看曾经或许兴兴旺旺红红火火的一个村落，还不抵一个石碾。

　　绕过山往回走，大路在山的深处盘绕延伸，如撕扯不完的织带。

我看看方向，领先迈上了一条山羊走的陡坡近道，画家比我理性而谨慎，杜仲与田庄都有疑虑，但最终还是接受了我的固执，跟我走来。转过山坡，背阴处铺盖着积雪，路愈走愈难，等我们终于意识到处境危险了为时已晚，进退两难。特别是陕西本省的田庄，他原本没承想此行大部分的时间竟会依靠双脚跋山涉水，穿着双塑料底的鞋便兴致勃勃地出来了，现在他就惨了，越走越觉得鞋底滑，几乎每一步都险象环生，我不敢离开他左右。杜仲的步履要相对稳当一些，已经艰难地斜穿过了雪坡，转到了向阳的一面。他远远地消失了，只能听见他的声音，告诫我们前面更是危机四伏。田庄的脸色煞白，我紧张起来，把他的相机拿过来，减轻一点他身上的累赘，瞄瞄到山顶的直线距离好像更近一些，叫他不要再往前走，跟我直接向山顶爬去。可是随即我便被一块张牙舞爪的巨岩挡住，估计田庄无论如何也翻不过这道屏障了，我喊田庄停在原地，等我们回村子取绳索来救他。再往上爬我的心里充满了自责，如果不是因为我，田庄也不至于误入歧途，落于这种境地，万一……我不敢设想"万一"。在剩下的距离里我差不多忘掉了危险，像一只气急败坏的壁虎一般地蹿到山巅，把羽绒服等厚衣脱去，贴身衣裳已给汗浸得如水洗一般。这时山上的两名女同伴才晓得我们碰上了麻烦，赶紧跑向村子去找人。杜仲也绕过来了，我们急切地用目光寻找陷在半山腰上的田庄，似乎他的勇气已被耗尽，绝望地蹲了下来，看似即使是直立着面对脚下的深谷，也成了他精神上的负担。我们的心紧缩了，我们体会不出那种绝望，但是晓得他一定笼罩在无助的孤独感之中。我们都不约而同地想到，此刻他最盼望最需要和最能给他慰藉的，莫过于有朋友陪伴在身边。说实在的，我并不是一个高尚得脱离了低级趣味的人，心底难免有一些灰暗的不洁的东西，不过当我与杜仲分两路重新返回刚刚还在不停地诅咒的雪坡，朝困在巨岩下的田庄接近时，我是没有丝毫的杂念，血液中燃烧着一种纯粹的庄严的精神火焰，一心就想着是去救人。很早我曾看过一部电影《牧鹅少年马季》，也不知由于时间太长了我有无把情节张冠李戴，记得那个少年宛如一只大鸟那样蹦蹦跳跳地就从山坡上"飞"下去了。我想象着自己就是他，从侧面的山坡蹦蹦跳跳着往下"飞"，然后迂回到阴坡那边向上攀缘。始料不及的是，这一趟我竟真的像羚羊般轻松自如地在雪野里跃进，原先的那些惧怕和举步维艰都不知哪儿去了。

这时救兵也被女同伴们找来了，两位村民如履平地般地走来，一人一边要搀扶着田庄的臂膀下山。田庄却内心觳觫，坚决不肯站起来，这一段时间对他是一种心理折磨，怀疑一迈脚就会滑落山底。我移动到下面的位置用手顶住他的脚说，不要紧，你只管抬腿没有事的，我始终在你的下面跟着你，扶住你的脚，如果你滑倒，也只会是我先摔下去。说这话时，我心里仿佛多少有点儿悲壮。

田庄终于脱离了险境，大家对两位村民千恩万谢。他们感到好笑，已经不是第一回出这种事情了，所以一听见我们的女同伴往回跑着喊快找绳子来救人，便晓得又有人中彩了。找绳子干吗，这实在不算什么。并且，好像我们并没有碰到什么危险嘛，哪像刚才去喊他们时说得那么邪乎！事情已过，两位农民平淡的神情把我也弄糊涂了，我们是真的经历了一场心惊肉跳的遭遇吗？再看看山岩雪坡，值得那样大惊小怪吗？田庄倒是真实地展示了自己的胆怯，而我逮住了这一机会，在心里又是庄严感又是悲壮情的，硬是铺排出一个道德自我完善的过程，完全就那么真实吗？是不是我们过去都太看重了个人的东西，夸大地渲染了个人的那一点小小的挫折或苦难，不能够尽量客观地看待生活和自己，与那两位走过的地方远没有我们多的陕北农民比较，我今后是否还敢于完全信任藏匿在内心中的那个自以为真实的自己？

明天的向日葵

我们在火车上邂逅了一位同乡的版画家,他这已是第十三次去陕北采风了。就是他,给我叙述了许多陕北农村教师生活的不易和陕北娃娃上学难的感人故事。

巧的是,我们在米脂县桃镇乡,还遇到了一个教师之家。

又到了午饭的时间,我们进入一个村落,奔着一家看起来阔大宽敞一些的窑洞进去,请主人给我们烧顿饭。大过年间,这家有来走亲戚的客人,热热闹闹的真不少。主人姓艾,我们的到来使他非常喜悦,再一聊,他竟是桃镇乡政府的炊事员,这就是缘分了,倘若不是过年放假,我们在乡政府搭伙也将会是他烧饭的。看来老天爷高低是要叫我们吃一顿他烧的饭。

老艾的父亲,在1949年以前就是教师。老人家爱晒太阳,在热烈的阳光下,他与我说了不少他当教师时的事情,可惜的是方言太重,有一大半我都没听明白,只能作应和状以示尊重。老艾的妻子和妹妹都是小学老师,她们的不同点是不在同一个村子的小学任教,共同点是都被拖欠了三个月的工资。

老艾的家庭生活在陕北农村大约属于中上等,这从中午的伙食上便能看出,我们这一路搭伙,农民能拿出最好的荤腥只有羊肉,再无其他,唯独老艾家是猪羊肉齐备。他卤了几样菜,还为我们煮了一大盆鸡蛋。当然,老艾的食品多样化可能与其职业也是密不可分的。我们进入农村地区后一般就不再喝酒,但今天例外了,老艾坚定不移地按陕北的规矩向我们一一敬酒。

以陕北农村的普遍教育水准,这个家族可算是有文化渊源的了,对孩子读书的要求比一般人家也显得高一些。听说我们中有几位是名画家，老艾的妹妹喜出望外地把她正在读小学六年级的女儿高娜推了出来，这个小姑娘尤其爱画画。

米脂的婆姨名不虚传，从小就能看出大来，俊俏的居多，且特征鲜明。一天我们在农村班车上碰到三个女孩子，杜仲以他那油画家的视线指出其中之一是米脂的，我上前询问，果然。更绝的她们三人还是表姊妹，但米脂的只是这一个。仅这一次，对画家眼光的锐利我算是叹服了。而高娜即使在米脂的女孩子中，也算是漂亮的。今天她没有带画来，否则便可以请专业画家们指点了，可惜了一次千载难逢的机会。

几位画家大概都想起了他们小时候学画的愿望，纷纷表示愿意用不同的形式帮助和资助高娜完成美术学业。北京的曲小侠更干脆地表态，如果将来高娜能考取北京的院校，大学期间的费用她独力承担了。不过曲小侠也有点儿担心，这么美好纯真的一个乡村女孩子，真要进了现代大都市，猛然面对那么多光怪陆离的诱惑，她还能不能把全部的精力继续投入到学业中？未来是什么，现在尚不敢结论。从陕北回来后，杜仲便邮去了两次书籍材料、纸张笔墨等学习用品，高娜随后寄来了两组美术练习。她捕捉形体特点的敏感以及对明暗关系的那种天然的理解使杜仲有点讶异，认为她很有些画画的天赋。

前些日子，高娜寄来了一包葵花籽。那些葵花是她自己从地里搬回家的。杜仲把葵花籽转给了我，我马上就不由自主地想起了凡·高的向日葵，怀着某种美好的情愫和祝愿，我将葵花籽又分赠一些给了两位画家。陕北的水土，是最应该造就出来出类拔萃的艺术家的，安知明天高娜会画出怎样的向日葵。

改造山河

未曾谋面,我便听说过延川县摄影家黑氏四兄弟的大名,现在其他三位都已离开了陕北,只有老大黑建国还留在黄土高原上。在北京的黑明早已是比较有名的人物了,不过翻看四兄弟的影册,我还是觉得黑建国的最好,或许这是偏见,爱屋及乌。

黑建国如今仍在县文化馆工作,县里打算开发旅游,看中了两个人,一个是陕北民间剪纸艺术大师高凤莲的儿子、县政府招待所所长白江录,另一个就是他。两人一黑一白相得益彰,姓氏组合很像武侠小说里的一对奇侠人物。黑是艺术家,对文化界有亲和力;白有多年接待工作的底子,又得家庭文化渊源的泽惠。他俩还有一个共同的特点:社交广泛,朋友遍及天下。所以县里想让他们挑头办一个文化旅游公司,充分发挥两人的长处。

延川的旅游资源丰富得教人难以想象,老话说十步芳草,安到此处虽属用词不当,但若宽泛地想一想却也不算离谱。移步换景,每每你便目瞪口呆。陕西画家田庄对我们经常见到一处就大惊小怪地感叹不解,我便刺激他,说他是久居花房不知香了,审美疲劳!这是搞艺术的一忌。然而旅游其实倒从来就是做给外地人看的,人家的视线充满了新鲜感。怎么吸引他人的眼球呢?由文化人来开拓文化旅游,以文化之笔书写一篇凤头猪肚豹尾的旅游经济文章,是个不错的想法,关键是观念、眼界和思路。

在交通闭塞的刘家山遇到这样一件事情:我们在野外碰到一个农民拎只野兔,说是不知为什么所伤,捡时还活着,刚咽了气。这儿离村子有一段路,他从坡下不急不慢地走来,从他身后不是太远的地方就是黄河流过。看他的样子我好奇，太阳眼见着就要下山了，他没事到那空旷的河边瞎转悠什么？他说，他在黄河沿岸考察好多年了，认为这里可以建一座水电站，一直想找有关部门汇报他的方案。我顿时一震，他真是一个妄想狂，黄河上该不该、能不能再建水电站是另一说，首先他是不是过于不切合实际了，为此他耗费了多少精力和时间？我们聊了一会儿，坦率地说，我不认同也不敢认同他所叙述的那些，不过我必须承认，他的期望是神圣的。我觉得他仿佛就生活在这种几乎永远没有期望的期望之中，他一定常常由于得不到别人的理解而痛苦。夕阳已经落到了对面的河沿上，一条大河尽情地燃烧起来，他在璀璨的火焰背景里向前走，我的心情凌乱了，我该如何看待他？我想到，从很多年前就开始了，他的心里为了一个美丽而宏大的远景理想一直在激动并且痛苦着。但他注定将是一个失败者。

他的那只野兔被我们买下来，回去到借宿的人家烧了。农民大嫂添火，杜仲亲自掌勺，烩了一锅徽式风格的红烧野兔。仿佛很久没沾着野味了似的，我们兴奋地去买白酒，村里没有商店，一户人家进了一点烟酒杂货，东西就放在家用的柜子里，不知道的人根本看不到这里的买卖方式。一打听，最贵的白酒九元钱一瓶，农民平时只喝散装的或二三元一瓶的。我们买了最贵的，然后舀了一碗兔肉给房东家，又拉几个男人同我们一块喝酒，他们抵死不来，最后只拖动了村支书的弟弟。我与他聊，问，酒好不好喝？答不好喝。又问，兔肉烧得好不好吃？答不好吃。如此回答出乎意外。开始我以为烧得不对这里人的口味，然而给他搛菜、斟酒，他却照单全收进肚子。再看端给房东家的那碗兔肉，早被孩子们抢光了。我才反应过来，并非东西不好吃，而是"不好"或者不好意思吃客人的东西。

记得我们在榆林市宾馆，卫生间的马桶不通了，服务员说春节放假修理工不在，我无奈地告诉她，找不到修理工请她去找只水拔子，实在不行的话我们自己拨好了。她真的找了只水拨子,老老实实地交给我们自己去疏通。

当经济大潮冲击到某个地方的时候,许多事物都会发生变化。在刘洞,我们包一辆小中巴回桃镇,平时这种车卖两元钱一张票,坐十来个人,包车应该还便宜一些,但车主见我们外地人模样,硬是哄抬物价,要了三十元钱。回到桃镇我和杜仲去一家小商店买了八袋方便面,权充大家的晚餐。何南燕同曲小侠接踵而至,问前面那两人刚才买了几袋,店主脑子一转说我们买了三袋,骗她俩又买了两袋。

上述的几件事好像并无什么牵扯,可是我却依稀觉得它们都是同一张画面里的,总有着某种模模糊糊的联系。我想起桃镇溪流上的一座名字叫"共和桥"的小石桥,后面有座小土地庙,屋墙上书写的口号是"改造山河"。那可是一种深刻的演化。我们在路上行走疲惫了,爱找那些扎着白头巾蹲在窑洞前晒太阳的老汉一边歇脚一边闲聊,有时正聊着,眼前的黄土道会驶过后座带着姑娘的骑着摩托车的小伙子,这时那种对比就更加强烈了。

送君送到大路旁

对陕北的秧歌、腰鼓心仪已久,以前只是从电影、电视上见到,在佳县县城碰到秧歌拜年,还带了点走过场的味道,初次酣畅淋漓地目睹,是在佳县乌镇的当川寺。

原本没准备去当川寺,在路上,老乡们提醒我们当川寺今天有庙会,于是立马往那个方向赶。这是刚入黄土高原头几天的事情,眼睛新鲜得四处瞧不过来,心情特别开朗。沿途,时而有老乡站在窑洞前向我们扬手,招呼进去喝了茶再走。我就格外感动,不由自主地想,陕北的人民真是太好了!过后我奇怪,按习惯我会使用老乡这个词,而这时我确实是虔诚地唯独想到了"人民"两字。

庙会是陕北农村文化生活里的一桩非常重要的大事,周围村庄的人都在向当川寺聚拢,我们赶到时,那里的大戏早已唱得如火如荼了。有意思的是场面与我们的舞台经验正好相反——扭秧歌的在台下,台上却是锣鼓唢呐的班子。我们几个人霍然出现,立即散开,一个劲地按相机快门,顿时不得了了,观众们纷纷交头接耳,喧哗声大了起来。台下的秧歌队先是有点儿不知所措,仿佛不明白怎么冒出了一帮不知底细的镜头?继而便好像注了一管兴奋剂,猛然扭得更欢了。台上,则已是锣鼓喧天,一浪高过一浪。最来劲的,还数那几名吹唢呐的,只要镜头一对准,他们居然就且奏且舞起来,动作、表情奔放自然,没有丝毫的矫揉造作而又极度的夸张,它与我曾经看过的一切舞台艺术似乎都有一种本质的区别,宛如是从生命里直接迸发出来,不作任何铺垫就一下把你的感受打得七零八落,使你心跳加速,血液发烫。

约莫一个小时后,我们意犹未尽地撤了。谁知没走多远,意想不到的情况发生了,秧歌、锣鼓队竟然追随我们而来,在唢呐手反复吹奏着《送君送到大路旁》的曲调中,一路上载歌载舞,后边跟着赶庙会的群众,几百人的队伍在旷野里游行一般。这条土路顺着河滩向前伸展,两边是绵延的山岭,中间夹着宽阔的大川。我们走在人群的最前面,心里都热乎乎的。兴高采烈的孩子们在我们的前后左右跑动,有胆大的追问我们是哪儿来的。几番我们停下来,秧歌队就在原野上欢快地扭起来,我们再走,唢呐再跟着吹奏。且停且行四五里地,直到踩着浅滩上的石头拐过河,进入了米脂县的地界,他们才驻足不前。上了山,我们的耳边仿佛还在响着《送君送到大路旁》。我曾似候鸟迁徙一样地往返家乡,也曾多次送朋友远走天涯,但像今天这种场面的生命体验我却没有也压根不曾想象过。心中唯记住感谢土地、感谢生活、感谢我们感激不尽的陕北人民。

安塞的腰鼓举世闻名，正月十四，延川县政府花三万元钱请来安塞腰鼓队表演，我们闻讯取消了安塞的旅程，特意在延川多逗留一天。翌日十五，延安市闹元宵，这是陕北地区最隆重的盛典，各县都要组织人马进城，我们大清早便直奔圣地而去。这一天是陕北最盛大的一幅丰富多彩的民俗图画，延安城里是人的山、人的海，排山倒海般的游行人群从上午十点半，走到下午两点多钟还没走完。我们的镜头还是始终瞄准了安塞腰鼓。安塞腰鼓哪里是鼓乐舞蹈，那是高原上最炽热的阳光，是劲穿峁塬之间的猛烈山风，是农民筋骨里迸发出来的丰收快感，是无数庄稼的精灵孕育分娩时痛楚而极乐的呼喊。哪怕仅仅只看到了安塞腰鼓一眼，我都感到不虚此行。

延安市美协主席宋如新说，我们下次再来，他陪我们到这回没来得及去的定边、靖边走一圈。返程途经西安，陕西省美协秘书长安正中请我们去吃羊肉泡馍，他说，这是我掏自己的口袋请你们的，我还想着下次能在这里再请你们。

没来时，我对这一片厚土梦绕神萦，来过之后，更是神萦梦绕，因为她是块滋生情感、激发活力和太阳光直接照射着你灵魂的神奇的地方。火车南下，伴随着车轮的节奏，我心里有声音一直在响：再见陕北，再见圣地。

2000 年 10 月

经 历

　　斐的身上弥漫着一种艺术气质，形象很"洋气"，他常常自豪地称其祖上的某一代可能混进了波斯血统。斐的性格易激动，遇事喜欢走极端，率性而为。那年我们参加三河笔会，会间穿插有一次关于影视话题的座谈，其实不过是坐而论道，纸上谈兵，斐发言时却兴奋了起来，当场慷慨激昂地表态，他愿意将一万多元的转业费存款无偿捐给剧协用于推动影视剧的创作。在"万元户"作为一个专有名词存在的 20 世纪 80 年代初期，这个数目是巨大到足以令绝大多数人都大吃一惊的，会议组织者自然不能拿这样一个许诺当真。笔会散了，那影视的话题也就被大家抛到了九霄云外。之后不久，斐因工作调动未遂，伤自尊了，一恼之下办了停薪留职手续，下海了。

　　斐的第一笔生意，是他在报纸上读到一则新疆藕贵的消息，当下大喜，立即取出差点儿赞助给了我省会城市影视事业的转业费，跑到近郊一个村子订购了两节火车皮的藕，钱货两讫，自己跟车押货去了新疆。那天斐应该是浮想联翩心潮起伏的，他借了别人一辆破旧的老爷辈的自行车，叮叮当当地骑到火车站，把车子一锁丢在那儿，便爬上车厢开始了他从商的处女之旅。这辆相当不体面的自行车嘛，就任它自生自灭吧，色即是空、空即是色，等从新疆赚了个钵满盆溢地归来时，它是生也好是灭也好又何足挂齿呢？那时的火车堪称老牛，货车比客车又更慢，车如龟而斐的心情就是一只兔，区别的是他睡不着，咣咚咣咚一路向西，跑了半个月才终于到达乌鲁木齐。哪知道那龟孙子的藕比人还更娇贵呢，经过日晒雨淋和气候寒冷的摧残，藕的外皮竟成了黑色。后来斐说，在车上眼睁睁地盯着藕一天天发烂、变色，心里就像猫抓似的，比失恋还要焦虑、难受。在新疆的那些天里，他恨不能追着每一个从眼前走过的人央求，您买藕吧，买藕吧，贱卖了！

斐的这笔生意血本无归。回来一下车他立马去找那辆借来的自行车，但哪里还有影子，早已是黄鹤一去不复返，只剩下他黯然地望着一只庞大的火车头轰隆隆地喷着蒸汽从身边驶过，胸中宛若白云千载空悠悠。

实际上真要细究的话，卖藕还不能算作斐的第一笔买卖。曾经江淮牌汽车特别紧俏，即便有了指标也提不到现货，正儿八经地排队得好几个月，所以抢手得要命，倒买倒卖者多如过江之鲫。弄到一辆计划外的车子都相当于得手了一笔小财，倘若是计划指标，你会不得不联想到生活真是太美好了。那时斐尚未下海，他找我商量，看能否想办法弄辆江淮汽车，说他那头人家手里拎着钱袋子等他的回话。也许是我运气好，居然还就马上搞到了一个计划指标，不是二道贩子是第一手的，并是以十万火急的名义批下来的——立即供货。我不辞劳苦地带斐等人去那汽车制造厂，一路绿灯地让斐的朋友把车子提走了。斐跟人家约定翌日下午送钱来，然而在规定的时间、规定的地点没见到规定的人，继而再约，如是者三。最后一次是说得铁板钉上钉子了，斐亲自背了一只准备用来装钱的黄书包，我也亲自背了一只准备用来装钱的黄书包；他亲自坐在马路牙子上等，我也亲自坐在马路牙子上陪他等。等啊等！等了很久，那人照例无影无踪，倒是把街头上的高音喇叭等响了。那年头大喇叭经常这样响。是播放一篇坚决打击投机倒把的社论或者什么檄文之类，我俩都竖起耳朵仔细地倾听，终于听明白了我俩所做的就是彻头彻尾的投机倒把分子的行为，绝对属于坚决打击的对象。斐和我互相望了望，记不得两人都说了几句什么话，站起身拍拍屁股，回家了。算了算了，这事儿到此结束。以后我再没听说过那个白捞了一辆车子差价的家伙的任何消息，他讨了一个大便宜，心里肯定还嘲笑，这两个傻子！

朋友之间做什么事情我们都习惯于一诺千金，抵押出去的是个人信义。这话拿来做人没问题，但是用在买卖上，的确是个不折不扣的傻子！当时全民经商的潮刚开始涌来，中国的商品流通即将进入下一个不讲信用的伪商业时期，不计手段只以把钱弄到手为英雄，到处都是多角债务链，债主黄世仁是孙子、欠债的杨白劳居然成了大爷。世道人心变了，信义又还能值上几个钱？

不管哪次算是第一笔吧，反正都是出师不利啊！斐从新疆归来后我们接触就少了，难得碰一回面，总是见他正意气风发地又要赶去哪儿洽谈某一笔生意。在斐的豪言壮语中，给人感觉他仿佛赚了不少钱。这年一个文友办养鸡场失败，要找我借一万元还债。我能力不够，就想到了斐。借钱委实难以张口，虽然隔着电话线，也要鼓起很大勇气才将事情的原委告诉他。斐略一迟疑，立即爽快地回答，他家的存折里还剩五千元钱，可全部拿出来给我，将来我有了就还他，如果没有就不用还了，算作为朋友插一次刀。为这句话我感动了许多年。其实朋友们都猜得出来，斐下海根本就还没有挣到什么钱。

斐的钱我最终没拿，因为那位文友又不需要了。我常想，像斐这样的秉性，恐怕是难以成为那种冷静而精细的商人。

斐真正挣到钱是以后的事。1993年他从南方回来，此前他始终是给别人打工，这次他组建起一家公司，自己做了老板。斐的公司租下了整整一层楼，办公室布置得十分气派。斐驾驶着他从南方带回来的本田雅阁轿车，将以往的文友们找到聚了一次。那回大伙儿都有一个共同的感觉，斐变谦虚了，一再重申他这些年劳碌奔波，但做得不太成功，没赚到几个钱。这下我们心里却都越发地有了数，他这一回确切是有钱了，如今是真的进入了大款阶层。我望着斐想，这家伙变化真大，这些年他都经历了什么？

斐公司的业务开展得挺不错。哪些日子他感到累了，便会开车来拉我出去一道散散心。

那次我碰上了一件事，急需两万元钱，这回我倒是胸有成竹，不慌不忙地去找斐，现在这点儿钱对于他来说无疑是小菜一碟、小事一桩。斐认真地听我说完，沉吟半晌，又仔细地询问了一遍所办事由的全部细节，强调了还款期限、利息计算以及担保人等等事宜。我并不习惯冷静得冰块一般的斐，幸而我总算能够勉强理解这些。我这才意识到，经历对于一个人太重要了。谁说斐不适合经商呢？经历真能改变人！

最终这笔钱斐没借给我。那件事到底也没办成，不过不是因为缺钱，而是我改变了主意。

我和斐依然是非常亲近的朋友。经历使我们懂得朋友之间应尽量避免金钱的往来，最好是完全无利害关系式的。

去年一个晚上斐叩开了我家的门，他说的话使我一阵愣怔：手续办妥了，他将去北京电影学院读自费的研究生班，他已把公司关闭、汽车转让了。那晚我们聊得很久，斐说，他做生意就是为了这一天，赚到钱后就向影视方面发展，十几年前他就这样想了。说这番话时，他显露出我以前熟悉的那种激情。

斐很快去了北京，苦读研修。直到毕业后才偶尔有电话打来，一般都是深夜，都是有了什么新构思或新感觉的时候。从声音里我能想象出他振奋的神情。放下电话我就不禁感慨，经历能使人改变许多，但人的身上还有一些东西，却是经历的力量也无法改变的。

1999 年 4 月

饥饿简史

突然看到了一首儿歌：城门城门几丈高，三十六丈高，骑花马，带关刀……儿歌是一篇文章的前缀，不完整，缺了最后一句，代之为六个点的省略号。

之所以感觉"突然"，因为这首儿歌销声匿迹已经很有些年头了。这支曾经广泛流传的童谣，湮没在 20 世纪五六十年代童年记忆的尘埃里。它可视为一种游戏协奏曲，通常是一群孩子聚集到了一块，由两个人撑起双臂充作"城门"，其余的孩子弯着腰从"城门"下依次穿过。充当"城门"的两人念念有词："城门城门几丈高，三十六丈高，骑花马，带关刀，问你吃橘子吃香蕉。"话音落时双臂放下，被关进了"城门"里的这一个要回答是选择吃橘子还是吃香蕉，然后出列。循环往复，直至最后一个人。选橘子者站一边，要香蕉的站另一边，游戏便进入了第二个环节，一干人马被橘子和香蕉分裂成了两大阵容，玩官兵捉强盗的游戏，或躲或藏，或攻或防，追逐鼠窜不亦乐乎，不到大人站在门口呼唤吃饭时，想不起来还要归家。

这首儿歌曾经为无数的孩子谱写过无尽的欢乐，但它给我的特殊印记却不是因此，而是来自那被省略了的最后一句：问你吃橘子吃香蕉。

总感到这一句有失突兀。虽然它朗朗上口十分押韵，可实在是前言不搭后语，前面的几句要人物有人物，要画面有画面，意境烘托得气度不凡，眼瞅着锣鼓就要敲响，旌旗即将招展，陡然却冒出了牛头不对马嘴的这么一句，宛如一件华丽锦衣的屁股上打了一块蹩脚的补丁——不是原先的针线活。

那么，原先的那句应该是什么？顺着草蛇灰线、蛛丝马迹找下去，看看几个关键词：城门、花马、关刀，都是冷兵器时代吸引眼球的东西，那些挎刀打马驰过城门的角色，不是耀武扬威的官兵，就是纵横江湖的强盗，如果来了一群倒腾橘子、香蕉的水果小贩子，倒可能是煞风景地推着车挑着担。所以我想，这首儿歌最初的版本大约是：

　　城门城门几丈高，
　　三十六丈高，
　　骑花马，
　　带关刀，
　　问你做官兵做强盗？

如此才符合文理，并与随后的游戏建立起承上启下的逻辑关系。

手执长刀脚踩马镫的高大形象，无疑同隐藏在儿童天性里的英雄主义情结相吻合，男孩子羡慕，女孩子爱慕。但问题是倘若上述假设成立的话，何以歌词在流传的过程中又会产生了这样不合乎情理的变化？

——它大概只能说明，在歌词发生演变的那个岁月里，儿童对橘子、香蕉这类珍馐的食物渴望，超过了对官兵、强盗那种神气活现形象魅力的精神崇拜。

由此我不禁联想到了两个字：饥饿。我想歌词的改动也许就是在某个荒患的灾年，遍地饥馑，老百姓家的米缸空了，用来果腹的东西愈来愈少，饿肚子的滋味像阴影一般笼罩住孩子们的快乐时光，一切其他的向往都被对食物的盼想所覆盖，橘子、香蕉作为美味符号的象征意义便被无限放大，寄托了儿童一种心理上的奢望。

中国在世界上曾经比如今更加国势强盛，历史上最繁荣时期曾是全球最大的经济体，国民经济总量和人均GDP都位居首席。可是国家实力的强大未必就一定能够代表人民群众日常生活的富裕充足，数千年来我们深受可耕土地资源紧缺的困扰，耕地不足，再加上人口的膨胀，粮食包袱始终是我们的一个社会重负。有学者认为，因耕地资源紧缺造成的粮食问题，使我们这个国度从古代起就面临着一种生存压力，尤其赶上大范围的自然灾害，田亩歉收粮食减产，立即就会引发社会动荡，甚至中国多次改朝换代的历史时刻，钟摆的背后也影影绰绰地飘荡着粮食问题的魅影，比如明末期间农民起义的狼烟四起，李自成的大顺军一路席卷杀向北京城，四面八方便散布开歌谣：吃他娘，穿他娘，开了城门迎闯王，闯王来了不纳粮——想不想把肚子填饱，兄弟你自己看着办吧！

历史已经远去。在我的个人记忆里，饥饿的标记分别镶嵌在童年和少年的岁月。1960年初，当初叫"三年自然灾害"，以后确认不仅仅是自然的灾害而改称"三年困难时期"，那时我尚年幼，母亲回忆二姨曾有一次在外面遇见我饿得在地上爬，但我怀疑是母亲的记忆偏移，我想按那个年龄，爬肯定在地上爬过，是不是饿的，现在就无考了。一个幼儿在地上耍赖也可能是出于顽愚的本性。不过可以确定的是，在我长身体最需要营养的那些年，是始终处在一种营养不良的状态中，这无可置疑。因为青春期之前，我的身体都瘦弱多病，直到高中我加强了体育锻炼，家里的生活条件其时也有所改善，我才逐渐变得健康起来，然而身体的单薄已是无可挽回了。我在青春期之前是一个病秧子，母亲后来就固执地认为是因为我小时候营养不良，没把饭吃饱的缘故，自责她没有爱护好孩子。我却依稀记得，那时我孬好每顿还能享受到一小碗白米饭，哥哥姐姐他们则只能吃掺有山芋藤、萝卜缨子等菜叶子的杂粮米饭。还记得一次有人给我们家送来一桶（用桶装着的）猪骨头，是真正的骨头，肉被完全彻底地剔除得干干净净，母亲用它煨了一大锅汤，算作美肴。我们家有一块临时用于生产自救的地，还养过猪。母亲带着哥哥们种过玉米、山芋、萝卜等庄稼，另有一片洋生姜似乎是种在屋角的旁边。就是那时我知道了玉米的秸秆含有甜味，又称甜秫秸。洋生姜的长势格外茂盛挺拔，印象中比我的个头还高得多，与纤矮的土生姜完全不同。奇怪的是我长大以后就再也没有见到过它了，在我所走过的那些乡村的田头地脚都无影无踪。

在那一场大饥荒中我是一个幸运者，幸运地擦身而过，饥饿的印象不深。

我有关饥饿"强烈"的记忆，还是在1960年的后半年——正是一个少年身心的成长阶段。事实上是，哪怕在"文革"中家里生活极为拮据，我也没有饿着。那种"强烈"，好像并非由于身体器官的饥饿，而是隐匿在某种幽暗缝隙里的心理"饥饿感"。不是饿，是想，一种欲念般的盼想。

当时非农业户口的口粮按照70%细粮和30%粗粮的比例供应，粗粮是山芋干或玉米面。为了节省开支，我们家每个月都要找别人用细粮指标换成粗粮，日常三餐自然更谈不上荤腥了。零食几乎成了一种想象，有次邻居的孩子吵嘴时将一只西红柿猛地砸向对方，我遽然一惊，眼巴巴地盯着那枚红彤彤的熟透了的果实优美地飞过空中击中目标，破裂开来落到地上，心里惋惜极了，要是我绝对舍不得。我的心里塞满了对美味贪婪的渴望，有一年过春节，年三十晚上母亲分发给姐姐们和我每人四五块柿饼，叮嘱这是包括明天大年初一的，叫我们小口小口地抿，今天不要吃完，不然大年初一就只能眼巴巴地看着别人吃了。已经很久没有尝过零食了，我大口小口地，细嚼慢咽地，终于实在没忍住，到底还是把最后一块也咽进了肚子。不料，晚上我睡不着了，辗转反侧，非常非常懊悔，怎么就不留一块，弄得明天连一点想头都没有了？

我一位姐姐把她的柿饼用手绢仔细地包起来，藏在枕头下面，这一个大年夜她头枕着柿饼睡得特别幸福与深沉。翌日清早醒来，她第一个动作就是小手幸福地伸向枕头下……倏然，她愣住了，手又摸两下，慌张地爬起来，把枕头翻了个底朝天，霍地坐在床上放声大哭，她亲爱的柿饼竟然不翼而飞了——昨天半夜里，我把她的柿饼偷吃掉了。

高中毕业我下放到潜山县的一个区办集体小农场。我的档案关系是由古井公社接收的，然而在去报到之前，送我的大哥和我在公社周围走了几处，到区农场时停留了一天，场里有炕坊、鱼塘，那天大概因为我们而改善伙食，中午菜有鸡蛋，晚上是鱼。这个地方吃得不错呢，索性我们就长住沙家浜吧，不走了。后来我就留在小农场度过了下放农村的全部时光。

有时，食物的问题就是这样影响和改变着你的生活。

在南方乡村，最繁重的农活是夏季的"双抢"。从七月早稻成熟到八月上旬立秋那天之间，农民要一边收割早稻，一边犁田插秧，将晚稻种植下去。中国的农历无比神奥，我在一块田里试验过，立秋时分之前和之后插下去的秧苗，相同的田间管理，最后的收成却相差很大。这段时间人们天不亮便出工，夜幕降临以后才收工，两头不见太阳，在田里争分夺秒地抢收抢种，极为辛苦。那位深谙农情的唐朝诗人李绅说不定就见识过"双抢"，所以他能发出"谁知盘中餐，粒粒皆辛苦"的千古浩叹。

我所在小农场承担有优良稻种推广任务，1970年主要推广的是抗倒伏的"农垦五十八"，但它根须繁密不便分秧，颗粒紧致不好脱壳，乡间流传一个顺口溜发泄牢骚：农垦五十八，难打又难插，不是政府压，我一根都不插。为了提高单位面积产量上面要求合理密植，秧苗的间距为三寸乘五寸，简称三五寸，社员们插秧时速度稍一加快便不由自主地放到了四六寸，巡查的公社、大队干部见到即会立在田埂上气急败坏地大吼起来。

那时袁隆平先生尚不为世人所知，后来名声赫赫的杂交稻才刚刚培育成功，我们小农场得到一点儿珍贵的种子试种，单产超过了一千斤。这个数字在当时牛得很，后来我激情洋溢地写过一首诗，哥哥念了一下，啊——杂交稻——好像不太好听。哥哥是这首诗第一个也是唯一的一个读者，后来我就没再写过诗了。

西方曾有人质问，将来世界拿什么来养活人口基数庞大的中国人？等到亩产惊人的超级杂交稻问世，并在印度、缅甸等其他国家相继发展杂交水稻种植之后，他们闭上了嘴。科学家袁隆平不是诗人，然而他那印刻在广袤田野里的足迹和身影，却是一部不朽的史诗。其实放在历史的格局下，饥饿的阴霾仿佛昨日，近得如1920年华北大旱、1928年豫陕甘大旱、1935年山东水涝、1942年当年及翌年河南旱情未消蝗害又来——这只是我有限所知的几次，天灾加人祸，饿殍路遗，饥民苦熬度日。所幸，我们生活在今天，袁隆平先生对中国和这个世界伟大的贡献，是他减轻了几千年来人类社会对于饥饿的恐惧。

女儿读初中时，我以往事为鉴教育她要好好学习，珍惜今天生活的美好，讲述在"文革"中家里的艰难窘迫，女儿瞪大了天真的眼睛叫道，"哇，天天吃山芋面和玉米面的窝窝头，你们好幸福啊！"这真是我始料未及的回答。我忘了按照当下中国人阔气起来的生活水准，杂粮制作的窝窝头已经变身为荣登豪华餐桌的高档食品了。不能不说这是两代人之间历史衔接的错榫。没有经历过紧衣缩食时代的人，无从真正理解饥饿这个词汇的定义及其延伸的内涵。或许还因为，我们自己也对饥饿感淡忘了很久。

不久前，我在报纸上注意到了一个"民间记忆计划"的饥荒口述史搜集行动。从 2010 年开始，有一群"85 后"乃至"90 后"的年轻人，他们为了在富裕丰足的年代里不使饥饿的记忆埋没进岁月长河的沉沙之下，采访了十八个省的一百三十多个村子的一千余位老人，打捞起许多正在销蚀的记忆碎片，历史的细节令他们震惊，也让他们感悟和自省。

与女儿同龄的我们的下一代人，长大了。

大约也只有不忘灾难，我们和我们的下一代，才能保持足够的警惕，在当前城市化快速推进的过程与在各种社会利益复杂的洗牌中，死死守住农业耕地的基本底线。几年前提出的这个基本底线是十八亿亩，最近我看到一位专家说："我们在粮食价格较高的前提下，粮食的播种面积能维持不到十七亿亩。如果国际粮价发生大变化，这个播种面积难以维持。"我们是否可以从这两句话中理解，那个十八亿亩耕地的红线实际上早已沦陷了？在土地与粮食的问题上，我们连居安思危都谈不上，已经是居危思危了？

2013 年 7 月

与基督徒共餐

　　一位探亲而来的台湾老人是我妻子家族的近亲，我们受到邀请去他下榻的宾馆赴宴。老人及陪同他的儿子均为虔诚的基督教徒。

　　从少年时期我们对基督教建立起来的印象，基本上是从诸如《山中铃响马帮来》这一类情感朴素的电影情节中得来的，通常教堂是隐匿特务的场所，牧师差不多是披着羊皮的豺狼。等70年代末思想开禁之后，文艺爆发式地繁荣起来，许多过去闻所未闻难以想象的事情打开了人们的眼界，知识的增多使我们变得聪明了一点，对宗教的看法宽容了不少。

　　1984年我到一个离城市偏远但较有名的古镇去参加小说创作笔会，当时文学尚在热头上，会议本身的规模并不大，然而四周闻讯赶来了上百名钟爱文学的青年，弄得那几日古镇青石板路的巷子内弥漫着热切浓烈的文学氛围。镇上有座教堂，我在那个礼拜日的上午溜出会场奔其而去。教堂里拥挤、嘈杂，在照射进来的阳光中，可以看见飘浮着的灰尘。呼吸着浑浊的空气，我原谅了这儿的简陋和其他缺陷，因为我想象城市的大教堂可能会补偿我神秘以至神圣的感觉。等我重新潜回会场，望着这么多和我一样热情洋溢的面孔，陡然产生了一个念头：如今我们是不是把文学也当作宗教信仰了？回到城市，我立即又去了一次教堂，这个建筑显然要比古镇的高大、气派，不过我依然感到失望。我原以为会有钢琴、唱诗班、庄重而温暖的音乐，甚至窗口能飞出浅灰或雪白的羽鸽。最令我难以释怀的，牧师布道不是用圆润洪亮的普通话，而是感觉不太入耳的方言……以后我再未第三次去过教堂。

去宾馆的路上，我有一份独特的感受，它大概来自于大陆和台湾，无神论者与基督教徒，时间同空间等等的对应之间。

相见像正式会议一样隆重。我们知道了老人在台湾的家庭已成为一个生活富足、枝繁叶茂的大家族了。老人将这一切都归功于主的恩泽。接着老人回忆了一桩在苦难年代里的往事：当年他们如何为身患重病的我妻子的祖父祈祷，终于上天的福音降临，病人奇迹般地痊愈了。回忆令人感动，首先是我妻子的父亲和老人这一对老弟兄的胸中都更加充盈了亲情。

被安排在邻桌的孩子们开始等不及了，面对美食的诱惑他们有点迫不及待。这时老人念念有词，让大家随他低头闭目进行餐前的祷告，感谢主赐予食物。我不由扫了邻桌一眼，这些无邪的天使一般的孩子，一定奇怪干吗要感谢主？明明是那位老爷爷请客吗，难道主会来埋单？

老人的儿子还是个商人，他对我们详细列数了他们家族出了多少大学生，有哪些现在美国或西欧。末了他说，他原以为我们家族的这一支都是类似民工的那种打工的，如今看来比他想象得好。我突然笑了，多么典型的有产者的口吻呀，不知上帝是怎样看待职业同财富的。

餐桌上流动着怀旧和似乎过于庄重的气氛。孩子们那边却早已放开了手脚。他们在家都是小太阳，平时除了被无尽的作业与令人生畏的考试所压迫，再无其他顾虑。而事关作业与考试，连上帝也不能拯救他们。

基督教义认为，人生来有罪，所以应不断地做善事以赎罪，日后方能升上天国。我对"原罪说"颇觉不解，婴儿如同可爱的小动物何罪之有？人类的罪过都是后天完成的，大如战争、生态破坏，小到一次流言的恶意传播，有些人造过多少孽？造孽者都想到要赎罪吗？因此我倒期望真有一位上帝在那儿，注视监督着人类，告诫人们一辈子只做善事不做恶事。那么我们这个世界肯定会清明亮堂许多。

　　扬善抑恶是善良者的天性，我不相信上帝但我尊重别人相信。我晓得每餐饭当我们捧起食物的时候，地球上还有无数基督徒正在祷告感谢主的恩赐。这时我便不由想到，我们是否知道应该感谢什么，或者我们的心里是否曾经想到过需要感谢什么？

1999 年 6 月

歌谣 1947

1947 年的歌谣,是从 1938 年就落下了注脚。

大哥曾在老家那边生活过,和村子里的老人有接触,他对父亲早年的情况比我们知道得清楚一些。没有文化也没见过世面的爷爷奶奶肯定不懂教育,但父亲的运气好,一个放牛的小子居然读了两年私塾。识字与不识字果然不一样,无事不再生非,然而一旦有事了却能胡闹得别开生面,让人大吃一惊。似乎父亲小时候很得爷爷奶奶宠,结果生生地把他宠成了一个不安分守己的顽皮少年。所以我想,难怪他早早就跟有共产主义思想的人走到了一堆儿去,通个风送个信什么的,不时顺便给家里戳上一个纰漏,让大人提提心吊吊胆,就根本都不奇怪了。大约民国二十四年(1935 年)父亲离开村庄,跑到深山里面的白岩寨投奔了革命队伍,那自然也是顺理成章的事情——识了点字的他终归是要跑出去的。1938 年,红二十八军和鄂豫皖边区的地方武装奉命改编为新四军,挺进皖东抗日前线。父亲所在的游击队,编入新四军江北游击纵队开拔出了大别山区。那年父亲十九岁。

我十九岁的时候已经下过放了,就在离父亲家乡几十公里远的一个区办小农场,几番往返城乡,途经时我都会遥望远处那片承袭着我们家族血脉气息的苍茫的山野,心想哪天也窜去看看吧。但是我终于不曾去过。抑或正因为陌生,对老家我没有多少情感的向往,况且，母亲也不喜欢那个地方。

父亲所在的部队转战皖、苏之后挥师北上，如同奏响着一支雄浑激越的战争进行曲。1947年父亲的脚步踏入山东老解放区后，他一度患病住进山东滨海荣校休养，日子陡然休闲了起来。他们那一代人多数不太善于讲述自己的故事，很多历史语焉不详，至今我只知道可能荣校驻地（或附近）的村庄叫石井，石井村的姥爷很是德高望重，他的儿女们几乎都参加了革命队伍；只知道当战争快要接近尾声时，父亲与母亲在石井的相逢唱响了一曲恋歌。不过我可以想见，比父亲小七岁的母亲正值花季，她在山东军区的后勤单位经过风雨见过世面，比起父亲老家山沟里的女子自然是别具一番英姿飒爽的风采；而父亲，经受南征北战打造过的一名青年军官，在母亲的眼中无疑亦是魅力一族。关于父亲的形象，我女儿曾拿着她爷爷解放初期肩上斜挎着手枪的一张相片大嚷，哇，爷爷好酷啊！女儿评价爷爷很像一个时下十分抢眼的电影演员。

与很多小说情节近似，爱情就是这样发生了。从1938年开始远征，跑到山东寻找到了自己生命中的女人，恐怕这是父亲走出大别山时所始料未及的，差不多可以写成一部战争与爱情的读本，也许这里还涉及了革命目的的问题。父亲说他是因病不适应部队生活了，才要求转业到地方的。我却怀疑是爱情的遭遇战把父亲打得晕头转向，使他不再憧憬着要去解放全中国，突然希望立马就掉头先回去"解放"家乡再说了，因为多少年来，母亲持之以恒地批判读过两年私塾的父亲，那时是"老婆、孩子、热炕头"的农民意识现了原形。总之，比较客观的描述我想应该是，农民出身的父亲，此刻已经完全把继续革命的伟大目标抛到了后脑勺，一门心思只想着要回家了。

相信父亲会像所有热恋中的男子一样对母亲灌输过许多甜言蜜语，其中也不乏用大量形容词去描绘他可爱的家乡。事实证明母亲的爱是热烈而纵情的，她完全沉醉在了铺天盖地的幸福之中，义无反顾地追随父亲，奔赴去了那个生疏的远方。但是，来自老解放区的母亲很快就对父亲的家乡失望了，这里与她的想象实在相去甚远，包括那逸散在山腰上一个个瘦小的村落，与山东平原上那些大庄子一比也相形见绌。不过，更大的因素或许是出于对人的失望，有时发生的一些事情让她目瞪口呆，譬如阔别多年、生死不明的儿子活着回来了，而且是荣归故里成了家乡的地方官，大喜过望的奶奶第一个举动就是喝令本家子侄扎上滑竿，抬起她老人家招摇四乡昭告亲朋。这事母亲记了一生，滑竿上的人物很容易和地主婆的形象联系到一起。青年的母亲基本上算是一个理想主义者。以后我疑惑自己对这个主义的偏好，可能正是在此处的有所继承。

当年父亲家乡山区里的女性很少抛头露面，任区委妇女干事的母亲便显得格外引领时代的风气之先，她剪着披肩发，穿着列宁装，无论走在山间小径，还是站到发动群众的会场前台都是卓尔不群的。那时的土地改革是多么热火朝天，人们又是多么朝气蓬勃，父母整个身心扑在了工作上，幼年的哥哥主要是由父亲的勤务员带大的，以至上了初中还改不过来称呼父母为"爷"（叔、伯的意思）"姨"的习惯。儿子另当别论，这样的儿媳妇显然不合奶奶的心意，后来我想，母亲和奶奶的矛盾不仅仅是婆与媳，同时还是生机盎然的老解放区和抱残守缺的封闭山区，新型女性与老式妇女之间观念的冲撞。偏偏父亲又是一个根深蒂固的大孝子，每每无条件地站在奶奶一边，岁月无情，直到父亲老年之际回首起往事，才会意识到在他家乡的那片土地上，母亲曾经受到过不少的委屈。

无情不只岁月，还有世事。母亲一辈子耿耿于怀的是，随后几年反复的政治运动，父亲几经波折和调动，作为妻子她只有随波漂浮，可是在1953年父亲从另一座城市奉调省城后，她留在父亲家乡县里的行政关系却一不留神像风筝断线没影了。这桩事以后有两个版本，一说是在运动中受到了父亲的牵连；一说是为了响应那时期号召干部夫人退出现职，减轻国家财政压力的政策精神所致。不过我想，这可能跟当时父亲一人工资便绰绰有余养活全家也有关系——钱够用就以为高枕无忧，懒得再烦神，反正对生活没有多大实质性的影响，所以就不去打捞母亲行政关系的下落了。以后我又继承了这一秉性，日常用度上得过且过便有所满足，不求上进，不愿在钱的问题上操那操不完的心，还自我慰藉是为心情而不为钱活着。

从此，母亲成了一个以操持油盐酱醋茶为己任的家属。

当初担任妇女干事时，下乡开展活动女同志独行不方便，母亲常带着一个房东的娄姓女子陪她奔走。娄妈妈就是因此而参加了工作，再后她嫁给一名南下的八路军转业干部，也随夫调来了省城。此后几十年，除了"文革"中我们两家同陷时艰，处境险象环生不宜走动之外，她都不时来看望父母亲，并且永远重复地告诉我们母亲是她的革命引路人、她的老上级，如果在职的话也是一名响当当的革命干部，嘱咐我们要孝敬母亲。

在我的视野内，艰难时世降临过两次。"三年困难时期"对我们家的影响本来不至于太大，然而由于父亲惦挂着老家的奶奶及亲人，每月工资的大部分都支援山区去了，这是以勒紧我们已经缩减了的裤腰带为代价的，食品顿时紧缺得无以复加。艰难的年月有艰难的办法，我们家在郊区给拨了一块生产自救用地，开荒种植庄稼，父亲职任在身无暇他顾，地里的活儿都是由母亲领着哥哥们风吹日晒地去完成。承受着那块土地的恩泽，我们终于渡过了难关。不料"文革"中全家又再次面临了食品紧缺的问题。运动的飓风甫一卷起，父亲即被打翻在地，又踏上一只脚，仅发一点生活费，我们立刻陷入家无隔夜之粮的境地。其时父亲不自由，两个中学生的哥哥则上赶着校园内的热乎劲抒发他们真挚的革命热情，家里只剩下母亲和我们四个小的。这时一向柔婉温娴的母亲，仿佛霍然间就幻化成一棵枝繁叶茂的大树，抵风顶雨，一边百折不挠地去向"工宣队""军宣队"讨说法，要拯救她丈夫于水火；一边在外面找活干、当临时工，挣工钱养活一家人。后来"武斗"的枪声大作时，父亲脱身躲藏了起来，但是风声愈来愈紧，得到父亲单位一位好心人的联络、帮助，1969年那个夏日的凌晨，母亲带着我们，由哥哥拉着一辆板车，半途接上正患疟疾发高烧等在道边的父亲，悄悄地蹚开了黎明前的夜色。这一天，是父亲自由受限以来全家第一次的团圆，如同波峰浪谷间泛起的一朵温馨的浪花，当晚霞披红的时分，我们总算到达了目的地——巢湖岸边的长临河镇。那天父亲病在路上，那天母亲走在路上，那天的路上犹如蜿蜒迤逦着一支平安的乐曲。

真正平安的生活是建立在社会动荡的稳定之后。母亲的性格热忱开朗，那时节我们兄弟的朋友都特爱来我们家玩，一个重要的原因就是环境宽松不受拘束，尤其是母亲晚餐通常要蒸馒头，一般下午放学后总有几个同学跟我一道回家，这帮正长身体的家伙就像准时开饭一样，进门便大张旗鼓地蹿到厨房去摸馒头。在相当长的时期里，母亲每天蒸的头一两笼馒头都是填进了他们的肚子。姐姐想起来就会说，母亲哪只是养了我们兄弟姊妹几人，还养了一大群的孩子。

母亲的退职干部手续是20世纪80年代补办的，承认她曾经的革命经历，对母亲的晚年是一个极大的心理宽慰。从1947年离别山东后，母亲心里始终盘旋着乡恋的歌谣，但是长久以来她只回去过两次。以一个家庭妇女的身份出现在她最初参加革命的土地上，青少年时代要好的伙伴如今工作在各大城市，似乎谁都比她生活得有声有色，这使她感慨万千。母亲太要强了，直到她核实为退职干部后才二度返回故乡。这时我们已相继组建起了各自的小家庭，孙辈们状似幼苗破土而出，围绕在他们奶奶的树荫下茁壮成长，给了老人家无限的快乐还有无尽的操劳。等母亲第三次想回老家时，她已经病魔缠身了。母亲被病痛折磨了很多年，几度筹划返乡，却因为身体的原因又不得不几次放弃。长期的病痛交织使母亲无法安宁，十几年间她的病况和她的情绪一同趋于恶化，恋乡的情结和生活经历里残存的抑郁随之不断地扩大化，逐渐演变成一种幻象般的心理烦躁需要宣泄，她不麻烦别人，她理所当然地把宣泄"渠道"的定义交给老伴去诠释。当现代医学无力减轻一个生命的痛苦时，父亲充当了母亲晚年精神上的镇痛剂和释缓药。

母亲终于未能实现她再回一次老家的梦想。一个潜伏着的更为凶险的恶魔现身了，我们瞒着她，直到最后时刻母亲都并不清楚她是罹患了绝症。清清亮亮的老太太躺在病榻上，每天早晨必要子女扶她坐起，把头发梳整齐，竭力保持住自如的神情等待医生查房，要强了一辈子的母亲，这时只能靠这一个小小的要求来保持体面和自尊了。

为了稳定父亲的心情，我们也向他隐瞒了母亲的病症。而就在母亲临终的前几天，父亲做了一个梦，母亲在梦中告诉他，她要走了……没想到母亲那么快就进入了昏迷状态，很多话都来不及说，我们在揪心的时刻也忽略了有些事需要告诉她。弥留的前一日，母亲蓦然开口说，你们不要我啦。你们不要我啦！她在问谁？我们，还是这个世界？不知此时她到底有无意识，这句话又包含了怎样的含义？永远是一个谜团。我们的心猛地紧缩，后悔为什么不早一点告诉她的真实病情？

离开这个世界时，母亲是安详的，神情容貌一如既往，直到遗体告别她仍然颜容如生，丝毫不见尘世两隔的变化。奇异的事情就是发生在告别仪式上，摄像半个小时，事后竟然匪夷所思的一片空白，一缕痕迹都没留下。我不愿揣测是机器的缘故，而宁肯相信是母亲的灵魂飘荡在镜头前……也许她不愿意亲人们因她而悲恸，刻录出一段挥抹不去的哀伤的记忆。

世上究竟有没有灵魂？我们点灯焚香，盼望母亲魂兮归来，子女是母亲的歌谣里最温暖的音符，我们期待着她灵魂归来重温过去所有的温暖。当年父母亲南下入皖，父亲老家那儿的区委书记闻讯，派了四名人员扛着一副担架赶到一百多公里外的舒城去迎接。我好生奇怪，为何要去那么远接？父亲说，你母亲是解放脚，一千多公里下来她走不动了。"解放脚"现在的年轻人都不晓得了。母亲幼年时代曾被裹脚，是接受了革命思想的舅舅回家解开了她的裹脚布，可是已经造成了一定的畸形。遽然一股热流冲上了我心头，我的母亲啊，母亲是用她残伤的解放脚从山东艰辛地走来，走了一年又一年，一年又一年……夜晚我瞭望寥廓的星空，不知母亲的灵魂走在哪里，不知她是否还在沿着1947年的时光照耀的路标，踩着一双不便行走的解放脚，走啊走，走啊走。我的母亲啊，走在路上……

2006年4月

一个人与一个湖

想起一个人,还有一个湖。

其实这个人与这个湖似乎并无多少实际的联系。

那天,朋友武斐邀我陪他去看一个湖,驱车驶离灰蒙蒙嘈杂的城市,在乡间一路穿行,渐渐天蓝了、云白了、绿浓了,大别山脉的影子便由远而近地遮蔽了我们。汽车直抵一道长虹般横空出世的大坝,登上坝顶眼界豁然开朗,好一派泱泱大水,极目处那剪影般的山峦层层淡化至若隐若现,就仿佛天也高了、地也远了,我们的心境舒展而宽阔。湖中有星罗棋布的荒岛——它们正是武斐要考察的对象,他此行的目的是打算选购一座荒岛进行相应的经营开发。

一只小渔舟载着武斐高涨的情绪环岛摆渡,一座座荒岛在他的眼中宛若一张张优质的白纸,尽可去画最新最美的图画。20世纪90年代中上旬的武斐有充足的银子装备他的想象力,而他的想象力也在这空旷的水天一色中得到了舒畅的发挥,及至归来的途中,他已经完全武装好了一个"岛主"的雄心,极尽渲染地向我描绘一幅未来岛国的蓝图。

这实在是一个优美的梦想,令人情不自禁地想起梭罗的《凡尔登湖》。也许我们每个人的心底都有一个角落栖居着这个共同的梦想:期冀用大自然的清风雨露洗涤现代工业文明飘落在我们心扉上的尘埃,净化我们浮躁的心情、安抚我们的灵魂。武斐的计划像一株美丽的罂粟花，使我欲罢不能地渴望着他蓝图的早日实现……可是不多久，武斐却没有任何预兆地陡然关闭、清算了他的公司，说是要去北京电影学院读自费研究生，便匆匆地离开了我们所居住的城市，如同一条金色斑斓的锦鲤霍然跃起，在万顷碧波的水面上划出一道耀目的弧线后，便潜入水底杳无音信了。毕竟这是一个过于突然过于重大也过于前景莫测的选择，形似于对当下现状的仓促逃离，我不清楚他究竟发生了什么事，有时甚至觉得他的北上犹似一场梦，恍惚有一种不真实感。我曾有过诸多的猜想，但一切都仅仅是揣测而已。我的心里充满了惆怅。

从此，我倒是惆怅地记住了那个湖的名字——万佛湖。

这个名字给人以无边的遐思——万佛之湖，气度之大恐怕只有古希腊神话里"众神之山"的奥林匹斯堪可比拟。我不知道世界上还有哪一条山脉如大别山这样，在漫长的时间和广阔的空间内与佛结下了千丝万缕的不解之缘，譬如禅宗的二祖、三祖、四祖、五祖的坐禅地，譬如散落在其间的地名如佛子岭、诸佛庵等等，便知渊源是多么深远。而万佛湖的得名，则是因为其水的源头来自于上游的万佛山。

大别山的水既阴柔又雄壮，沟壑中不定哪块石板下便有泉眼，水从石缝中弱弱地涌出，潺潺而淌，瘦瘦的一条小溪低吟浅唱，在林间千回百转着，亦似那尚未见过世面的山妹子，低眉浅笑地一顾一盼。小溪汇聚成流后就肥美起来，雍容而缱绻，像揉皱的绸缎担在坚硬的山涧里一匹一匹地披挂下去。待得桃花汛到来，状若千军万马一齐发喊，涛声漫山遍野，洪流争先恐后地喧嚣奔腾，在峡谷间横冲直撞，轰轰隆隆，壮怀激烈，成浩荡之势扑向山外的丘陵、平原。

大约唯有这样的山这样的水、这样的风情和性格孕育出的万佛湖，才能吟诵出一曲梁山伯与祝英台的千古绝唱，才能滋养出三国时期东吴大将周瑜的英姿丰采。

万佛湖的下游通向巢湖之滨的肥西三河古镇。1984年，武斐和我参加合肥市文联举办的"三河笔会"，当时武斐刚从部队转业没两年，他在会上慷慨陈词，如果文联有意筹拍电视剧的话，他愿意将自己的转业费全部奉献出来。那是一个文学热的年代，笔会盛况空前，二十六年过去有些情景已经模糊了，但还清晰地记得是油菜花灿烂的季节，身旁有一条壮阔的河流不知从哪儿来到哪儿去，就是在那河边的油菜花地里，他浪漫地向我叙述他想做导演的憧憬。可见，历史总是在细节中得以复原。当时我并不晓得，顺着这条河道溯流而上有一个大湖名"万佛"，更不可能预知多年后我俩将会结伴泛舟万佛湖。

细细想来，我与万佛湖的因缘其实在二十六年前即已种下。而以后我也才得知，在这激滟迷人的波涛之下，竟还沉没着一座早年间曾经热闹繁华的小城——梅河镇。真是沧海桑田，由不得我不蓦然心生敬畏，莫不是这幽静的湖底，还永恒地凝滞住了一个消逝的时光、一个昨日的尘界？抑或是那人间场所嬗变为佛的圣坛静静地卧在水底，让身为游人的我们，在碧波荡漾中隐隐可寻亦真亦幻的佛影？

武斐来电话时我也有亦真亦幻之感，这家伙到底浮出水面啦！他在北京电影学院深造结业后，一个昔日的工程公司老板居然就做了一名"北漂"，不管不顾地圆他那个做不醒的导演梦去了。后来我隔三岔五地便能接到武斐电话，多是谈他的电视剧创作。起初他免不了步履蹒跚，浪迹在这个行当中，边埋首编剧，边厮混进许多剧组里磨刀霍霍，各种杂活都干过，积铢累寸，一唱三叹，媳妇熬成了婆，终于拿起了导演的话筒，开始风生水起了，在屏幕上常能见到他的名字，导演了包括《激情燃烧的岁月Ⅱ》等多部电视连续剧。世事有时就是这么奇妙，从武斐自万佛湖归来后的某日起，中国一个商人消失了,一个导演诞生了。

其实,一个人的内心何尝不如那大湖一般,经历着沧海桑田的变迁?一个人的生命春秋,又何尝不是一段山重水复的风月演义?

万佛湖早期开发的定位是"扶贫",招商引资的门槛设置较低,以致多年来相关的旅游业发展缓慢。可恰恰因为其慢却避开了可能导致的破坏性开发,弃置了像我们常见的那种以牺牲环境为代价的经济发展模式,反倒使得万佛湖自然景观在更大程度上受到保护,成为新世纪的一种不可再生的资源优势。在这个意义上,万佛湖的管理者们善莫大焉。当然,如今万佛湖景区要重新整合资源,就相应地需要承付高昂的成本压力了。当我听说其中某岛屿回收成本的数字时,心下遽然一骇,万佛湖真是一片洞天福地,厚佑有缘人啊!我的心又怦然一动:倘若当年武斐购买下了一座岛屿呢,倘若他能够预知投资的回报率,还会不会选择北上京城?不过历史不能假设,我也无意做此比较,何况一个人可以夙愿得偿,圆满毕生的梦想,原本就不是用金钱所能衡量的。君不见,万佛湖上,我俩乘坐的小渔舟犁过的涟漪早已无痕?

大概在三年或者四年前,武斐中风了,疾病影响到他的躯体,幸而尚未妨碍他的思维、语言,他在电话里叮嘱我,要爱惜自己的生命。他这是有感而发,作为导演的他基本上是一个拼命三郎,日积月累地透支着身体,终于病来一发而不可收。病后他回来过一次,我没想到,轮椅上的武斐气色依然润泽,他的手机依然繁忙,望着他,我竟不知说什么好。

后来,武斐的电话少了。我偶尔得到他的信息也都是只言片语,似乎他的身体有所康复,但痊愈的程度不得其详,他的工作好像始终未曾中止,坐在轮椅上还仍然没有放下他那导演的话筒。我也没有给他打过电话去,因为还是不知说什么好。

后来,在这一个油菜花芬芳的时节,我又一次地来到了万佛湖。

如果说智者乐水、仁者乐山，那么我们不妨就做一回智者、仁者，人类的天性促使我们热爱万佛湖这样洁净的山水。徜徉在湖光山色的百里画廊中，咀嚼着湖的名字，便会体察出有佛性自内心升起，感觉这水、这山的本身仿佛就是智者和仁者的宏大影像。

一个人与一个湖或许本来没有多少实际的联系，然而这一个湖分明就是那一个人生的岔路口。佛家人说，得就是失，失就是得。不知武斐还记得那一次万佛湖之旅吗？倘若有一天他泛起了重游万佛湖的兴致，我愿推着他的轮椅在那道横亘在山水之间的大坝上，去找寻逝去在激情燃烧的岁月里的点点滴滴。

想到那一刻，我的胸中涌出一股难以言表的庄重的感觉。

2010 年 5 月

向城市回归的行军

学农，曾经被列为中学生的必修课内容。

初中第一次学农，汽车将我们送到了距城市几十里外的农村。忽然脱离了父母的视线，自由感像透明的小鸟扇动起我们思维的翅膀，无拘无束地飞翔。农村是多么美丽呀，田野永远充满了诗情画意。对于我们而言，一次学农更近似于一趟暂别教室令人心旷神怡的远足。接待我们的农民很爱惜小客人，只是他们可能不明白，生产队刨山芋为什么需要这些学生娃娃来帮忙？小家伙们干的那一点儿活似乎并不比他们所带来的麻烦更多。当然，农民和我们都想不出也没有必要去想有关学农的更深奥的意义。

村落、炊烟、庄稼、水牛以及从泥土里直接翻出平时只能在锅内才能看到的农作物，填充了我们的好奇心与新鲜感。然而几天以后，想家的念头开始像传染病一样向我们袭来，我们几乎从未离开过父母的呵护，起初的那种心旷神怡迅速地被莫名的惆怅所瓦解。我们这时才发现，刨山芋甚至比做作业更可恶；伙食也是毋庸置疑地不适下咽，虽然给我们搭伙的农民人家已经尽了努力；睡觉的稻草地铺，不由分说地埋伏了无数的跳蚤、臭虫大军；而无论如何，我们再也看不出，田野还有怎样的诗情画意。也是直到此时自由感才暴露出是何等的脆弱，农村生活的轻易一击它便分崩离析。那时我们已经知道有那首著名的诗句："生命诚可贵，爱情价更高，若为自由故，二者皆可抛。"然而我们并没有认真想过,自由,是千真万确的需要付出代价的。

幸而,预定的期限逐渐日满,我们的最后一项内容是步行拉练夜行军回城。在黑黢黢的公路上集体行军,我们有时唱歌,有时喊口号,有时模仿军人向队伍后面传达口令:这些行为在当时的年代是司空见惯和比较时髦的。回城的进发使我们情绪高昂,谁都没从另外一个角度想:我们同时在对自由的代价做一次迫不及待的逃避。

终于,眼帘内出现了城市上空的灯火的光芒,已经疲惫下来的我们顿时重新振作起来。"还不到七点半",我们欣喜地往后传递着这句话。后来才知道,这是一句被误传的口令,确切的时间已是子夜了。奇异的是我们明明感到时间的出入仿佛太大,却居然没有一个人去质疑它的真实性,盲目地从众心理表现得淋漓尽致。大约是我们都实在希望尽早地回归城市。

不久前我们中学的同学发起了一次班级聚会,时光若流水,许多人已是相见不敢相识了。我们当年的班主任老师欣慰地看到她的学生们,在毕业以后个别人留城,绝大多数下放了农村,经过不懈的努力现在有的出国了,有的成为教授,还有的是官员、军人,也有个别的跻身大款行列。自然,比例更大的是工人、职员和普通工商业者。

唯独没有农民。

记不清是在书上看到的还是听谁说过的事情,也是离校多年后的同学聚会上,他才听到了一个令人唏嘘的消息,一名女同学不幸逝于下放农村时。不少人都记得,毕业的扎根农村誓师大会上,好像就是她代表新知青发言的。不料竟成谶语,据说她的遗骨至今仍然埋在当年她栽的"扎根树"下。

如今我们不论经历过怎样的人生历程,全部不约而同地回归了城市。如今城市的景观也与以往大相径庭,每年都有大批的候鸟一般的农民向城市拥来。城市规模在成倍地扩大,地球上的绿地在大面积减少。人们在万众一心地将坚守城市作为生活目标的终极。尽管城市已人满为患、交通堵塞、空气污染,尽管我们仍然在讴歌农村的青山绿水孕育着诗情画意。这些都并不能阻挡人们对城市潮流一样向往着的行军。

城市在我们的人生旅途中究竟意味着什么呢?

我曾先后转过四五次学校,有时能把不同学校发生的事情张冠李戴,能把不同学校的同学也混为一谈,甚至,还有的同学不是想不起了名字,而是说了名字后心里依旧茫然。时光的流逝真是神奇,我偶尔对自己也不由产生下意识的怀疑,譬如有时我会觉得,那位逝于农村的女同学好像就是我们学校我们班的,我追溯了一下,她的模样竟然模糊朦胧,我恍惚中分明记得,那次夜行军,就是她转身对我说,还不到七点半。

是吗?我问自己。

1999 年 8 月

顺着大路朝前走

我们顺着大路朝前走，目标相邻公社的寨岭大队知青点。

我们是三四个知青点的部分下放学生，电影散场后我们就汇集起来，穿越过枞树林和土路，踏上了在白日骄阳下晒得滚烫的柏油马路。除了蒸腾上升的熏人的热气外，平整的路面脚感很好，我们愉快地朝前走。

光明大队的下放学生李岚哭了，据说看电影时寨岭大队的小戴不知怎么她了。反正有人提议揍小戴一顿，他妈的谁不去谁是孬种，我们这些人立刻积极响应，兴致盎然地向寨岭大队进发。

看电影在我们的农村生活中是一件重要的事情，不管在哪个村子放映，也不管这部影片已经看过了多少遍，只要听说了，我们都会热火朝天地赶过去。在干了一天的农活之后，还有比看电影更教人舒心惬意的吗？而今晚更是有个锦上添花的异数，小戴引发的新插曲使今晚的夜色丰富多彩。电影没结束小戴便不见了，回了他们的知青点，但这无关紧要，我们已经有了向寨岭进发的理由。

看电影回家的人群在田野上散开了。月牙儿明媚，星辰璀璨，乡村的夜景如梦如幻，我们的心情亦如梦幻。不远处居然飘来了口琴声，我们呼应了几声锋锐的口哨啸声，在农村吹口琴打口哨的一般都是知青。走着，队伍壮大了，一路上又碰到有下放学生自动加入我们的行列。大家不约而同显得机智而有趣起来，男生们比平时落拓不羁、倜傥潇洒多了,女生们则格外活泼生动,每一个人都不禁注意起平日被完全疏忽了的月光、雾岚、原野和溪流。我们实在不像是去哪儿滋事打架。

寨岭很快就到了,岔下平坦的柏油马路,这条机耕道通向山包子上知青点的大院子。前方那煤油灯光透过窗棂,在黢黑的夜色下像刚刚降落到枝叶上的萤火虫。我们猛然发觉这段路仿佛出乎意外的太短,大家都有一丝遗憾,怎么这么快就到了?犹如刚抬脚便到达了目的地。我们好像不满足,还想继续顺着大路往前走。我们这才记起此行的目的,还有的人却是开始明白,原来大伙儿是要来找小戴。

留在岔路口的是女生,男生隐进了黑暗的夜幕里。女生们都不再开口,紧张地凝眸远处那几盏煤油灯光,那儿将上演怎样的故事情节呢?过了一阵工夫,宛同一阵风刮过,灯光骤然熄灭,女生们兴奋起来,都想到一个使女知青李岚哭了叫小戴的男知青肯定落入倒霉的境地。同时她们也不自禁地升起了一缕忐忑和恐惧,寨岭的男知青会不会袖手旁观?倘若发生群殴呢?毕竟人家占有地利。那边的情况未知,特别的扣人心弦。

没多久男生们撤了回来,一副壮志未酬的模样。原来知青点的狗暴露了这些人形迹的可疑,还没找到小戴的房间,他便警醒地冲了出去,夜幕成为他隐蔽的同谋。大概他慌乱中撞到了门楣,锁扣上留下一绺眉毛和斑斑点点的血迹。

不管怎么样,小戴已受到警示,实现了预期目标。所有的人放下心来,大伙儿再接再厉地顺着大路朝前走,仅仅是寨岭又转换成了起点。返程时大家开始询问,为什么要揍小戴?然后问,他怎么李岚了?然后又问,李岚干吗要哭?不料却谁都没有答案。也是直到这时我们才发现,连最先倡议揍小戴一顿的是谁也不知道。

过了些日子,我们听到这样一则消息:李岚和小戴暗中正在谈恋爱，李岚恨死了使小戴眼角落下一道疤痕的那个人。

　　事隔许多年以后，几位当年的插友聊起去寨岭的那个夜晚，大家嗟叹，遭遇一个没有文化的年代时，人的行为是多么可笑和可怕。你顺着大路理直气壮地朝前走，其实并不知道自己到底是要去干什么。所以青春有时无辜有时迷茫。

1999 年 7 月

犹记露天放映时

下放农村时,最动人心弦的事情莫过于听说哪个村子放电影,十里二十里也要撂鞋底蹽去。农村的电影都是在露天放映,观众再多也不愁容纳不下。通常是生产队的稻场上竖起两根粗壮的毛竹,半下午便扯出了宽宽黑边的白布幕。大幕像海洋上的风帆一样在原野里招摇惹眼,消息就仿佛池塘的涟漪般扩散开去。

其实前两天便已经有情报递送了出去。放电影的日程一经落实,村里的妇女就忽然想起那久未见到娘家人了;小伙子们自然不会忽略即将来临一次向邻乡未过门的未婚妻献殷勤的机会;上学的孩子则是有了一回对其他村子同学炫耀的资本,平时值得自豪的事情太少,这下正好可以短暂地满足一把贫匮的虚荣心。

得到消息的人往往刻意隐藏住愉悦,漫不经心地说一句:"怎么又放这部片子?我们村去年就放过了。"以矜持支撑他们的自尊。通知的人却并不因此而颓丧,继续快活地嘱咐对方早点到,届时为他们在场上摆凳子占据有利的位置。

下放学生一般用不着特别打招呼,这些从城市来落户的知青仿佛具有一种天生的本领,广袤无际的田野上没有能瞒匿得过他们的事情发生,除非是他们不感兴趣的油盐酱醋鸡毛蒜皮,否则只要有点儿新鲜的或者奇怪的动静,他们立刻便狗耳朵一般地先听到了,至于哪儿出现热闹场面,周邻四方的下放学生必定云彩似的翩翩飘来。

　　下放学生的做派与本乡农民的差异这时就显现了出来，他们几乎不去抢占什么好位置，也不在乎幕前的场上挤满了人而转移到幕后的草地去看。三五成群吸着香烟，偶尔评价一下电影里的人物，更多的时候却是议论跟这场电影毫无关系的话题。放映的过程中，场上始终是熙熙攘攘，常有孩子回头突然不见了大人着急地喊叫。这时刮来一阵风，包括电影对白在内的所有声音霍地被吹到了一旁，宛若电影奇怪地放到左近的旷野里去了。

　　白色的幕布给阵风扇得鼓荡起来，更像大帆在摇曳了，幕上人物的相貌全都变了形，做着莫名其妙的不可思议的表情。于是就嘈杂得愈加厉害，爆发出故意的大笑和尖锐的叫骂。骂声多半是来自哪个大姑娘、小媳妇，她不经意间感觉某个部位被人乘乱偷袭了一把。也有羞怯不好意思骂的，通红着脸嘟囔着换一个自以为保险的地方作罢。不过万一她的身边有责任感很强的护花使者，又万一有作案嫌疑的不是省油灯的角色，恐怕就得引起一阵骚乱。放映员不耐烦了，说不定就要喊了：你们吵个鸟呀，再吵老子不放了！那时放映员在农村是非常吃香的人物，走到哪里生产队都要烟酒招待的。村里主事的马上就会站出来不分青红皂白地谴责吵架的双方：×他妈妈的你拿眼睛瞅电影你用手捏人家屁股做什么……还有那个你也是的，捏一下又没掉块肉，还吵得跟杀死了人一样！再吵电影就不放了！最后这句具有非常强烈的威胁性，对于放电影这等大事来讲，其他的小枝节都实在摆不上台面，骚动喧哗立马便被镇压了下去。

　　吵闹的时候，本来悠闲潇洒的知青们如听到了某种动员令，立刻打了鸡血般地兴奋了，唯恐天下不乱地开始了拥挤，然而没等他们挤到争执的中心，这边已经偃旗息鼓了，类同另一场电影刚上演，情节尚未展开又停电关机了。下放学生扫了兴，骂骂咧咧地退回原处。情绪受了点损伤，他们就有新发现了，从放映机对面的幕后看电影还是挺别扭的,演员尽是左撇子。不过他们也懒得另换地方了,谁又何苦介意这一点呢,这部电影哪个没看过八百遍?甚至连人物对话都背得滚瓜烂熟了。这年头,除了样板戏,好像还真没听说拍过什么新电影。

到这儿来,原本就无所谓看电影,仅仅因为电影在这里放映。

1999 年 7 月

鸟群飞过天空
——兼记温兄跃渊

不认识檀溪，然而大名听说得早。20世纪80年代，热爱读书还是我们的社会风尚，文学略等于一种宗教信仰，大多数年轻人都是它的门徒，在一座城市里，忽然一个作者的名字出现在了著名刊物譬如《人民文学》上，消息会像一群鸟儿从我们的头顶歌唱着飞过，如果我没有记错的话，二十多年前檀溪的那篇小说题目可能叫作《河西边走来的女人》。后来我才得知，檀溪的先生是作家，姓温名跃渊。

很多年以后我才又得知，在温跃渊的成长史中，有这样几件事值得一提：解放初期，皖北文化干校和省康复医院的休养所驻扎在他家所在的村子临河集，所以那儿经常放电影、举办晚会或其他文娱活动，并且还有一间图书室。而正由于坐镇着几家"省级单位"，该村又顺理成章地诞生了一个邮政代办所，每当朝霞灿烂霓虹漫天的时分，身着绿色制服的邮差便会披着霞光送来报纸杂志——这一场景很文艺，给那个稚嫩的小脑袋瓜里产生了无数的联想和憧憬。在1950年中国乡村的文化背景下，穷乡僻壤的临河集居然成了一个汇聚有文艺、电影和书籍的得天独厚的地方。日后身为作家的温跃渊，最高学历虽然小学尚未毕业，其文学艺术方面素养的源头却是滥觞于此，获益匪浅，比起今天作业重压下的孩子们，他的求知过程肯定要快乐得多，路径也不拘一格得多，这在温跃渊往后的文艺实践中可以找到印证。譬如他不仅著书立述，作品迭出；象棋技艺也拿得出手，在群众性的赛事中屡屡建功；书法颇有功力，是资深的省书协会员；丹青的悟性亦很高，尤以水彩见长，甚至举办过个人画展。按说这四大根基集中在一人身上已是出奇了，偏偏那还是"写作未读书，下棋不打谱，书法不临帖，绘画不拜师"的无师自通的四绝。可想而知，温跃渊在文艺家的队伍里理当算是一个异人。

举凡"异人"，必有其特别之处。温跃渊对文学的态度，虔诚到近于眼观鼻、鼻观心的无我境界，然而真要打坐他是万万静不下来的——他崇尚行动。古人将行千里路比作读万卷书，他学上得不够就用跑路来恶补。在不少年里，他都日夜兼程在路上，不到天边不回头。西藏、金三角、神农架、云贵高原……中俄、中蒙、中朝、中缅边界等。那年他穿越青藏高原，抵达海拔四千多米中印边境的一处前沿哨卡，作为第一位深入到这里的作家，受到官兵们的热情欢迎。被前呼后拥着的温跃渊情绪大好，向对面印军的值哨打个友邦招呼"哈喽"，人家吃了一惊，瞧这挺着肚子戴着墨镜的大胖子，估计是来视察的司令长官！那友邦兄弟恐怕没见过大场面，不是顾忌就是拘谨，竟一头钻回工事里就死活不肯露面了，"温司令"颇为扫兴。后来友邦们反应过来，这地方空气稀薄路途险峻，能来位司令长官委实难得，又想求见。温跃渊顿时来劲了，端起了架子表示中国司令不是好随便见的！我推想那天，这位司令阁下的神情肯定过于可爱了一点。而更多的时候他是朴素的、家常的：小岗村人来电话告知明天来肥造访，有事情要办，温跃渊不敢怠慢，推掉了其他要务硬是在家空等了一天。翌日小岗村的电话又至，他愤怒，对不起今天我也没工夫，要来改明天，谁叫你们失约呢！不遮不挡直抒胸臆，幸福着你的幸福，也气恼着你的气恼。温跃渊的至爱亲朋周志友周先生曾评价他是胆汁型的人，无论是爱是恨，他都会突然间动情：感时花溅泪，古道热肠敦厚悲悯，恨了则能把人脑子骂出狗脑子。豁达开朗兼蓄疾恶如仇，性格纯真、认真、率真还顶真——四真，所以他才能够几十年如一日地写下了几百万字的日记，呕心沥血地录载了半个世纪的文坛风雨和世间百态。三十功名不一定尘与土，但八千里路自是他生命里的云和月，如此艰苦卓绝的为了写作而奋斗不止，毅力坚忍、意志坚定得骇人听闻。对于像我等这般不思进取的懒散之徒绝对是难以想象的！

　　痴迷文学的人我见过。当年我在军营。那一阶段我们都沉溺于文学梦，最大的苦恼是没有属于自己支配的时间与空间，几个朋友只要聚在一块，总会毫无例外地谈论新的读书心得或新的想法构思，但构思也总是难得有合适的机会落实到纸上。就在这一年的春天，我意外地获得了一次较长时间的休假——在一个事故中，我右手不慎受了一点儿轻伤，到陆军116医院治疗一段时间。归队后，首长又批准我回家养伤一个月，这差不多可疑似为小伤大养。期间我如鱼得水般写了几个短篇小说，以后在文学刊物上陆续发表出来，给予了我日后坚持写下去的勇气和信心。

　　休假期满，返回军营听到的第一件事，是与我一个分队的梧发生了同样的事故。所不同他伤的是左手。我有疑念闪过：这种事故，一般是不可能伤到左手。然而现实令人无语。梧的家庭负担很重，父亲去世了，姐姐已出嫁，还有几个未成年的弟、妹，他十五六岁时便为减轻母亲的重担到外面找活干。在部队里我俩的关系最为密切。我的心刺痛了一下，这种事似乎格外不应该落到梧的身上。

　　梧归队时超假几天，受到了上级的批评。我们宽慰他，梧神情黯淡。梧极为羡慕我休假在家写了一些小说。而梧的家利用他这个长子回去养伤的期间翻盖了房屋，梧整日一身泥一身汗的，根本无暇顾及文学。这年底我离开了部队，临告别前梧对我揭开了谜底：那一阵子他构思了几篇小说，苦于没有时间写，受到我受伤回家休养的启发，自残了相对来说作用较小的左手无名指，得以休伤假。

梧万分沮丧地说，可惜还是没写成。我的心又刺痛了一下。

梧的事在较长的一段时间都刺激着我。那时还没有电脑，常在提笔之际，我便情不自禁地想起了有那么一个人，他对文学的钟爱胜过了珍惜自己。四季在寒暑中交错，岁月把我们的情感磨砺得粗糙起来，不知不觉间，一笔一画的"笔耕"切换成了雨打芭蕉的"敲字"，许多过去的印痕都随着时光的飘逝而逐渐淡漠了。我好像也愈来愈不思进取了，其不良表现之一，即是变本加厉地不喜欢把老师称老师。

在所谓文学圈内，一般尊称大都喊"老师"，包含有景仰和颂扬的意思，听起来很得文化传承之道。但一声"老师"之后也比较麻烦，举手投足总得彬彬有礼几分吧，敬而是很容易远之的，至少不能像寻常朋友间那样轻松随意。我自认懒散无形，尽量躲着那个麻烦，见到温老师就相当不自觉地"跃渊、跃渊"了。而时下的社会，若一人任过何职，最佳称谓是把他的那顶官帽挂到嘴上去，听起来宛若高高地抬在轿子上，太当家做主了，太功成名就了。其实功成名就的温老师也早就是位当家做主的人物，当年他创办的《文艺作品》是全国创刊较早的文学刊物之一，在广大读者中颇有影响，只是他虽然总负责，然而却缺少个官家最讲究的正式名分。名不正则言不顺，历史一言难尽，栏杆拍遍也依然难尽。君不见，他的运气仿佛老是差了一个脚后跟：写小说不如妻子，画画让位孙子，即便打个小麻将，别人是失之东隅收之桑榆，据说他反过来，收之桑榆又失之东隅，好像被红十字慈善组织专门培训过，经常壮怀激烈地慷慨解囊。后来他倒是得了一个名分——省民间文艺家协会秘书长，可怎么说呢，知道的，晓得是正经八百的正七品顶戴，主持工作的一把手，不知道的，却……怎么都秘书长了却又是个"民间"的，没听清楚还以为那是草根。所以说人不能比人，像周志友周先生，同样担任秘书长，人家是电——影——电——视——家——协——会，听听，哪个字眼不是掷地有声？后又挪了个座椅——《艺术界》杂志主编，瞧瞧，一步一个阳春白雪，步步都是大雅之堂，要是手里有一块惊堂木，他都可以明镜高悬了！不过幸好，跃渊兄不和人比，那活得多累呀，有那个劲头他还要上路。他总是兴冲冲地出现在大家的面前，要么一个乐天派，要么蓦然为某种分歧愤愤然，爱之也深恨之也切，一概皆为真情流露。所以在很多人的眼里，他就像是老顽童。

金庸的小说中，老顽童周伯通是一位奇情奇性武艺奇高的人物，他永远快活地东奔西跑着，不时给读者带来惊诧与惊喜。2010年，多家媒体都不约而同地称是"温跃渊年"，因为这年他令人震惊地一下子出版了五部新著。此前不久我晓得他还出了一本《文坛半世纪》，本来那部温氏著作和我没关系，然而他赠了我的同事们却独独漏掉我，这便与我就有了关系——伤自尊了！赠与不赠，本来不是问题，周志友周先生主编过一本洋洋大观的《德胜员工守则》，好评如潮，被业界奉为圭臬，再版了一遍又一遍；接着又力透纸背地写了一部《德胜世界》，好评继续如潮，他始终也无视朋友的求教之心，不曾馈赠一本以供我等日常学习。但我毫无怨言，因为他谁都没赠。人类社会历来不患寡而患不均，穷也罢富也罢，贫富差距一大天下就不太平，周志友周先生的厨艺应该很出色，他懂得烹小鲜亦如治大国。

跃渊兄此前较有分量的作品，大概是以报告文学为多。在这五部新著中，长篇小说《春风秋雨》最为特殊，初稿竟是写于三十年前，犹如一个孩子少小走失了找不到家，老大还乡时堪称"风雨"夜归人，真是一个漫漫的归途！算起来，大约就是我和梧受伤的那一年，《春风秋雨》的初稿杀青了。时间很巧，也可以说不是巧合，而是那个年代结下了太多的文学的因和果。我回合肥后的某年，一次闲聊中将梧的受伤说给一位年长的编辑听，他少有地激动了，托我同梧联系，若梧仍在写，他非常想帮梧一把。不久梧回了封信，他后来读了夜大，又担任了一点儿行政职务，家庭和工作事务缠身，信中没再提有关文学的话题。文学到底回归了平淡。

跃渊兄嘱我要读《春风秋雨》，这是前所未有的，过去他出书可是从来没有此说，想来此作不但灌注了他当年太多的心血，还有长达三十个春秋的惦念及期冀，是以格外珍惜。可他当年为什么不想办法把它出版？我从来以为小说是感性十足的，无论它的表情是剑拔弩张还是千娇百媚，它在春夏秋冬中的呼吸吐纳亦是分别不同，弥散着时代年轮的生命质感。我当然勤恳而认真地"遵嘱"了。毫无疑问，这部书是他小说创作的扛鼎之作。小说很感性，记录下的不仅是那风蚀的历史年轮，还有年轮上的青春祭坛，还有祭坛里不绝如缕的生命喘息。我不敢去想，这场"春风秋雨"竟然蕴积了三十年，才终于在今天形成了气象景观。也只有像他这样持之以恒的人能够做得出来！我想，倘若当年便刮起了"春风"下起了"秋雨"呢？我又想，难道书也与人一样有自己的宿命？

我是一个庸人，习性自扰。每天推开平凡世界的半扇门，柴米油盐酱醋茶七件事之余，我习惯了再侧耳听听，天空是否又有鸟群歌唱着飞过。

2011 年 9 月

革命老人

当时全国的战火尚未全部熄灭，我母亲南下来到了我父亲家乡的安徽大别山区，在地方上发动群众搞土改。那儿极少有女性出来工作，来往都是男同志，母亲单独一位女性四乡行走实在不方便，就把她房东的女青年带着一道东奔西跑。从此这个女青年就参加了工作，成为一名革命同志。后来我们称呼她娄妈妈。

无疑是革命改变了娄妈妈的命运。在我母亲来到那里之前，该房东女青年已经嫁为人妇了，她的丈夫是地主家出身，在国民党政权的大溃败中去了台湾，如果不是她及时地加入了革命的队伍，可以预想她很快就将面临怎样的境地，以后的人生必将重写。

命运有时很难说得清楚。1938年国共合作建立抗日统一战线，父亲所在的红色地方武装改编为新四军，即将拉出山去。行前父亲回家一趟，诳骗得手了家里喂养准备过年杀的一头猪，又鼓动三个同村的伙伴一道偷偷地赶着猪回到驻地，大吃一顿之后队伍下山奔赴抗日前线。村子里四家的父母闻讯他们的儿子将去远方打仗，天晓得今生还能不能再回得来，惊恐得连夜追赶，直到舒城才撵上了他们。结果是那三人被各自的长辈们押了回家，继续他们今后的务农生涯。只有父亲踏上了新的征程。而爷爷奶奶的心情也极端复杂，父亲的红色身份在家乡一带早已为人所知，他若留下来很难说不会陷入更大的危险。四十多年后，那三人中的一位向回老家探亲的我大哥感慨，当年倘若他们坚决地跟着我父亲走了，那么现在也是拿着国家工资的老革命了，不会还在家当农民。大哥回来聊到此事，父亲听后半响才说，是抗战干部了，但也可能被打死了。这件事的成立需要有一前提："如果"那三人上了战场并幸存下来。这一未知的命运未免太"如果"了。

后来，改变了命运的娄妈妈又嫁给了一位八路军的南下干部。我们两家先后来到了省城，她的南下干部丈夫与我母亲是山东老乡，有这两层关系，我们两家的往来便十分频繁。小时我和姐姐们特别喜欢到她家去过星期天。不晓得什么原因，娄妈妈同南下干部丈夫两人没有生育，她无子女守在身边，似乎就对天下的孩子都无比亲热，总是储备下许多糕点糖果一类的零食，引得左邻右舍的小东西们都尽朝她家跑。她对我们这些孩子的称呼很奇特，男的一律叫"儿子"，女的则喊"细妹"。儿子好理解，"细妹"是潜山的土话，小姑娘的意思。咀嚼起来，大概儿子应该更亲。

直到下放后，回城探亲我仍旧还不忘去看她，每次她都欢天喜地的。其实娄妈妈有所不知，那期间我去蹭着玩，实际上是由于她曾讲过，要将她邻居一个叫"五毛"的姑娘说给我做女朋友，当时我正在心底里暗中喜欢另外一个同样叫五毛的女孩子，对这个字眼尤其敏感，有点爱屋及乌的意思。可随后她好像把这茬事忘了，我没好意思提醒，渐渐失去了耐心，便再没兴趣去了。因为在那儿除了接受她的亲情之外，你还得不停地听她叙说有关革命的内容。她始终心怀感激，不忘我母亲是她的革命领路人，谆谆教导我们好好学习天天向上，勤俭节约艰苦奋斗，桌上掉个饭粒得捡进嘴里，衣服打了补丁是革命的本色，裤角大了头发长了她都很有看法等等。

再见到娄妈妈的次数便开始少了，只有她来我家看望我父母时还能碰到。至我搬出去过起了小家庭的日子，就几乎听不到她的声音了，只是偶尔听父母谈起，娄妈妈的丈夫去世之后，独居的她如今十分消瘦，老得厉害。单位的同志为了她生活得更好想有一些照顾之举，却多被她坚决地拒绝了。娄妈妈依然一如既往地坚持烧柴灶，不肯使用煤气炉，不愿买空调一类能使生活舒适起来的家用电器，怕人变锈了，而看电视则是因为需要关心国家大事。她最为痛恨的是当今社会上的腐败丑恶现象，并且看到什么美容院、歌舞厅就气不打一处来，工人下岗她比总理还要忧心忡忡。所有认识她的人都认为她的许多想法简直不可思议。她还天真得可以，有两回她向我父母询问我的地址，说是我经常发表文章，要委托我向党中央反映情况，想问问我们的老传统是不是不要了？我家人当然知道我离党中央同她一样遥远，高低将她搪塞了过去。

前不久我回父母亲家，正巧赶上娄妈妈来了，一副愤慨的样子。我正好要到附近的一个朋友家去，也怕她又要找党中央，我连忙溜了。等回来时娄妈妈已经走了，问起来方才晓得，今天娄妈妈在公共汽车上碰到几个小伙子殴打一个进城的农民，全车几十口子没有一个人敢于制止，唯有她一个老太婆大义凛然地站了出来。作恶者威胁她，老东西你不想活了！娄妈妈怒冲冲地扬声道，要搁以前我叫你们一个都跑不掉，全部抓起来！他们居然被她镇住了。

我遽然涌出了一股愧疚感，我实在应该留下来听她聊聊，哪怕她说的有些东西我并不同意、难以接受。我们成天在到处寻找着什么理解，可是谁来理解她呢——一位革命老人。再者，当面对邪恶那么多体魄强健的青壮年都畏葸不前、无动于衷，而需要一位羸弱的老人出来匡扶正义的时候，我们还能有什么自以为是的话语可言？想到娄妈妈我的思绪是复杂纷呈的，不过其中分量最重的那一部分肯定是尊敬。

2000年2月

先生，不仅是一座山

不消说，先生是一座山。从小说、电影《天云山传奇》的问世令社会为之一震时起，"天云山"的峰巅便成了一个文学的高度，"天云山"也被视为了先生的一种标志。

记不清哪一年，也想不起来究竟是初寒乍暖的春天，还是云蒸霞蔚的夏天，或者清风怡爽的秋天，抑或雪花飘舞的冬天——省体育中心（如今的红三环体育馆）室内的恒温把季节的印象在我的记忆里抹淡了，总之是20世纪90年代上半叶的某一个晚上；也同样记不清到底是省妇联、省工会、团省委还是省直的什么单位，单独或者联合举办的一次总之是与文学无关的大型活动，我却清晰地记得那一天嘉宾席上的先生不是以作家的身份，而是用一位寻常长者的口吻谈起了一个关于青年、关于家庭、关于生活的话题。先生是拉家常式地从自己的家说起，然后话题才逐渐地生发开去。我坐在离嘉宾席较远的一个座位上望着他，当先生用充满了一种父亲的满足感讲述着他的子女们的成长时，我，也许在场还有很多人都感觉到，对于他的孩子，他大概就是一位普通的父亲——普通如大多数不乏严格同时又宽容慈祥那样的父亲。我和先生的儿子书潮是朋友，以后又同他的女儿书妮是同事，站在这样的晚辈旁观者的角度，每每回想起某年某月的某一天，先生语气温馨地心满意足地谈着他孩子们的那个场景，才能比较真切地想象到，书潮和他姐姐们的父爱，是怎样的如山。

不过，先生不仅仅是一座山。我们在很小的时候就受过他作品的熏陶，最起码"文革"前的电影《风雪大别山》我是看过的。但是先生的名字第一次镶嵌进我的脑海，却是直到多事的1976年，在众所周知的政治、历史原因下，合肥市中心四牌楼一带的墙壁上雪片般地贴满了纪念总理周恩来的文章，其中一篇的作者就是先生，因文章的不同凡响，亦因姓名中也有总理的一个"周"，使我牢牢地记住了那三枚大字。那年我十九岁，青春似火地憧憬着未知的未来，而青春和憧憬仿佛更容易被文学所打动。三年后的1979年，已是一名文学青年的我，再次看到了镌刻在"天云山"上那作者的名字。遗憾的是我有幸近距离地得到先生教诲的时间比较迟，在很长的时期内对他只能是远远地高山仰止，只能从远处看到先生大量的电影、电视剧文学剧本，长、中、短篇小说和散文等作品泉涌而出，直至2005年以七十七岁之高龄，他令人惊叹地又奉献出了七十五万字的鸿篇巨制《梨花似雪》。这些艺术上不断创新攀越的作品在国内外产生了广泛的影响，一部一部异峰突起，形成了一条绵延起伏的文学的山脉。

先生清癯瘦削、银发皓首，而他最显著的特征大概还数挺直的腰杆，即使高龄，即使病中，也始终是一副挺拔的形象。先生患有肺气肿病，近年来严重到稍着力走路便喘气困难的程度，可是他永远挺直得宛如一棵苍翠的劲松，焕发着微笑的脸庞上也从来看不出病容。2005年盛夏，在江城芜湖，《清明》《安徽文学》和当地政府联合举办的采风活动中，一次上楼时我想要扶着他，他却微笑地谢绝了，如果不是在两层楼梯间他还需要停下来休息片刻，谁能想到如此挺拔而微笑的先生竟是一位病人呢？立在一旁，我的心情不由得顿时庄严了许多。也许我们自己，更应该去挺拔而微笑地生活才是。类似的文学活动，先生只要身体状况还许可的话，都会不顾车马劳顿尽量参加，竭力奔走于繁荣文学事业的途中。安徽这些年来的文学创作比较活跃，不少作者出书都期冀先生能为他们写一篇序，以提高书的档次，我相信其中一部分书的水准可能并不高，但先生却总是欣然命笔，为作者写下词语恳切寄以希望的序言。因为，先生对生活、对文学、对人们的爱是一种发自心灵的博爱。和省内不少同为先生的晚辈作家相比，虽然我和先生接触得比较迟，可是我从先生那儿得到的厚爱与恩泽，却并不比别人少，而且是直抵肺腑的，只是我想，与其在这儿肤浅地说上一通，仿佛不如深埋珍藏在心中更合适。因为先生的博爱如同他家乡八百里波涛的巢湖，用辞令所表述的，肯定就只是浅浅的一湾。

　　2006年11月26日晚，妻子归来给我带回了一件红色的上装，她让我明天换新衣上班，一试，稍嫌大，平时我只怕麻烦，在衣着上并不讲究，偏偏这一天妻子和我都计较了起来，决定改日拿去再重换一件。妻子又从橱里找出了一件黑色的衣服，说，明天你穿这件黑色的吧。

　　于是翌日早晨，我穿着黑色的衣服走进清冷的晨风，听到了从昨夜雨幕中传过来的那个黑色的消息。苍天，也许就是悲悯的苍天给了我一个悲悯的暗示，嘱我穿上肃穆的黑色衣服，去为是山峰，也是山脉，也是湖泊的先生……送行！

2007年1月

新时代的庄园主

李朝瑛的先生肖孝生,简称"老肖"。

高中时期的同学刘小雁从美国回来探亲,隔着茫茫无际的太平洋奔波一趟不容易,当年的班长李朝瑛想邀几个同学聚一聚。

刘小雁是半途转学到我们班的,并且当年在学校分性别界线,男女同学接触本来就不太多,加之我记忆力掉链子又总掉得不是个地方,印象几近空白。她现在是大洋彼岸的数学博士、大学教授——不由我不心生恭敬,但仍然想不起青年时代刘小雁同学的模样。电话里李朝瑛说,离开学校后,你和刘小雁还没有见过呢。李朝瑛还是当班干时对于同学的那种诚恳细致,而今又加上了一副经过岁月浸润的古道热肠。

李朝瑛曾是国企职工,后辞职,摆了一个地摊,日晒雨淋地做起花卉盆景的小生意。我们一个在省外贸系统做大进大出大买卖的同学闻知了,某日来到摊前,伫立良久后质问:你是不是没饭吃了!李朝瑛想了想,认真地回答是的,没饭吃了。同学蓦然转身离去,未再置一词。是啊,人总得要有口饭吃吧。其实该同学有所不知,李朝瑛之所以选择了这样的生活方式,与肖孝生有极大的干系。老肖打小喜爱盆景艺术,他当过家具厂的车间主任、销售科长,在商品供应匮乏的年代这差不多是一个能够让人活得比较滋润的位置,他却为了一桩关乎属下工人切身利益的事情愤然挂职离去,老子不侍候了，回家玩起了盆景。一晃二十年过去，他的盆景玩出了点名堂，圈子里的人都知道那个老肖手上出绝活。当然，经济上也大大地翻了身，不仅在市区繁华地段的裕丰花市开有两间铺面，而且还到郊县岗集镇的龙岗村建了一座庄园式的花木盆景培植基地。

庄园坐落在水烟迷蒙的大房郢水库湖畔，傍水、绿荫、清幽、怡人。老肖好客，李朝瑛常引同学来玩，原来刘小雁以前回国时就已来过，我却是初次造访。这里从房屋建筑到桌椅的设计都出自老肖的手笔，不过他的智慧更多地还是体现在那些奇妙的盆景上，给了孤陋寡闻者如我，见识到植物造型艺术是如何的化腐朽为神奇。不经意地问了几盆的价格，我都一一地吓了一跳。李朝瑛骄傲，说老肖的成果只要拿出来，便非常的抢手。在这个行当中，老肖他虽然没有什么可资炫耀的头衔，作品倒每每令人叹为观止。

茶罢，老肖带我们去野外游走。穿过村子的小道上，几只土狗从后面蹿出来，热情洋溢地追着吠叫，女士们惊慌，我的腿下亦不自在，曾经我下放农村，出门就很是头痛犬类乐此不疲的好奇心。本来前头领路的老肖，此刻落到最后，不动声色地充当起一道屏障。我心底悄然一动：这是一个处处留意关心他人的人。

高中毕业，我们同学劳燕分飞，插队农村者众，极小的一部分留城。而从社会分工意义上真正的分道扬镳，却是跨越1977年恢复高考的人生走向的分野之后，那时的大学生是名副其实的"天之骄子"。在这个幸运的人群里，又有一小部分成为日后的社会精英。一段时间有人爱抱怨我们这一代运气不好，读书时赶上"文革"，工作时遇到下放，还有诸如"铁饭碗"要砸了，福利房要买了等等，什么好事也没赶上，哪件坏事却没漏掉，真是应了那句老话：一趟赶不上趟趟赶不上，好像喝口凉水都塞牙缝。这倒也是实情，不过我还是不敢完全苟同，起码由于时代背景的差异，我们年轻时就业所承受的个人精神负担，就比今天的青年人要小得多。有时在电视、报纸见到又创建了多少新的就业岗位的宣传时，我脑海里却常常浮出的是下岗及无业者的愁容。再者，姑且不说那一帮天之骄子的幸运了，我们少年时期稚嫩的肩上又何尝压过当今孩子们这般沉重的书包？即使日后成为业界精英人士的刘小雁，也无须没完没了地悬梁刺股，就轻歌曼舞地成长起来了。

中午在母校的大门外等候李朝瑛的车时，一位风姿绰约的草帽女士款款地映入眼帘，她在门口稍事流连，便又踅进门厅内一番巡览。我想，按这一时间和这等韵致，她该就是美利坚的博士、教授、我们的刘小雁同学了。等李朝瑛到一招呼，果然。

这些年刘小雁真成了一只"雁"，候鸟般地飞来飞去。此有一说法，叫"洋插队"。李朝瑛是插过队的，"土"的；而在已是过眼烟云的知青时期，老肖并没有去插队，现在他从空气浑浊的城里不辞辛劳地跑到天空湛蓝的农村摆弄盆景，来了一次新时代的新"插队"，其性质却有着天壤之别。这世事真可谓白云苍狗。老肖说，除了花木盆景艺术，他也没有其他什么嗜好。我便有点儿明白他了，从他喜爱上花木盆景那时起，他便有了自己一生的"村庄"。后来晚上，我送小雁回家的路上就老是想问问她，候鸟的"村庄"在何方？

2007 年 7 月

走向大排档

朋友聚会，在家嫌烦、怕累，更为躲避妻子唠叨，就大拇指一翘，走，吃大排档去！

坐大排档的人没那么多繁文缛节，不用按宾主贵贱高低分配座次，无须将雪白的餐巾细致地搭在胸前，端起酒杯前彬彬有礼说上一大套必要的开场白全免，多少有点儿虚伪的绅士风度可以不介意地抛到一边。大排档的风格是率真与直接，大碗吃菜大杯喝酒或细细品菜小口呷酒随你。大排档主要是晚上的生意，人们白日注意言谈举止保持形象已经累得够呛，这时夜幕遮挡了大部分的世界，正好可以随性挥洒，真真切切地活他一回。找到这块平平等等自由自在的小天地，要的就是这份感觉。

大排档的风景线斑斓多彩，有乞丐巡回光顾，有玩小把戏的凑趣，有吉他手自弹自唱，有卖花者周游席间……这里没有高档饭店的玻璃大门，没有雍容华贵的大理石地面，没有几无声息的冷暖空调，没有教你误认为人生就是舒适、道路就是平坦、四季就是如春的一切人造的假象。生活内容从灿烂的灯光和黯淡的树影下同时向你涌来，冬天是冷的夏天是热的不作任何修饰。从你桌旁踅来踅去的，都是和这桌酒席无关但同社会有关的人，他们需要赖以生存的人民币，愿意助人为乐时，你不妨就从口袋掏出几个。其实施善好义并不是单方面的受益，对方的快乐能够感染到你，所以受施者无形中也还给了你一个开心的心情。瞄准了这儿来寻银子的人大都生活不易。问起两个年轻的吉他手，原来还是大学生，两人的家分别在不同的县城，经济条件都不是很好，晚上来这儿就当是勤工俭学了，想给父母分担一点经济压力。

这儿也还有能令你吓一跳的。我和朋友常去的那地方，十回见十次一个戴小红草帽的孩子，长得眉清目秀，机灵可人，他往桌前一站，不开口说话，三顶草帽在手上和头上跳跃飞旋。猛一见以为要卖帽子，顷刻明白小家伙是讨钱的。以后遇见不禁多问了两句，原来他是同其叔叔一道出来的。每天，他要定额上交二十元钱。这样的孩子，他叔叔一共带出来六个。孩子们活动时，他叔叔就蹲在马路对面的阴影里。当下略略一算，不禁大为惊骇，在现时大排档的社会背景下，他的叔叔绝对是高薪阶层！我的心里泛起一股说不出的滋味，1987年我曾和朋友骑车去淮北的乡村采风，遇一做父亲的是这样对我们夸奖他的儿子：你别看他小，能干得很，已经会讨饭了！十二年过去，当年的那个会讨饭的五六岁孩子该已成人，也是孩子们的叔叔了，他还在把这作为谋生手段吗？而那时我们谁又能想得到，在今天的城市大排档边，乞讨竟然发展成经营管理型的现代经济模式之一了！我向马路对面的阴影下望去，视线没有搜寻到小红帽的那个叔叔，不知此刻他盘踞在哪一处阴暗的地方。好久我都在疑惑，那人不知可真是孩子的"叔叔"？看年龄"小红帽"应该去上学了，而今后他会上吗？我不知这句话该问谁？

大排档摊主通常无须准备发票，到这儿来的几乎都是掏私房钱，报不了销。赶上公款吃喝的，一般要挑富丽堂皇的大酒店，否则请和被请的心里都不好受。公款消费的本身带有权力象征，大排档无法体现出这种象征色彩的绚丽光芒。何况百十多元的活儿，到了大排档已算豪华宴请，若不经意地拍出四五百元喊菜，摊主肯定立马诚惶诚恐，肚子里忐忑，以前没得罪过这个家伙吧，他是来烧香的还是来拆庙的？

摊主真辛苦，来来往往熙熙攘攘皆为利，这儿利也是蝇头小利，热热闹闹下来，一天挣不了多少营业额。来摊前坐的，首先都是考虑价廉。还有那生意清淡的时候，摊主双手搭腮，抓着香烟猛吸，眼巴巴地盯着过往行人，恨不能逮几个食客过来。终于熬到上客了，吆喝一声老板，摊主慌不迭地忙前蹿后，自命小二，哪里敢当老板！正宗的摊主不是掌勺的就是跑堂的。我走过的一些大排档，摊主大都是下岗工人，为的养家糊口。

"大排档"这个词似乎是从南边传过来的。近些年来南风渐进，给我们带来不少新感觉。我查询了1979年上海辞书出版社出版的《辞海》，尚未见有"大排档"的词条，可见此物也算是我们的新生事物。"下岗"这个词被中国的老百姓经常挂到嘴上，是90年代始的事儿，看来二者介入我们生活时间颇为贴近。于是再有友人小聚，力邀去大排档又多了一条冠冕堂皇的理由：走啊，帮一把下岗的朋友去。

我们常去的那家大排档，摊主是年轻时就在一块儿玩的朋友，前些年下了岗的。

1999年5月

孩子的红蜻蜓

草地上的孩子绊了一跤，咧开胖嘟嘟的小嘴要哭。那么轻轻的摔倒不至于造成多大的疼痛，主要是孩子吃了一惊，吓了一跳，产生了一种类似于委屈的感受。母亲连忙抱起孩子，拿糖葫芦哄他，试图用物质来补偿他精神上的受挫。孩子继续哭闹，母亲锲而不舍地使劲用糖葫芦抚慰他。终于，孩子被招安了，破涕为笑，向天空挥舞着小手，脸蛋上开放出朝阳般璀璨的笑靥。母亲成功了，功德圆满。然而她并没有注意到，实际上孩子的情绪转变，是因为他突然看见了一只红蜻蜓，像个快乐的小精灵一样在阳光下穿梭飞翔。孩子顿时将其他的一切忘了，包括刚才跌的那一跤，和他平时爱吃的糖葫芦。

这一幕令人感动。一个孩子，比全世界的大人都更有理由为一只红蜻蜓而纯粹地快乐。

曾经看过一张漫画，题目叫《放假以后》——交代出了特定的时间背景。画面是一个孩子伏在高高的课本堆上做作业，眼睛却恋恋不舍地瞄着屋角的那只足球。使人加深印象的不是画得传神，而是从孩子的脑袋里引出了一行文字，他在想："我要做个好孩子……"这就提醒了我们，大约孩子的老师、父母、抑或还有爷爷、奶奶、叔叔、阿姨们都一而再、再而三地教育他，要做一个好孩子。如果做了好孩子，便能得到大人乃至社会的喜爱和奖赏。而做"好孩子"正是一种对社会的承诺，是考大学前最重要的精神准备。有奋斗就会有牺牲，所以做"好孩子"是需要牺牲的。于是，就像我们天天看到的那样，学生的书包越来越重，作业越来越做不完，压力越来越大。

女儿就读的是一所市重点中学里的重点班，作为父亲我常去参加学生家长会，那位极其负责任的班主任老师，对这些做家长的要求丝毫不比对她的学生松懈，一二三四五，五四三二一，恨不得家长变身成为显微镜、放大镜、望远镜，总之务必要做到将孩子们在校内外都处于严密的作业督察之中。班主任老师有她的无奈与苦衷，教师承担的压力似乎更大，她比其他人更深刻地明白，高考分数线这一条死杠子是任何考生都必须严阵以待的，万一升学率下来了，从教委到学生家长都将首先责怨谁呢？所以我们只有万众一心，全社会团结起来熬到高考的明天。所以从家庭到学校到社会我们一直在努力，为了这个目标一定要培养出好孩子，时刻谆谆教导他们，只有做好孩子将来才有前途。当然我们亦不会忘记告诉他们，不做好孩子，前景将如何如何的黯淡。

因为我们通常绝不会为一只飞翔的红蜻蜓放弃糖葫芦的。等孩子长大以后就将逐渐明白这一道理。所以我们在他们尚未长大以前，就预先设定下"好孩子"的标准，然后等他们的下一代读书后，再告知他们下一代。

我们好像全都忘了自己曾经也是孩子，曾经也宁愿去追逐飞翔的红蜻蜓。

1999 年 5 月

妻是运动员

小时候身体羸弱，一上体育课便满脸的愁云惨雾，成绩历史性的丧权辱国，在田径场上测试，班里几乎一半女生跑得不比我更慢。当时我心底里很悲壮，悲壮完了就恶毒地想，让你们暂且神气一段时间吧，将来我娶老婆非要找个比你们跑得快的。

后来，女友真的是一名田径运动员。

20世纪80年代人民的精神、物质生活还没有今天这么丰富，服装色彩单调，满眼蓝灰青中霍然冒出一身姹紫嫣红色彩鲜艳的运动服很是耀目，再加上我当时年轻气盛，恃才傲物，携女友出入便自以为是的很有金童玉女的良好感觉。有时故意在朋友面前显摆，就装作不经意地说，不服气你们和她跑几步试试！

女友创下了两项中长跑省纪录，平时没见她走路累过。约她出去散步，一般我都心有余悸地推辆自行车，走一阵便跨上去慢骑，悠然地在她身边随行。女友十分有意见。我就辩解，我陪得起她吗？早知我得先去练几年竞走，再回头来跟她谈恋爱。

婚礼上，仪式之一是介绍恋爱的经过。我老实坦白，妻子追我，一追就把我追到手了，快得连我想浪漫一下都没有来得及，就是这样简单。她坚决反对，表示并不是这么一回事。好在事实是明摆着的，我能跑得过她吗？她追我，饶我先跑一百米后才起步我依然插翅难逃；倘若我追她，天晓得现在她跑到哪儿去了？

妻是运动员，丈夫遭遇的一个最显著的麻烦是，她多年训练形成了一套严格的作息时间表，春夏秋冬早睡早起，我则相反。妻子便忍不住发牢骚，声言全省体委大院只有两个人睡懒觉，一个是我，一个是我女儿。我姑妄听之，不予反驳。居家过日子最重要的是宽容，无论何事，我掌握有一条原则，小不忍则乱大谋，尽量不与妻子吵嘴，你想啊，即便我愤愤然离家出走，也只不过在四处瞎转悠，又跳不到月亮上去，转累了终究还得回家；可她有省纪录在身，假如吵翻了，她一气之下跑走，谁能撵得上，还得害我要大老远去国家队请人才能把她追回来，岂不动静闹大了？

她说多了我也嫌烦，她要是棋类运动员就好了，观棋不语真君子，耳朵清静！不过我还有一种类似于劫后余生的庆幸，幸亏妻子练的不是摔跤、柔道、散打、拳击这一类项目，否则我连烦躁都不敢稍露分毫。所以我对同乡李鸿章大人关于弱国无外交的悲愤特有感触，对唯有国强民富才能扬眉吐气挺直腰杆子的理解格外深刻。修身齐家治国平天下，个人与国家同理，你得比别人多一手，说话才能硬得起来，否则家将不家、国将不国。

妻常以自身的经历教育女儿，她们当年训练的艰苦不是常人所想。现在的训练条件今非昔比，除教练之外，还有整套运动科研、营养结构、医疗恢复手段、高科技器材等等人马班子跟在后面服务，保驾护航，没有做不到的只有想不到的，凡是能够想出来的都为你准备好了，宛若一大家保姆围着个独生子女，万般花招使尽，保佑你朝着领奖台上走。一旦奖牌挂上脖子，立马还有多少多少奖金塞进你的口袋，犹如给孩子发一大堆糖果，哄你下次还想要。而妻子她们那时只知道睁开眼睛就没命地跑，拼身体拼意志，教练布置十公里，自己却能再悄悄地加上个五至十公里。拿了冠军，奖品基本上就是一套《毛泽东选集》。女儿听来以为童话，想不通怎么还有这种人这种事。

妻子从少年时代便进了专业运动队,婚前几乎没有做过什么家务事——当然,我也强不到哪里去——女儿曾经抱怨:爸爸烧菜真难吃……妈妈烧菜更难吃!妻子差不多是吃专业运动员伙食长大的。她们的食堂其实就是一个高标准的自助餐,在物资匮乏的年代里提前过上了丰衣足食的共产主义生活。不过,她并没有因此养成大手大脚的习惯,特别痛恨浪费,小家庭的日子被她过得分外抠门——不是一般的抠,是前无古人的抠,或许这与田径运动员在跑道上分秒必争、锱铢必较有关。前不久朋友有请,午宴快结束时多上了一盆米饭,散场时她盯着饭盆,因为是人家买单她想打包带走又不好意思,遂偷偷地问我这盆饭会不会被服务员端到后堂倒掉。我郑重地思考一下,认为像这样几乎没动过的一满盆米饭,估计饭店更可能将加以充分利用,不致白白浪费。妻子方才放下心来,说是要浪费了就不好了。我一时无语,这盆饭被倒掉肯定不好,然而若是稍加修饰又端上了其他顾客的桌子应该更不好,至于过后或让该剩饭充作服务人员的佐餐是否就好?我没往下想,不愿沿着这一偏执的思路寻踪。餐后打包,把多余的食物带回家去也就是最近出现的新景象,体现了一种观念的进步。社会进入了多元化的时代,有些东西被更新、有些东西被淘汰,但有时我却不禁想,是不是所有的更新与淘汰都是进步?譬如体育,在大众中最具影响力的体育项目足球,我们在这个运动项目上进行了令人瞠目结舌的巨大投资,可全国绿茵场的数量和群众性足球人口却反而锐减,足球成了九斤老太托生,一代不如一代。在这个问题上,我们得到的同失去的究竟是什么?

前一阶段,妻的两项省纪录终于被打破了一项,我失落一下后松了口气,总算是继续拥有一位保持省纪录的妻子。妻却不满,如何还有一项打不破呢?我大公无私地想想,承认有道理,有二十余年了吧,这个纪录早应归于历史,也该让今天多一个小伙子像我当年那样,去尝尝拥有个省纪录保持者的女友是何感觉了。

2000 年 2 月

葛庆友兄

那天，一桌子平时不太注重仪式感的人讲究起了仪式——高低把葛庆友隆重地恭送到了主宾的位置上，按照似乎是那种公序良俗兼道德风尚的先后依次入座，继而，在热烈的气氛下开始频频向"葛老师"敬酒。席间唯独我是一个异数，直呼其为"庆友兄"。省文联主席季宇一贯尊老爱幼礼数周全，他有点儿不好意思地表示，他们都称葛老师，舟扬帆却叫庆友兄！话里既是对我的谴责也是一种解嘲。葛庆友笑，叫什么都一样，随他喜欢去。

其实我是一个谦虚谨慎戒骄戒躁、常常不忘用批判性的目光扫描一下自己言行的人，但我还是更愿意叫庆友兄，尽管就年龄而言，好像他也不妨排在我的老师一辈了。

葛庆友自小习画，拜在中国画泰斗萧龙士先生的门下。初中毕业他同时参加了高中考试和安徽省艺术学校的招考，幸运地收到了两张录取通知书，读高中日后可以考大学，可当时正赶上饿肚皮的"三年困难时期"，于是他选择了不用交学费还"管饭"的省艺校。想来他的运气不错，仿佛生活中缺什么，便能补到什么。果然，从艺校毕业后他被分配去了省幻灯制片厂工作，才三年工夫居然就一路官运亨通地当上了副厂长。在格外重视资历的那个年月这可不是闹着玩的，绝对是祖坟头上冒了青烟！如此这般地发展下去，也未必将来不能弄个师长、旅长干干。然而他的那个艺术的梦想始终不灭，犹如一只蜘蛛在心田里结满了扯不断理还乱的网丝。当官和画画之间直接的矛盾就是大量的时间被占用了，等听说将要组建安徽省书画院时，他终于忍无可忍地不要头上的顶戴花翎了，决心辞官调走。可是此刻，过去的好运气却都摇身一变，变成了他调离的阻力，你好歹也是一个单位的负责人，随便就想挂印而去，岂不乱了套？葛庆友只好去一级一级地疏通关节，但领导们都是爱才的，何况当时书画院的画家编制还没有批下来，即使调动也只能以普通工作人员的身份进去，出于爱护小葛同志的前程，也要挽留住他。不过这个小葛同志对兼济天下实在是不感兴趣了，一心只想着独善其身，费了九牛二虎之力，到底如愿地调入了省书画院。从此，能够心无旁骛地画画了。

这是一个不求闻达、但求快意人生的性情洒脱的角色，不由得我不钦佩，还油然而生了一种亲切感。亲切感的结果，是我从初识起便把他引为同类，视作我等一路子人；副作用则是我宁愿"不见外"地称他一声"庆友兄"。

葛庆友刚进画院时，文化部的外展公司就曾花90元钱选购了他两幅画。需要说明这可是20世纪80年代初的人民币，经花！当时合肥市最高档饭店"淮上酒家"的一桌最高档的酒席，也只需25元钱。大约从那时起，葛庆友便没觉着怎么缺过钱。没几年他便很快在画坛声名鹊起，作品在国内屡屡获奖，连续在美、法、德、日、韩以及东南亚国家展出，被许多博物馆、美术馆收藏，画价自然也随着声名的远播而水涨船高。在这位不缺钱的著名画家的眼里，钱够用就行，再多谅你也不敢吃到肚子里去，肠胃消化不了那玩意儿。一张小钞票又没有分量，难道比亲情、比友情、比人间的冷暖还重？萧县是闻名遐迩书画之乡，县城的书画一条街里，有人仿葛庆友的画出售。一朋友瞄得真切，拉他前往"打假"以儆效尤。葛庆友婉拒了朋友的好意，他的名字还能给人家混一口饭吃，不也挺好吗？

另一朋友想开一间书画店，可是本钱不足，葛庆友二话没说便送给了他五六张画以资开张。朋友感激不尽，葛庆友却因为能够有机会帮得上朋友而快乐，兴奋得招待他喝上一壶酒。

　　葛庆友的酒量很小，而且"上脸"，三杯一灌，若上戏台扮关云长就不必化装了。小时候他家那有个戏园子，得空时他最爱趴在围墙的一道缝上去眯起一只眼睛"瞅"戏，就这样培养起了对乐曲的钟爱。前几年酒后他也喜欢卡拉OK一把，歌喉一展我猛丁睁大了眼，怀疑他是否研修过声乐？葛庆友经常游走于国画的姊妹艺术之间，既爱音乐、也爱文学，有时还研究一下油画、版画等，借以汲取新的"营养"。前不久我得到他的一帧书法条幅，愣怔地端详了半天开不了口。当初省艺校到萧县去招生的是音乐系的教师，听了葛庆友的一段唱腔后，叹气他分明是个搞音乐的料子嘛，女怕嫁错郎男怕入错行，力劝他改专业；这时我更叹气，当年就是改行，也是书法而未必音乐啊！我无言，佛家曰说不得，说不得，一说都是错。我感慨只要在笔与墨的境界里，自有葛氏妙门通达高远。

　　我一直以为，作家的悲哀，是作家的名字如雷贯耳你却怎么也想不起其作品的名字。画家亦然。相比起葛庆友国画的久负盛名，他这人未免显得十分清静，悠然自在而又不乏率性地徜徉在画室里，挥墨之余瞄一眼窗外喧嚣杂芜的景观，微微一笑，仅此而已。我喜欢他的散淡、旷达和有趣。66周岁时葛庆友居然"意外"地考了个驾照，买一辆座驾说是要当个自行车代步。那晚他驾着"自行车"送我回家，到了一个四岔路口停下，迷惑地问该往哪"骑"。我快活地拍他的肩膀，庆友，你也终于有找不到北的时候啦？对了，有时我会把那个"兄"字免去，干脆就是"庆友"了，因为我感觉，他分明还年轻着呢！

2011年2月

手腕上的伤口

没想到急性咽炎发作到最后竟似泥石流般来势凶猛，忍无可忍，就近去宣城路上的机关大院门诊室就医，何医生怪我早干吗去了，到了这种程度非吊水而不能压制。于是老老实实地把自己交给他摆布。相较大医院这儿要安静许多，抱本书看倒也不至难耐。

约莫半个小时后进来了一个二十多岁的青年，他一手扼腕，另一只手血迹横布，血此时已经凝固了，像一条条触目惊心的红色的蚯蚓。伤口的位置太特殊了，但不知为什么，引起了我的注意倒不是他的伤势，而是他脸上那种迷茫困顿的神情。他仿佛是在大街上漫无目标的徘徊，不在意间发现了这间门诊部才犹豫地走了进来。这是一张文文静静的脸，他迟疑地害羞地看了每个人一眼，似乎是不晓得该说什么才好。他的伤势同他的神情实在是反差太大了，换了个人还不早急得火烧眉毛了！

他犹疑地在我旁边的凳子上坐下。我不禁问，怎么搞的？他不答。再问。仍不答。三问。他小声地嘟囔了一句，声音低得听不清。何医生处理好手上的病人，过来。青年这才羞怯地说了四个字："打架弄的。"然后无下文。何医生责备了他两句，他立刻显得无地自容。以医生的眼光他的伤口需要缝针。青年惶惑地站了起来，只要求洗去血迹即可，说他身上没有钱。何医生拍拍青年的肩头，把他重新按到凳子上，还是按照医疗的规范程序为他处理了伤口。在这个过程中青年起码又说了两遍没有钱的话，何医生告诉他，无论如何都是必须缝针的。至于医药费，他相信他，他可以回去拿钱来再付账。小伙子临走却没有带上何医生拿给他的药，出门时顿了一步，说，他傍晚前把钱送来。

和出现时一样，青年带着那种迷茫困顿的神情消失了。

我们不由猜测他受伤的原因。这时我们觉得他大约更似是割腕又未能下得去狠心，最后才造成了这样的伤口，看样子他也绝不像是个打架斗狠后的那种人的情态。何医生同我倏然都不再说话了，各想各的心思。或许我们开始都疑惑地想到了这一层，只是谁也不忍心去这么推断。可是他为什么要割腕呢？假如我们不幸而猜中的话。是考学未中前景无望，出外打工不顺利，还是受骗上当万念俱灰？抑或是感情受挫一时想不开……我们的思路不得不朝着这个方向滑过去。

一个人如果哪怕仅仅是想到了"割腕"——这个残酷的词，大概那一会儿都是处于一种绝望的情绪中。"文革"期间我还是一名小学生，当时家里的境况非常糟糕，一度我很少单独到外面去玩，因为出去就可能会受到其他孩子的欺负。那日我走在一条夹在围墙与藕塘之间的小路上，前后都被那些嚷着要打我的孩子们堵住了。我霍地感到了那个年龄段孩童从未有过的一种绝望，一瞬间我特别期盼哥哥、姐姐奇迹般地突然出现——然而奇迹没有降临。最后我是在极度的恐惧中冲出去逃走了。在我的心灵里，也留下了一个对于恐惧的记忆。我不知道这个割腕的年轻人的心理状态，但我想手腕流血时应该是非常恐惧的，那一刻他会盼望他的亲人吗？在他的心里，这个下午一定是异常的孤独。

冬日的白昼愈发的短，六点钟不到街道上便华灯初放。我已散步往返了几个来回，门诊部的灯还是亮着的，过了下班的时间何医生还没有走。终于我忍不住了，踅了进去。他还没有来？我说。何医生摇摇头。我们都知道问的是谁。过了好一会儿何医生说,我并不是等他来送钱。我无语,少顷想起了什么点点头,对他刚才那句话的意思表示一下理解。门诊部里寂静了,墙上的钟滴答滴答地响。

我们都是在担心他。我们都有点儿后悔当初没有及时地拦下他,与他多聊一聊,或许能解开他胸中的郁结,哪怕短暂地宽慰、释缓一下他的忧悒也好啊。那一刻我陷在自己的怅惘之中,感觉空气有些沉闷。一个人迷失在痛苦中时最需要什么样的帮助?尽管我也清楚,别人的任何帮助,对一个人长远的生活之路来讲都是有限的,最大的帮助是他自己从此明白,不论面临怎样的困境都不应该让血从手腕处流出来。最终,也只有他本人才能帮助自己。

一连几日我都要信步去那儿转两圈,见到何医生我俩便会心地互望一眼。然而直到今天那个青年再也没来过。我的眼前偶尔还会浮现起那些干涸了的血迹,久而久之我养成了一个习惯,每到傍晚就不自觉地去门诊部门前的街道散步。常想,他终有一日会来吗?下意识地期待着。不管什么时候,只要在这儿再见到他,都将证明他肯定已经闯过了人生中的一道难关。

1999 年 12 月

我们的大师

我们的大师是"世界书画艺术家",他的大名被载入数家我们一见就无法不肃然起敬的《名人词典》,而他的称号更是由念起来口感极好诸如冠以"国际""世界"等名头的十六个书画艺术组织联合签发册封的。所以以后大师在其名字之前注明"世界书画艺术家"是顺理成章和理直气壮的。一个平时喜爱书法的人,毕其所能顶戴到的盛名,恐怕也就莫过于此了。大师幸甚!

偏偏有人要找大师的麻烦。当地一名文史工作者初次见识到书法作品上居然还有签署"世界书画艺术家"的,不禁大吃一惊,自从盘古开天地,这个"世界"是从何而来?连忙认真细致地一看,竟从书写的这首鲁迅的诗中发现了两处错误。他讶异地写了篇小杂文,称"这样的世界级也太掉价了"。还有一位,是中国书法家协会会员,据说在一次书协的会议上,受众多反感这种"世界书画艺术家"现象的人之托,他起草了一篇叫作《何来此世界级书画家》的批评文章。上述两文都先后发表在同一报纸上。

大师恼怒了。恼怒了的大师依然具有大师风范,决定不打官司不足以谢天下,不法律维权不足以正视听,一纸诉状将那家报社和那位中国书法家协会会员一并告上了法庭。于是这一"世界书画艺术家"名誉案就在西南某大城市开庭了。

庭审时原告方抬来两大旅行袋证书、名人录之类,赫赫白纸黑字,皇皇蔚然大观，证明大师确系"世界书画艺术家"。而被告方却愚钝得可以，愣不买账，特别是那位中国书法家协会会员硬是不予景仰，居然也在家清理出了一百四十多封邀请信函，也都是"世界级"的。这个被告就有意思——或者就没有的意思了，明明你自家睁着眼睛也认得那是"世界级"的不假啊，还有何可辩，看来问题很容易便水落石出了嘛。经过针尖对麦芒的辩论，调解又未果之后，审理此桩专业性极强的"世界级"案子的这家基层法院终于庄严郑重地判决：原告胜诉，获精神赔偿四万元人民币。

闻知了这条消息，我的心里颇不是个滋味，原告虽然读书不多，但确实喜欢写字，近几年其频频收到函件，邀请他加入五花八门的协会，参加各式各样的书画展，颁发来各种不同花色品种的荣誉证书，并义无反顾地封他为"世界书画艺术家"，此是不争的事实。固然发函机构对这些事项毫不含糊地要收取一定的费用，可是你能幻想天底下会有免费的午餐吗？除非你甘愿是傻子。记得以前犯了错误，常作检讨云：辜负了国家和人民的培养。培养总是不可避免要牵扯到财力物力，今日一算账，培养书画艺术家，尤其是世界级的，最划算的就是这一招了。时间短见效快，立竿见影得很。曾狠读过几篇关于近阶段中国难以出现文学艺术家大师的感慨文章。那自然是一家之言了。彼时我还颇有同感，如今我方知自己的孤陋寡闻，猛然便放下了一颗心，没有必要杞人忧天了，世界级的艺术家大概总该算得上是大师了吧？我们蛮可以欣慰地看见他们多快好省地、再接再厉地、层出不穷地出现。再者，你有不服气的，完全可以置急待培养大师的文化事业大局于不顾，去找那些批发这个"家"那个"家"称号的某些精通于批发业务的团体商榷嘛，与我们的大师本人何干？

话又说回来了，这场官司的结果我亦有感触。我估计那位尊敬的法官先生可能不明白什么是艺术，要么就可能不明白什么是艺术家，否则他怎么能判决一位名重如山的世界书画艺术家精神损失的赔偿值才区区四万元人民币呢？岂非咄咄怪事，他也未免拿我们"世界级"的大师太不重视了！

2000年2月

殿堂上的杜仲

最早听孙民纪介绍过他：杜仲这人，不想当官，一心一意地只要成名成家。与他相识后，发现民纪不愧为作家，判人入木三分。出于杜仲令人不可思议的精力超级旺盛，大家赠他一美称：小牯牛。其实在油画的艺术田野里，杜仲也真的就是一头苦心孤诣的"牯牛"形象。画家总是格外地热爱生活，然而对于永远心无旁骛地擎着画笔的杜仲而言，他好像没有多余的时间再去热爱生活的其他侧面。套用一首诗来形容，可谓"工作诚可贵，家庭价更高，若为画画故，不妨脑后抛"。他几乎就是金庸笔下那位"郭靖"兄弟的翻版，倘若有朝一日能够成为大师的话，手头上的功夫肯定是"降龙十八掌"而不是别的，真正是苦练出来的。杜仲从西藏到海南，跋山涉水走遍了大半个中国的山川原野。平时上班不好意思老是外出，一赶到节假日他便疯子一般地背起行囊远行了，同事十年，基本上没见他在家过过春节。我的印象中，杜仲的整个生活似乎就是反复穿梭于一道门：进门画画，出门采风。除此之外，他便绝对是心无二用。或者说，除了油画，世间的其他一切便很难再潜入他的心中。

画画之外杜仲的心不在焉是有点儿著名的。相对一心沉静在艺术殿堂里的他，我们无疑世俗和琐碎了许多。一次，杜仲专门提前几天就打电话约定了刘力勋这日来小酌，按常规这种聚会都由我等几名同事作陪。力勋原本是个六根不净的人，那几年却跑到一片湖边的一处农房里作疑似隐士状,杜仲的一个电话便把他拽回了尘世,不惜工本打的从远郊早早赶来,潇洒地向我们抛散香烟,非常有面子地悄声嘱咐大家不要离开,中午杜仲有请。这是一个令人愉悦的消息,办公室里自然弥漫起一种不言而喻的美妙的气氛。终于到了下班时分。终于,杜仲沉着地拾掇好桌面,提着那只简陋的塑料物品袋,精神饱满地站了起来。可是终于,糟糕的情况这时却不幸发生了。杜仲瞅着力勋难以为继地微笑,诚恳地向他告辞:今天就不陪他了。力勋傻了,以为听错了。杜仲用更加诚恳的语调回答,他今天中午必须回家——给他家那条叫"弱智"的小狗洗澡,不然"弱智"会咬他,他就不陪力勋了。当时力勋的表情与寻常大异,让人容易联想到"玉碎"。我同情地转过脸去,不看,望窗外。然后——早已忘记了对朋友的承诺的杜仲走后,我才大声地招呼大家准备好胃口和酒量,有朋友自远方来,我们当然还要不亦乐乎。

虽然过后力勋说,他恨不能也变成一只小狗,咬杜仲一口,不过力勋和我们,从来都丝毫不怀疑杜仲的真实,他当时的邀请和事后的忘却都是真实得无比。他不会说谎。即使说也总是说得捉襟见肘、千疮百孔,说了比不说还要原形毕露。我曾和杜仲开过玩笑,问他如果遇到一个喜欢的女性,她丈夫出差了,晚上你去她家,门一开她丈夫却意外地站在面前,你将如何反应。杜仲使劲地思量。我正色道,你会大吃一惊地问那位:咦,你今天不是出差去了吗?杜仲猛然用力地点着头大笑,说极有可能就是这样。

不错,杜仲是忘记了,但是我相信即使他没忘,很可能也会拜托别人来招待力勋,而他毫无愧疚地去忙自己的事。他曾邀我做伴到一个小城去玩,在那儿我俩受到了他朋友热情的"三陪"式的全程接待,不久那位朋友来肥,途中和他联系上,杜仲立刻给我打来电话,说他有事不能出面了,请我在约定的时间和地点去迎接那位朋友,晚上陪他朋友把酒言欢。杜仲洒脱地说,钱,算他的。杜仲又利落地说，他现在就关机了，我今天不要再找他了。说完，生怕甩不掉爪子，手机立刻挂线。这两句话都使我大为光火，我当即把电话拨回去，果然关机。那天杜仲确实是有他自己的事情，我清楚他的行踪，盛怒之下我立马杀去他的必经之路等着，不多会儿即见他骑着自行车由远而近，一抓一个准。平素我是不与人争锋的，那天是个例外，杜仲第一次见到我如此极端的激烈的态度。他犯了一个大忌！他不得不答应先去忙自己的事情后，晚上与他的朋友见面；手机也痛苦地重新开了机，让别人能够找得到他。这天晚上我们几个人快乐相聚，那位杜仲的远道朋友感到他的省城之旅十分圆满。

那么杜仲薄情寡义吗？也不是。杜仲其实很有情怀。平时他常做一些善事，而且从不宣扬，别人几乎都不知道。仅举一例：某年春节，我曾有幸与杜仲等人同行陕北，极目而去，大峁大塬一派苍茫寥廓，尽管走在近零下二十摄氏度左右的寒冷里，尽管我没有多少艺术细胞，胸膛还是每每被滚烫的视觉画面所燎灼。我的胸膛被灼热，还部分因为杜仲扛去了一大包本子和笔，每到一个村落，便分发给那些很多是在窑洞前地上用树枝学习写字的孩子们。其中有一个爱好美术的孩子，以后的多年中他不间断地寄去各类书籍和美术用品，书信来往悉心指导，直到前些年辅导她考上了我省一所院校的美术系。做这些时，他多是以我俩的名义，实际上我，并无寸功。

大约唯有这样理解，杜仲他两耳不闻窗外事，一心只作圣贤画，对画外的世间那万象人情景物统统心不在焉了。是的，心不在焉！我有时甚至不免疑惑，平常在眼前匆匆来去的这个人，是否只是油画艺术殿堂上的那位杜仲投在我们世俗世界里的一个心不在焉的影子？我还常常犯糊涂，杜仲究竟是个小聪明还是大聪明、小心胸还是大心胸的人？在日常生活中，他不大方，有时为了一点儿蝇头小利的得失，他会斤斤计较、气急败坏；但他又绝不小气，有时一桩看似势若千钧的大事，他却又能够重举轻放、淡然处之。不过无论他是大还是小，有一点毋庸置疑，杜仲是个不加掩饰自己的真性情的人。哪一段时间只要想画画了（上帝保佑，他永远在不停地画），他会尽可能地把属于他自己本职范畴的工作——哪怕是他随手就可做了的小事，都推给别人，却丝毫不考虑对方是否该做或该帮他做。没有办法，他人永远被他摆放到了第二位之后。令人哭笑不得的是，这一切对他来讲完全是不自觉的、天经地义而理直气壮的。一次我忍无可忍地拒绝了，他居然——愣了半晌，怎么也弄不懂我为何怫然而去。过一会儿他在走廊上迎着了我，脸上泛着无辜的笑容，看看周围无人，伸出一根鬼鬼祟祟的手指头，悄悄说，生气啦……在你桌子上放了一个东西。我丈二和尚摸不着头脑地回办公室一瞧，好家伙，一盒名牌榨菜，洋洋大观的五十袋装！榨菜是几天前，他的一个粉丝不远几百公里专程来送给他的。我实在憋不住地想笑，这个杜仲，这个杜仲！不知是可恨还是可爱。但你千万不要误认为这是他的歉意，没有那回事，以后他照样故态复萌。

杜仲不仅真实得可爱，还可爱得有点儿笨拙了。譬如大多数的时间他都比较戒骄戒躁，然而这是假象，马脚将会露在后面，而他的谦虚也往往表现得过于笨拙，你一眼便能分辨出哪些话是言不由衷。除非有哪幅画确实打动了他，不论作者是德高望重还是初出茅庐，此时此刻他溢于言表的敬佩和服气才是彻底中肯的，否则内心里他还是相当的自负。当然，他也有自负的本钱，就像他的酒量一样。

杜仲的酒量实在是好。但他不是什么场合都肯放开喝，用一副明显是舶来品的痛苦状打发所有的人，他不会考虑这个桌子上其他人的情绪，不管不顾地，说声不喝就决不沾杯；可一旦纵情了便又势不可挡、豪情万丈，谁都不在话下，敢于藐视艺术和酒桌上的一切权威，眼睛在镜片后烁烁闪亮，逮着谁就灭谁。我每一见他眼睛开始放光，便告诫自己仔细着躲开这个火力点，具体的做法是避免与他正面对视。在这个问题上，诗人赵宏兴是深有心得体会的，后来经验和教训使得诗人聪明起来，到底学会了防患于未然，逢到有杜仲出席的宴请，必等他先落下了座，然后才小心翼翼地到他的侧面选个位置。

　　酒后的杜仲分外可爱，他一件一件地脱去了谦虚的外衣，逐渐骄傲起来，视人间的宫阙若茅舍，不过粪土。这时他的艺术底气是正比例地建立在酒精的含量上。虽然我离美术家很近，但我离美术却远，对杜仲油画我不敢胡乱置喙，我只知道他的油画屡屡拿得全国各类大奖，以我的常识，奖多未必就真能说明艺术的成色，关键是他得的奖项的含金量不少都很高，确也应该允许人家酒后忘形，稍稍牛上一把。真金不怕火炼，杜仲敢牛是他的椅子下面垫有几块真金。

　　但愿杜仲的土壤里蕴藏有一座金矿。

　　更早，大约1980年，我还不晓得有杜仲其人的时候，在美丽包河的包公祠举办了一个省艺校1979届毕业生的"星星画展"，连我这样懒惰的人都被吸引去了，而且流连忘返，可想盛况空前。许多年后我才得知杜仲正是那一届毕业。在他那一班的同学中，很多人都才华横溢，日后成就斐然，像极具才情的国画家何南燕、闻博识广的作家孙民纪、行云流水的散文家叶卫东等等，真是一个出类拔萃的群体。相形之下，杜仲进校时可怜巴巴的不起眼，成绩倒数，一晃三载，出校门时他的画却已名列前茅了。我想当然，杜仲用他的影子敷衍我们，真身始终是在艺术的殿堂上苦修不止。一分耕耘一分收获，这句话听起来似乎很土，很普通，很不痛不痒，但是千真万确的大道理。说到底了，天道酬勤，老天很公平。

　　但愿，我没有误读杜仲。

2007年10月

新房子·老房子

在老房子住一楼，搬到新房子就上了顶层。

老房子是 20 世纪 60 年代盖的那种北面是房间，南面一排大通道走廊的楼房，个头不高，只有两层。老房子有了点儿历史，所以同时有理由灰砖灰瓦灰蒙蒙的陈旧。前面不远有条细瘦的小河，说它是河也只能归结于历史，如今的实际情况是一道臭水沟，蚊蝇滋生地，并且在雨量过于充沛的发大水之年，它因为积水排不出去还会形成内涝。老住户说十几年前河水清澈见底，常有人下去摸鱼捉虾，一幅国画般的小桥流水人家图，那时……那时当然是一去不复返了。人往高处走水往低处流，河道经过的地方总是地势偏低，如果再逢阴雨连绵，家里便免不了湿气较重，所以每隔一段时日，人们就要把橱柜里的衣物拿出来照射阳光，称之"晒霉"。特别是绵绵细雨晦涩久阴之后，蓦然一个晴朗明媚的日子，老房子前便赛若举办一次纺织品展示会，花花绿绿一片。

老房子光线不好，白天看书往往也要开灯。老房子的家居格局不是套房，一层一间公用厕所，清晨男女老幼们蓬头垢面地急急往卫生间去，未经打理缺点瑕疵的本相纤毫毕现。生活诸多不便，老房子的人都盼望着搬家。

终于我们先挪去了新房子。房间明亮，厨卫阳台收藏室一应俱全，尤其客厅阔大，给造访的客人轻易找到赞美的话题创造了必要的条件。毫不夸张，真正的窗明几净，客人不忍心不脱鞋，主人慢半拍的阻拦中掺了一缕客套，真要脱就脱吧，不仅是尊重主妇的劳动，也要对得起新房子的环境。

　　新感觉顿时好极了，出门前已经从服饰到脸色周到地梳理了一遍，再加工一下情绪，绅士或淑女般地款款下楼；下班回来了，将门那么轻轻一带，便仿佛收藏珍品似的把自己收进了这个美妙宁谧的小空间。光线自然是非常充足了，空调使四季均冷暖宜人，似乎每一个角落都浮动着生活的温馨。

　　但也有尴尬的时候，妻子在商场买了一双沙滩鞋，刚穿半个月鞋底就试图与鞋帮脱离关系，妻子去商场欲退货，同售货员发生了口角。一日她俩在楼下邂逅，方知那营业员竟是我们的邻居，以前没打过交道不注意，她住一楼，进出不从楼道，走前面的院子。

　　又一日妻子出差，我因单位加班回来得要晚一点，便打电话嘱咐孩子自己泡方便面吃，然而直到天色黑尽家里的电话也无人接。我沉不住气了，放下工作直奔孩子的学校，寻到老师的家，老师又陪我找到孩子平时要好的同学，差一点就要报警了，最后是我疲惫扼阻地回家一趟，出其不意地瞧见孩子抱着书包坐在美观坚固的防盗门边睡着了。摇醒后她委屈地说钥匙丢了。我倏然产生一种不可名状的失落的感觉，新房子有不尽的温暖，却全被封锁在房门之内，从门外看，竟是如此冷漠。进屋后我告诉孩子，今后有事你就拨打110。但是110就能代替人间的关爱吗？

　　是谁讲过一个故事？其从报纸上见识一家不肖儿女拒绝承担赡养老人义务的官司，老人的境遇使人同情，出于义愤他和妻子决定给老人写封声援信并寄点钱去，通过报社了解到地址，他不禁张口结舌，原来老人和他家是同一栋楼的住户。这个故事给人的震动很大，我不由想起了住老房子的情景：有一位老人在家，就等于全楼的老人都在家了，落雨无常，晒在外面的衣物有一件被收回去，则意味着全楼的衣物都不会淋雨；大人回来迟了，可能邻居就已经将你的孩子喊进家里吃成了个肚儿圆；夫妻俩吵个嘴，隔壁的人马上成了"消防队员"。1991年发大水，房前的小河内涝，一楼进水，二楼的走廊和房间便堆满了楼下邻居的家具，我们也毫不客气地在楼上吃了几天热火朝天的"共产主义社会的公共食堂"。

重新审视宽敞漂亮的新房子，我不由自主地开始怀念老房子，尽管老房子居室简陋，光线昏暗，因为潮湿而需要经常晒霉，卫生间公用很不方便，甚至还曾经内涝发过水。

不知从何时开始，我们仿佛变得像个旁观者一样，冷淡漠然地看待周围的一切了，我们和我们的生活肯定出了什么问题？这个世界上的老房子正在被夜以继日地拆除，新房子正在一幢一幢地矗立起来。

现在让我选择新房子和老房子，我想，我当然、我仍然要往新房子里搬。只是我愈加怀念老房子。这也并不奇怪，人们总是如此矛盾地对待自己和对待生活，就像这么多年来我们一起走过的路。

2000年2月

七月的三清山

后来想不起来,最先被触动的是我的听觉还是视觉,那只松鼠便冒了出来,继而又是一只,在栈道上灵巧地蹦跳,比我们寻常所见的要雍容得多。我晓得,它们的神气,是三清山的日月云露赋予的。松鼠在前面快乐地嬉戏了好一段路之后,才终于一跳——犹如完成了一次告别仪式,遁迹在栈道下的树林中。

这是 2006 年 7 月,在三清山栈道上人与野生动物的一次相遇。我们平时生活在钢筋、水泥、塑料、玻璃的城市里,人和动物,大约只剩下是人类与食物或宠物的关系了。不过即使充当宠物,集人类的千般宠爱于一身,松鼠恐怕还是宁愿自由自在地跳跃在山野之中。真是天可怜见,动物或者我们。望着松鼠消失的地方,我也不知是为人的自己还是为野生动物的松鼠感到庆幸。

七月照例是燠热的,从山外而来,搭上那条据说是中国旅游景点最长的索道,随着海拔的升高,气候逐渐地清凉下来,及至站在了栈道的高度上,怡爽的山风便把人吹得快活似神仙。三清山果然是神仙的居所,云遮雾绕,景象万千,人便不由生出了慧眼,满目是展开了一幅神话传说的国画长卷,峰峰都弥散着一派仙风道骨,活灵活现,天上人间。

"三清"是道教中至高无上的象征,玉清为元始天尊,上清为灵宝天尊,太清为"太上老君"的道德天尊。三清山因玉京、玉虚和玉华三座峻峰状如三位教祖在云彩中坐而论道，所以得名。只是我还有一点儿糊涂，道教诞生一千八百余年，在那之前，三清山称谓何名？究竟是因"三清"而选为道教圣地，还是因圣地才被尊为"三清"？

既然圣地自会有高人的遗迹。葛洪是东晋时代人氏，少年贫困，幸好他是个勤奋用功很有志向的人，刻苦学习儒家经书和道教典籍，青年时代又有过从军的经历，在理论与实践方面都很下功夫，果然日后茁壮成长为著书立说的知识分子，并且在仕途上也溜达了一小脚，最绝的是他为了实现得道成仙的人生理想，到头来又跑到罗浮山炼丹去了。葛洪亦在三清山炼过丹，现已开辟出了一个景点。我倒并不信神，但是必须承认在不少时候高人自己就挺像个神，他来到这三清山里住着，差不多也真算得上是半个神仙了。当初葛洪烧着炼丹炉时不可能想到，他会为一千多年后的旅游事业做了一把贡献。

世上的一切事物皆由缘起，我同葛洪的缘就是三清山，宛若在海拔一千多米的高度上和他老人家打了一个照面。还是同在这个海拔上，那天收到一条短信，是一段诗："那一月我摇动所有的经筒，不为超度，只为触摸你的指尖。那一年磕长头在山路，不为觐见，只为贴着你的温暖。那一世转山，不为修来世，只为途中与你相见。"真是难以想象，如此凄美动人的诗句竟是出自于六世达赖活佛仓央嘉措（注）。这样的感受是非常的瑰丽奇异，恍若雪域高原上洁净的阳光猛烈地照射进了心底。

三清山是天上人间,雪域高原则是人间天上,"三清"是天上的神，活佛却是人间的佛，有时人间的佛也要"修"人间的苦难。仓央嘉措的命运同他的诗歌一样凄美，他的一生充满了梦魇般苍凉的传奇。曾有藏传佛教的高僧评价六世达赖：他以世间法让俗人看到了出世法中广大的精神世界，以诗歌和歌曲净化了一代又一代人的心灵。是啊是啊，覆盖了他所有情感和所有苦难的，无疑是一种无比真诚、无比善良、无比美好又无比挚爱的境界，携引人们去领悟，或许这就是佛的大悲大悯。果然佛法无边，爱的本质即是慈悲，爱不朽即慈悲不朽。对于天地间的慈悲，俗人如我过去的领悟好像太小太弱太浅太薄。

道教是土生土长的宗教，佛教是从国外传进的，前者敬神仙求长生，后者拜菩萨求来世。长生也罢来世也罢，都是某种憧憬，同时也就让人们对未来深怀一种虔诚的敬畏。说到底了，宗教是一个此岸与彼岸的渡口，渡者有缘。在我的印象里，似乎神仙潇洒而菩萨庄严，只是不管成仙成佛，都像寻求真理一般路漫漫其修远兮，想当年，那葛洪千辛万苦地攀缘崎岖的羊肠山道，不知走了多久才找寻到心仪的炼丹场所，那崎岖，是通向他精神世界的云梯。仓央嘉措的云梯呢，也许就悬挂在他那一首首悸震动心灵的诗歌里。

对今天来说，似乎早已不需要云梯了，自有那缆车能将我们舒适地送上云间，然后沿着平坦的栈道，从一个景点轻易地走向另一个景点——这是2006年7月，我与大师以及松鼠在三清山相遇的途中。当时一个叫作"海棠"的台风刚刚旋转到我们大陆上肆虐了一番，当时我不知道还将有一些名字同样温柔美丽的台风随即又至，灾害性天气愈将频发，更想不到长江水位将要下跌到令人担心的程度……环境继续糟糕下去。是否如今人们憧憬过多而敬畏又过少，不怕天不怕地便也不怕惩罚？或许我杞人忧天了。我不过是想说，倘若有朝一日我们能够从多少年之后的未来时光往回走，寻找残存的山清水秀的记忆时……我的脚步会留恋2006年的7月，这一天的三清山明媚如画，还有两只大松鼠和一首不朽的诗歌。

2006年8月

作者注：此诗误为仓央嘉措所作，原应出自朱哲琴的《信徒》。

害怕握手

　　想到这个题目，是起因于即将参加一次同学聚会。校园生活是人生的一个重要阶段，青春韶华永远是令人感怀不已的难忘岁月，时隔多年后的老同学相会应该是多么热烈、亲切！往事如梦如烟地在心头显现，得到通知我立即燃烧起热情，悦然地承担了联系与我一直保持交往的几名同学的任务。可是到一位在工厂当工人的同学那儿卡了壳，他丝毫不感兴趣，说是已经很少参加外面的社交活动了，尤其是不愿意与较长时间未见面的熟人邂逅，在没搞清楚对方眼下的身份有无变化以前，实在是不知该不该伸出手去，万一遭到了冷遇，那才叫不识好歹。

　　如今但凡发起老同学聚会一类活动的人，一般都是在某个方面获得了可喜可贺的进步，不说成功人士至少也是小富即安，自我感觉还不错的，才有这份心情来张罗一应事宜。此中或许还夹杂着一点不愿"锦衣夜行"的心态，这也无可厚非，完全是可以理解的，人非圣贤，谁没有那么一点儿虚荣心？再说像我们这样上有老下有小的中年人，大都是在单位干活的劳动力，在家庭操心的顶梁柱，平日重负在身，青春不再的老同学们在一块回顾青春时光，纯粹属于自娱自乐，不啻是逮了个放松心情的良好机会。我们必须承认，社会阶层的不同，生活确实有荣华与贫困的落差，但是社会分工不同的各种职业，却怎么也不应该有高贵低贱之区别，我就从不觉得我这个草民百姓需要比哪个官人或大款矮上个三分。然而虽经动员，该同学的态度都是模棱两可，没有给我一个肯定的答复。出门后我有一种预感，后来果然，同学聚会的那天他没有露面。

热脸蹭了冷屁股，感到挺没面子的！过两日该同学相邀，去他家小酌。我的回答干脆，不去！毕竟是老同学，知道我心里还有点儿不痛快。他在电话里威胁，我不亲自去他就亲自来，要我准备酒菜侍候。想想，还是麻烦我亲自去吧，该同学的卤菜有一手。

酒过三巡，他终于说出了为何害怕与人握手的缘由：他家住在妻子单位的大院，他同该单位的不少人见面要点个头握个手打个招呼的，那日碰到了还是相对熟悉的一位，手自然而然地伸了出去，对方的手指却是那么样直直地、软软地、分寸感极强地、极其矜持地微微一触——只那么一触。心下顿时诧异了，这似乎不是那位仁兄平时的做派呀？不由奇怪，遂疑惑是否近日妻子在单位不慎得罪了他？回家赶紧一打听，原来一切相安无事，唯一的变化是那人刚刚提了处座。妻子说，这次提了好几位。他蓦然心动，又特意寻找了另外一点头之交的新近提升者再试，居然试出了可以推而广之的经验。同学的个性十分鲜明，是个老愤青，他大为感叹，严重地告诫了自己，今后尽量少掺和那些需要握手的场合，以免无意中自讨个没趣。

真是没有想到，与公仆握手竟然会成为一个人际间的社交问题。这的确使人难解，公仆不是社会大众的仆人吗，何以今日一旦提拔，明日即矜持得连握一下手的姿势、力度都要发生微妙的变化？不曾忘记，过去我们大力提倡干部要密切联系群众，同老百姓打成一片，现在好像老百姓是十分情愿跟干部打成一片，而密切联系群众的干部倒需要专门地、特别地给予着重地表彰了。其实今天四周看看，我们对干部的要求实在是一种高标准低要求，如某位官员坐车路遇交通事故，主动送受伤的群众去医院；又如某位领导卖了轿车给教师发工资等等，报纸电视上必定浓墨重彩地大加颂扬。我就没太想明白，路遇交通事故的现场时，别说思想道德水准本应高于大众平均值的干部，即便任何一个人不都应该主动救助吗？而"再穷不能穷教育"，教师们都快没饭吃了，那轿车还不早就该卖了？这些事难道不是每一个人都天经地义本该做的吗？何况社会大众的公仆！

当然，对上述的两位公仆我还是要致以一些敬意的，我在这里并非对褒赞他们有意见，而是想从另外一个视角看待鱼水情深的干群关系。我们还有很多优良传统是不是仍在继续发扬光大？就说这个群众路线，就说这个和老百姓握握手的最微小的细节，总不见得非要有朝一日，我们需要在新闻媒体上热烈而隆重地表彰某某同志放下一朝为官的架子，坦然地、自如地、毫无矜持地与民握手了吧？

用怎样的方式握手肯定是小事一桩，但既然都身为公仆了，如何端正心态摆好自己公仆的位置，就不能不说是件大事了。哪怕只是自然地握那么一下……小手呢？

2000 年 1 月

敬畏生命

一辆卡车驶到我们这个城市的一户废品收购人家的门口停下,以极其便宜的价格销售一批废弃编织袋。从经济的角度,这是一笔划算的生意,于是双方高兴地成交。问题是出现在卸货、整理和打包之后,这家两条撒着欢的狗突然倒毙了,几个人也头昏、恶心、全身青紫,严重者晕倒,大家慌忙都去医院救治。废品收购人的身体稍有恢复,便赶紧找来一名小贩,又将编织袋悉数地转卖出去,同时告知货可能有些毒,叫他们装卸时要戴上手套……问题就是如此触目惊心地继续向前延伸,戴着手套的小贩和他雇的两个工人,很快手就开始乌青、麻木而渐失了感觉,呈现出中毒的症状……问题到此仍然还没有中止,惊惶万状的小贩将货送到了一家乡村的私营造粒厂,再次转卖了这批令人毛骨悚然的编织袋……接着造粒厂的人员又中毒,厂长住进医院居然意外地撞上了也正在治疗的那个小贩。后来报纸上的消息是这样形容:上万条剧毒编织袋,卖到哪里毒到哪里。

经查,编织袋内含有剧毒的间二硝基苯残留物。当环保部门介入,追究源头联系上了生产厂家后,最先送货销售的那辆卡车竟然又偷偷地找来这家造粒厂,准备将有毒编织袋全部转移时,给公安部门控制住了。一位专家心有余悸地说,万幸的是这批剧毒编织袋被运到了地域空旷空气流通的乡下,如若存放在人员、建筑相对密集的市中心，后果将不堪设想。是的，每一个得知了这桩事情的人，都无法不感到后怕。

剧毒编织袋是如何从厂家放任自流地外售的我们暂时无从得知，对于大众来说，我们只知道它从某厂家装车时起，就相当于启动了一个恐怖的集体谋杀的程序，幸而最终未遂。而为了减少自己一点损失就转嫁危机的人，原本似乎是善良的可能还是弱势的，他们是受害者，却同时也在戕害着更大的群体，这使我们的心情非常复杂。他们明明清楚货物有毒，所以不是无知。在日常生活中他们或许还古道热肠，也肯定不会都泯灭了良知。但是，偏偏就是为了这样的一点点利益，立刻置别人于危险不顾了。

他们难道不是一群伤天害理的杀人嫌犯吗？虽然未遂。不过纠缠在我心里的根结并不在于这一点，而是在推进这个谋杀程序时，那些人应该不会去想他们正在谋杀。我不太相信这些年来制造毒大米、毒酒等等一类的案件，"售毒"者们起初都是决心想毒死一群无冤无仇的人——然而，这却又才是更为可怕的事实：他人的生命在利来利往中根本就被无视，被忽略不计了，所有目标的终极就是为了兑换出经济的利益！在这个世界上除了害怕没钱以外，好像其他的一切都无所畏惧了，甚至连每个人都仅仅只有一次的生命也不在话下。

于是我们惊心动魄地看到，这个事件的惊心动魄之处不在于编织袋的剧毒，而恰恰是因为每一个人都发现了其毒，才赶快嫁祸于他人的。

生活中无所畏惧，会成为很多不幸的根源。老子说："人之所畏，不可不畏。"人要有所敬畏，什么都不怕的人，无论对别人还是对他自己都是极其危险的。遥远的1910年，一位名叫罗斯的美国人来到了辛亥革命前夜的中国，而从此前的19世纪中期，我们古老的国度即已开始遭遇"三千年未有之变局"，罗斯先生在这片变局之中的东方土地上跑了大半年，发出过一个相当有见地的预言，他认为我们在社会的变化和前进中，忽视了科学技术背后的道德支撑。我们摈弃了以弘扬道德伦理的儒家学说为重要内容的旧式教育后，如果发展出一种自私的物质主义以至不再重视社会公共道德的话，那么以后即使我们在经济上成功地富裕了，也不是真正的富裕并从而造成灾难。也许我们需要承认九十五年前的罗斯先生并没有完全放空炮，尽管承认是有疼痛感的。不容回避的是，我们的国民教育存在着一些显而易见却又一时难以扭转的问题，传统的社会公共道德体系萎缩、倾覆，现代的公民意识却又没有在大众中普遍形成，价值观物质化，信仰缺失不知敬畏。在当下泛滥着的急功近利的社会思潮下，我们目光短浅地为所欲为，肆意地拆毁了许多自然的和精神的家园，把寄托自己生命与心灵的生存环境糟蹋得脆弱不堪了，所以建设一个和谐的社会还真的就是当务之急。而敬畏生命恐怕是我们守卫和谐生活的最低也是最本质的一道防线，我们总要敬畏一点儿什么，假若连生命都不敬畏，这个世界就再也没有什么可敬畏的了。那么，剧毒编织袋以及更加恶劣的事件还将层出不穷地向着我们涌来。

　　最后顺便说一句，这批剧毒编织袋卖给废品收购人是 600 元钱，相信从厂家最初外流时的价格更低。

2005 年 6 月

遗 传

小时候我们哥姐儿几个都爱躲着一点父亲，他老人家管教我们的手段很能体现出当年打击土豪劣绅的特征。我读小学的时期，学校常常请一些老红军、老八路来进行革命传统教育，往往说到高潮处，他们就会激动得露出伤疤（如果有的话）让我们看一看，借以说明老一辈革命者抛头颅洒热血换取的今天幸福生活是多么来之不易。对于从战争年代走过来的人，战功和战伤都同样令人尊敬。那时候我很盼望父亲要是也负过几次伤就好了，而且最好在胳膊和腿上，热天穿短裤短褂，不用特意撸袖子、裤子伤疤也能露到外面，以便让我多一点儿骄傲的资本，然而在这个问题上我对他特别失望。横飞的弹片不长眼，却全部与父亲擦边而过，没有给我的虚荣心帮一下忙，他不但有惊无险地闯过了遍布战场的伤、亡暗礁，而且被战争锻炼得异常敏捷、矫健，行路总是一阵风。他的身手干脆利索，教训我们的时候当然也就格外出活。

不过，身体很结实的父亲患有顽固的气管炎。这个病应该是他的父亲遗传给他的，因为他的小妹我的姑姑也患此病，稍遇风寒受凉，气管里就会咝咝作响，有一种连旁人听见都感到难受的淤塞感。"遗传"是个阴险的家伙，它的毒辣在于你没有选择的余地，随后父亲的老病根便被硬塞给了我。

整个少年阶段，我的身体健康状况极差，三天两头生病。如今母亲还时常抱怨,说我身体底子薄主要是困难的 1960 年饿的。在学校时我最怕上田径场,测百米时每一个能超过我的女生对我自尊都是一次严酷的考验。也许正是由于经常性的很没面子,心理被磨炼得坚强了起来,如今我这个人不管有多少其他缺点,但虚荣心已经在当年的跑道上给磨得只剩下一点点了。

回顾岁月,客观地说当时我身体单薄得不像话,与我继承和发展了父亲的气管炎病应该有着不可分割的关系。

后来我的病愈发严重,成为哮喘,一旦发作十分惨烈,状如不幸被捕捞上岸的鱼类,干张着嘴却就是喘不过来气。弄得每一个看见我症状的人都同我一样难受。为了治病我像药圣一样遍尝百草,吃过很多惊世骇俗的稀奇古怪的药方,但从未吃出过值得热烈向社会推而广之的效果的。到了我读高中的时候,人们已被"文革"折腾得对政治运动厌恶了。中学生则因为毕业后面临下放农村需要一副强健体魄支撑,加之那些年既没有多少书籍可读又无什么娱乐活动,为了给青春期旺盛的精力寻找到一条宣泄的出口,青少年中刮起了一股锻炼身体的风潮。我和一帮无聊得见到墙头就想往上蹿的伙伴们自然不会作壁上观,每日都是杠铃、哑铃、双杠、吊环什么的。如此下来,胳膊、腿上的肌肉逐渐初见成效,小胸脯挺得鼓鼓的,雄赳赳气昂昂,夏天也敢穿背心了。而最重要的是,不知是哪一天陡然发现,咦,好久未再犯病了!不觉间竟然驱逐了一个歪缠死赖的老病根。于是从此真切地体会出了"生命在于运动"的的确确是颠扑不破的。

女儿出生在人民群众生活水平开始普遍提高的 80 年代。曾担过一阵心,妻也患过几年气管炎,我们的孩子好像尤为在所难免地应该成为这种病的合情合理继承人。幸而女儿降生后便力争上游地茁壮成长,可喜可贺地把我们的这个遗传在她这一辈打上了一个休止符号。

女儿与她每一代长辈的一个重大区别在于她没有经受过生活的苦难，充足的营养保证了她的健康。社会进步带来的精神和物质生活的极大丰富，是奠定人们安居乐业健康成长的基础。由此可见，抵抗疾病是需要努力并经过努力创造出抵御条件的。同样的道理，对于人类的世界而言，消灭那些脱胎于战乱、环境破坏、人口剧增等因素遗留下来的社会痼疾，也需要人类共同努力，创造出和平、和谐的生存条件。那么，人类首要的是善待大自然。亦然同理，作为个体的生命我们善待个人的生存小环境，这就意味着善待他人等于是善待我们自身。而放置在当下浮躁生活里的我们自身，似乎已经是够脆弱的了。

今天就我的目光所及，鲜见年轻的慢性支气管炎患者，倒是另外一类，像高血脂、高血糖、高胆固醇、肥胖症等营养过剩的毛病多了起来。不知这类病假若其父母、孩子、孩子的孩子都患了一遍以后，是否将会渐渐形成遗传的基因？自以为曾经久病成医，有时看见那些胖得一塌糊涂的小胖子就大慈大悲地着急，他们的父母怎么不撑着他们锻炼身体呢？让生命焕发出健康的光泽，实质上就是对我们自身的一种善待。

1999 年 7 月

照　片

岁月是漫长的，历史却在一瞬间。

女儿长大了，她珍藏着几本自己的个人影集，那里面叙述了一段成长的故事，演绎着她每个阶段的变化，从一个胖乎乎的懵懂无知的小东西，逐渐嬗变出今天在网球场上奔跑击球的漂亮少女的风姿。这是她童年和少年的写真相册。

人之初，性本善。我想这一哲言或许也适用于世上所有的动物，它们初生时大约都是同样的善良可爱，以后在物竞天择适者生存的环境下才凸显出各个物种的特性，食草类温驯尤加，食肉类龇出尖利的牙齿。与其他动物相比人类要复杂一些。我总怀疑人在未说出第一声话之前与同是哺乳类的小狗小猫并无什么区别，彼此彼此，互为表里。假设此语成立，那么婴儿的孕育生长，在某种意味上是一种从低级动物走向高级动物的转变过程。漫长的物种进化的历史在这里就被浓缩了，以大自然的纪年单位计算，等同于一瞬。

很多个一瞬在女儿的影集里勾勒出一串串蹒跚的小足印，什么时候看到它我都犹如在亲切地抚摸女儿的成长史。

在印象里我照相很少，我是一个生活上的马大哈，即使有过几张也不知扔到哪个角落去了。能使我想起来的也就是不同时期为办理那些学生证、工作证、身份证等等证件的"标准像"。人们大多过去的照片都留得少，其实原因很简单，曾经照相机算是生活中的奢侈品，一般普通老百姓舍不得在这上面消费；再就是可能以前我们的生活过于单调，可供留念的东西太少。从这一点来说，不能不承认时代进步了。

由于照相稀少，关于照片的记忆便格外清晰。1982年别人热心要为我介绍一个女朋友，向我寻几张照片带给人家看看，先过一个"眼缘"的预审关，结果找了半天也只给介绍人翻出一张为办工作证时照的"标准像"。随后便是耐心地等待，据说姑娘长得清新秀丽，性格温柔大方，按介绍人所形容的那样应该是个让人心仪的女孩，愈是没见过面才愈是给人以想象的余地。等待对方的反馈是比较考验一个人的耐心的，谁知从此却泥牛入海没消息了，大概人家对我不中意吧，我遂断了那份心思。再以后，又有别的女孩子走进了我的视线，那张照片总不能还丢在她那儿了吧，我便去找当初的介绍人索讨，不料取回的照片上我的两只眼睛竟然都被针戳了个小孔。我大为诧异，难道她是责备我"有眼无珠"？后来才知道问题是出在介绍人的身上，他把我的照片交给人家后，居然就匪夷所思地再没去问一声了，心想她还不该给我介绍人回个话？偏偏女孩子又觉得自己好像不便积极主动，以至拖了一两个月各方都没有通气，愣是把一桩姻缘拖黄了——正是在这一段时间内，生活进行了新的选择。耽误了人家的时间不算，还害得我的照片跟着受累。

过了几年，一家文学刊物策划当年每期推出一名青年作家的作品小辑，同时配发照片。我有幸入选，又一次为没有照片作难了，还是拿"标准像"去应付。结果刊登出来我才发现，怎么看怎么像是寻人启事，丝毫不见风采二字。

其实我也放肆地猛照过几次相。那年暑假到北戴河去玩，拍了好几卷胶卷，就是想立此存照，也好在朋友中炫耀炫耀，谁知回来后竟然一张都未洗出，我至今都没有想通问题到底是出在哪儿，是相机的故障还是技术太差？那时人们的工资水平普遍较低，大众的日常生活中压根就没有旅游这一说，不出差不开会不是公家报销，那么大老远的自费跑出去就为了玩玩，也太超豪华了一点吧？从消费观念上人们就不大接受这一套，我的表情浪费了一大堆，别人还死活不相信我当真去了北戴河。吹牛吧，怎么会连一张照片都没有？

但是，没留照片就真的没留历史吗？我自己当然清楚北戴河之行。这桩事给了我一点儿启示，历史的本身不因有无证明而存在与否，一个人的历史照片曝光在他的心扉。你走遍天涯海角，历史永远是印在你的足下。遗憾的不是你有没有留下照片，而是有没有值得你去回味去想念的那些个瞬间。

不过，当真要用一面镜子反照的话，历史是不是确实把每一个瞬间都留给了我们？曾经发生过的事件，我们都能向今天特别是向将来述说得清楚与真实吗？我们自己的心里会不会留下疑问？过去是今天的历史，今天又是未来的历史，最好的释疑也只有留存下黑白照片了。

2000 年 1 月

十七层楼的窗口

　　那年孙民纪调到上海高就,当时孙家最庞杂最浩瀚也最招人恨的财产,是码摞起来一堆一堆的书,汗牛充栋,书到用时方恨少,但书到搬时,你几乎要仇恨它的何其多。所以印象特别深刻,多年后我都还自诩,评判一个人是否真挚厚道,就看他愿不愿、肯不肯还有敢不敢帮孙氏这样的藏书上瘾者去搬家。那天我、刘力勋,好像应该还有一个,是谁我们都记不起来了。前一阵的某日,赵宏兴无意中聊起民纪搬家时的情景,我才恍然想起,"还有一个"的那人,原来是他!那一天的宏兴,没有给人留下明显的记忆。

　　那时宏兴来到省城不久,比如今清瘦,身上尚存一丝青涩的书生气。他手脚勤快,然而一旦坐下来便很少听到声响了,假如下班锁门时把他漏在单位里基本上不应算是你的罪过。其时杂志社是主编段儒东执政,季宇为辅,文人当家环境很宽松,不讲究职别等级,段执政大伙儿尊称段公,季宇与我等大致属于同一年龄档,便省事地呼其名字了。却唯独宏兴严谨而庄重地分别称为"段主编""季主编",以我看来倒也不是此人循规蹈矩,而是他刚进杂志社,尚未经过融合的过渡期,突然面对领导不免束手束脚。一天早晨刚踏进办公室,不料段公还早他一步先已到过,宏兴一紧张就把招呼打成了"季主编好"。段公看看他,用不太标准的普通话郑重其事地纠正:"我姓段,不姓季。"这时正好季宇走进门来,他掉过头来一慌神，又下意识地脱口叫成了"段主编好"。季宇放下手里的拎包，认真地告诉他，段主编是那一位。这件事当时不是没有旁证，后来宏兴却死活不承认，高低辩称是我编派他的段子。话说回来，其实我俩谁记错了都无关紧要，倒是我不曾忘却当年那个年轻人的腼腆、拘谨、内敛和质朴。

  他有时能够质朴到不自量力的地步，与朋友联系总是喜欢"豪爽"地表示啥时找机会聚会喝酒，其实他的那点儿小酒量，到了气氛热烈一些的酒桌上就几乎可以忽略不计了，三杯酒下肚便面红耳赤赛若关公耍大刀，平日里口不伶齿不俐话也并不多，此时却必定妙语连珠，听得众人一片欢歌笑语。当然我们也都知道，倘若如此这般地继续进行下去，他一边口吐莲花，一边离喝多就快要不远了。然而不必你操心，他始终预备有饱满的警惕性，绝不会等感觉到头脑里狼烟四起了才踩刹车。不过亦有例外，假如这日有漂亮的年轻女士坐在宏兴的身旁，并且又愿意举杯共饮的话，他的酒量则将令人提心吊胆的奇异大增，脸色瑰丽地主动掀起一个又一个小高潮。他一度就曾因此被段公誉为"黑马"。不消说，黑马的桂冠也不是好戴的，"黑"就意味着是埋伏奇兵，在关键的时刻需要奋蹄疾奔地冲将出来，把有限的酒量投入到无限的为人民服务中去。而站在有限的立场上，这实在是一桩无限不划算的事情，所以过了几年，他便坚决彻底地否认自己是一匹具有光荣历史传统的黑马了。

  在宏兴充当黑马的时期，他延续使用以前的笔名"红杏"，这个名字稍微有些可疑，容易歧义杂生，给不少习惯望文生义的人提供了放纵想象力的空间。那时候，作为编辑的"红杏"发表了很多诗作，出版过诗集，他的散文诗像杏花雨一样缤纷飘落，已经在这个领域崭露头角，正愈来愈受到关注。然而糟糕的是我过于粗枝大叶了，虽然是朝夕相处的同事，竟然不太了解他文学创作的具体状况，过后我想，连我都如此，又何况他人呢？在编辑部里，宏兴的文学成就被大伙儿忽略了，可是这不怪我们，责任在他自己——我们的注意力全都被他那不可思议的童话般神奇的手气吸引住了。在日常生活中，这家伙的手心宛如一只妙不可言的聚宝盆，想什么就有什么，简直是东风浩荡喜讯频传。先试举几例，小例一：那年月手机尚未普及，一日宏兴骑在自行车上蓦然想打电话，径直奔着街头的一座IC电话机去了，但手伸出去，自己的这张电话卡却愣是插不进去——原来插口里面有一张才打过一次的百元面值卡正在披星戴月地等待着他的莅临；小例二：还是在自行车上，不巧腹内告急，正惶惶懊悔出门时未揣带必要之用途的纸张，忽然车子被一大塑料袋挡道，宏兴跳下车来一看，竟然就是满满一大包卫生纸！他暗叫一声惭愧，驮上急驶而去；小例三：民纪从上海回来，杂志社宴请，大富豪酒店的午餐设有抽奖环节，埋单时得奖券六张，大家一致推举由他的手前去抽奖，结果张张皆中，全覆盖了一二三等奖，特别是有一等奖三张，白吃一顿还拎走了一堆奖品；小例四：浪费了这么喜出望外的手气不啻是愚蠢的犯罪，我们便撺掇他去结伙买彩票，那日一行六人路过一体彩站，每人二元委托他的手购彩，竟然一举中了四张，虽然奖小，毕竟彩票中奖率达到了耸人听闻的66.6%，还除不尽，小数点后面拖着无数个六。此类事例举不胜举，他出手从来都是无往而不利。

我没留神宏兴是什么时候开始不再使用笔名的，也许是他被聘为安徽文学艺术院的签约作家后，也许更早。他的文学视野又有所拓宽，创作体裁多样，从诗歌到散文继而又涉足小说了，安徽省文联、《清明》杂志社和安徽文艺出版社联合举办了他的作品研讨会。不总结还真想不到，宏兴的创作竟如此勤奋，他已出版有长篇小说《隐秘的岁月》《刃的叙说》《梦境与叙事》等个人作品集十部。在国内文学刊物发表作品二百多万字，作品入选《百年中国经典散文》《新世纪优秀散文选（2001—2006）》等三十多种选本。是冰心散文奖、《芳草》文学奖、安徽省政府文学奖等奖项得主。还分获《中篇小说选刊》《北京文学·中篇小说月报》和《诗选刊》颁发的"优秀责任编辑""最佳诗歌编辑"等荣誉称号。宏兴的作品异彩纷呈,按说还可以在更广阔的范围内产生更多的影响,然而在这里我想或许他吃了一点儿亏,可能在作家的眼里,他是一名兢兢业业的编辑,而在编辑同仁看来,他却仿佛又是一位勤勤恳恳的作家,诗人因为宏兴的散文著述将他视为散文家,散文家因为他的小说成绩把他当作小说家,小说家却又凭印象以为他还是诗人,可惜不是打麻将十三不靠,此处形同一盘散沙,建立不起广泛的联合统一战线,没有营造出整体的合力效应。如果换一个人,说不定一不小心就改变了两分颜色,红了紫了一鳞半爪的,很鲜亮也很响亮地一页一页往后翻,翻出了一个人的辉煌灿烂。

  宏兴的身上有两大长处:他是个生活中的有心人,口袋里总是装着笔和纸,随时看到、想到了什么都立即记录下来;再者就是他的睡眠奇佳,脑袋挨到枕头的同时便立刻进入梦乡这还不算本事,人家在任何嘈杂喧闹的环境下,只要眼一闭头一耷拉就能睡着,一举睡得大功告成。这两点对他的工作和写作都提供了十分有益的帮助。他的另外一个优点则是,与人打交道时显得敦厚甚至不乏稚拙,富有同情心,不会老谋深算,容易引起对方的信任。但是请注意,也不要完全被他敦厚的外表所迷惑,必要时他同样勇于耍不该耍的小聪明,说错话做错事犯不该犯的小错误,而且一旦狡猾起来也同样害人不浅。一次酒宴,画家杜仲无故迟到,遭到了众人的谴责,经过一番激动人心的狂轰滥炸他很快便摇摇欲坠了,这时他非常需要休整一会儿,他有扎实的功底,缓过劲之后照样又是一条兴风作浪的好汉。然而,他没想到就在这个最危险的时刻,压垮骆驼的最后那根稻草在最不可能出现的方向出现了,宏兴意外地站了起来,特别诚恳地端着杯子,一定要与杜老师炸个"蛊子"。若是别人也就罢了，退一步海阔天空，可平时三个宏兴都抵挡不住一个杜仲，现在竟然……竟然他也要落井下石了，忍无可忍啊，杜仲悲愤到了极点，豁出去了，凄怆地叫喊要炸就炸两个"雷子"，其实是想侥幸地把他吓唬回去。太好了，宏兴愉快地、惬意地、赏心悦目地瞧着气急败坏的画家先生，笑眯眯地举起了两个"雷子"。杜老师到底被逼上了梁山，这才想起早已淡忘了宏兴曾经是一匹不用扬鞭自奋蹄的黑马，他悲凉地环视了大家一眼，缓缓地仰起脖子，无比痛楚地把"雷子"炸掉了。在同事中，杜仲历来都是一个不在意别人感受的人，说不喝酒甭指望他端杯，那天结束时，他终于是被别人满怀着悲壮感地架着下的楼梯。

宏兴刚到省城时是租房住；后来经济条件许可了，购买了一套面积不太大的二手房；后来，经济条件难能可贵地又一次许可了，他的家终于成功地从半旧的六楼乔迁到了一幢崭新小高层的十七楼上。在这里之所以用"成功"来表述这一历史性的搬家事件，主要原因是其时间背景幸运地抢在了房价大幅度上涨之前。

宏兴是个幸运的人，不断地得到了生活的厚爱。但上帝是公平的，也不会把所有的运气总是集中到一个人的身上。这天宏兴给友邻部门的一位女同事打电话，那天该同事的手机八百年不遇地丢了一次在老公的口袋，恰恰就给他赶上了，一听是个浑厚的男中音，没有任何精神准备的宏兴骇得一颤，竟口齿结巴起来，本来心里没有鬼，倒猝不及防地吓得好像藏了一个鬼。又有一回，为公事给未曾谋面且几年没有联系过了的一名女文友打电话，这次冒出的居然是花腔男高音，那个鲁莽男人恼羞成怒、火冒三丈，不由分说地张嘴就是好一顿恶骂。莫名其妙地兜头泼来一瓢污言秽语，这可不是一般性的晦气，要不是手机是宏兴自己的，他当场就要气得摔烂这个鬼孙的电话了。想来，可能人家两口子正在为什么事情闹得不可开交，偏偏他就跳了进去，真是哪壶不开提哪壶，不打秃头打和尚。于是我不得不语重心长地告诫他，看来你平时需要离异性远一点儿，别人似还不太忌讳，唯独你不行，稍稍一近就非要出事不可，而且还是冤假错案！没办法，都说上帝关了一扇门的同时，还会为其打开另一扇窗户，我理解这恐怕同时也意味着还存在另一种可能，既然都说上帝是公平的，那么公平的上帝推开了十七层楼上的一扇窗子时，是否便顺手把楼下红尘里的某一扇门给他掩上了？

宏兴的新家比过去幅员辽阔了许多，但对于宏兴本人的意义，大约不仅是居住面积与硬件条件的改善，而更在于十七层的高度，象征着他精神上的登高望远。他无数次地列举了无数种生活在高处的享受，那是一种极目世界的优雅的境界。他将这种精神状态带入了工作之中，每天都是满面红光神采奕奕地出现在单位，前院后院大环境小环境都形势一派大好，不是小好，还时而有电话打到办公室来找"赵主编"。准确地说，宏兴在杂志社的岗位是第一编辑室主任，所以有时他显得不好意思，解释外面的人就喜欢胡乱称呼。这个大家理解，如今的社会就兴这一套，礼多人不怪，把职务称大一些总比称小了令人欣慰。然后众人很快又反应过来，还真不是人家瞎抬举他呢，那套在散文诗界很有点儿名堂的《中国当代散文诗》，就是宏兴主编的。而且众人再接再厉地再反应过来一次，醒悟以后即便有电话来找"赵主席"，也大可不必讶异，因为他还是中外散文诗学会副主席。

偷闲时站在十七层的窗口边，宏兴时常俯瞰楼下不远处的一座公园。那儿每个周日都摊贩聚集得格外热闹，据说是华东最大的旧书交易集市，他喜欢去寻觅一些线装书、老课本、老辞典等。一次他的目光似曾相熟地倏然一跳，发现自己送人的一本新书又被卖出流动到了这儿。他想试探底价几何，摊主报价五元。这在旧书摊上算是高价了，宏兴振奋了一下，又继续砍价。摊主让到四元就再也不肯后退了,声称这本书前天他收回来后随手翻翻,一翻就看下去了,一个晚上看完。"好看!"摊主下了结论。这是来自市场的一大收获,宏兴惊喜地回家了,又靠到十七层的窗口俯瞰着下面,思想如絮漫天飞扬。

2012 年 3 月 6 日

保护我们的心灵

有两个小伙子，一姓蒋，一姓李，都是大学毕业生。告别了校园，走向社会，开始了独立创业的人生旅途。他们满怀憧憬地在合肥市的大街上展望前程，当踏上红星路的时候，犹如受到了电影《闪闪的红星》的某种昭示，怀着接近于当年潘冬子干革命一样的兴奋的心情，他俩筹到一笔投资后就心花怒放地在一栋二层小楼上注册了一家"经纬电脑培训中心"，然后便召集来其他的青年一起开始"红星照我去战斗"。

小小竹排江中流，巍巍青山两岸走，情境很洁净，人心很自然，一切的一切都预示着未来的无限美好。这是一个年轻人的天地，所经营的又是计算机这种朝阳行业，对这个小小的群体来讲，办公室里每天升起的都是早晨八九点钟的太阳，他们坚定不移地相信，世界是属于你们的也是属于我们的，但归根结底是属于我们的。他们的理想是青春的理想，朝气蓬勃而单纯、热诚，他们富有进取心和博爱之心，恨不得用年轻的胸膛去拥抱整个时代。他们类似一泓清澈透底的没有经受过污染的泉水，冲入了我们这个嘈嘈杂杂的尘世的激流，以风华正茂的饱满情绪去热爱着生活。

社会的五彩缤纷让小蒋同小李目不暇接。用澄净的目光去观察周围，有一天他俩便自然而然地发现，他们还能为这个世界做更多的事情。或许多了一份责任感之后，人们便容易产生扶危济困的念头，他们首先想到能否帮助下岗职工一把。站在他俩的角度上，免费提供设备实习，义务培训电脑技术，为下岗职工掌握新技能增加就业机会，是他们应该做也力所能及可以做到的。事不宜迟，他们马上开始行动了，先打出广告，随后再去与有关再就业的政府部门联系，以便有下岗职工愿意学电脑的，请直接介绍到他们这儿来。他们来到了一间采光充足的办公室，里面的人们正在兴致勃勃地喝茶聊天，坐在办公桌后的那名负责人模样的先生不动声色地审视着这两个奇怪的年轻人，冷静而持重地听完了他们的来意。大概实在太意外了，这两个小伙子倘若不是哪根神经搭错了便一定是居心叵测，这时哪怕再翻一翻小蒋和小李带来的材料也就显得没有必要了，至于留下材料当然更是多余。安如泰山的那位先生言简意赅地让他们留下电话号码，便驾轻就熟地打发了两个年轻人的热情。跨出这间房子的一刻小蒋和小李是非常愉快的，在他们看来，电话已经记录在案，说明他们的行为受到那位坐在办公桌后面的负责人先生所代表的机构认可与赞同。小蒋与小李甚至有些感动，为他们的构想能够获得稳重的先生们的理解而感动。

　　笑声就是这时传出来的。在他们刚刚出门的背后，那间办公室里霍然爆发出一阵讥诮的大笑和乐不可支的嘲讽，异常刺耳的嗓音洞穿了墙壁、洞穿了世事，更洞穿了两个年轻的胸膛。小蒋和小李的脸立时涨得通红，委屈感骤然而生，眼泪差点儿涌了出来。他们像堂吉诃德般地逃离了那儿。他们倒霉的是甚至还不如堂吉诃德，尚未向风车宣战，就不战而受辱了，落荒而逃。

　　是这两个青年少不更事吗？我们曾经对诸如鸡嗉子里灌沙子、子女不赡养老人、孩子落水无人去救等等社会道德观念遭到破坏而痛心疾首义愤填膺，却为什么从此就扭曲了自己的眼光呢？我们的心灵是何时沦落到了如此地步？想象着那阵刺耳的锋利的笑声，那种面对善良之举警惕的目光和麻木不仁的神情，相信绝大多数人都会不寒而栗。

　　我必须承认的是，那两个小伙子免费义务为下岗职工培训的设想，未必不含有捎带扩大了他们电脑培训中心社会影响的考量，但是即便这样又有什么不好呢？他们要做的毕竟是对社会弱势群体有益的事情。而最根本的问题还在于，如今的我们好像很难再相信人性之善，开始习惯以一双恶之眼去推定其他的事物，一个缺失了信任感的心灵是可怕的心灵。我不知道那两个年轻人会从这件事里得到怎样的教训，从此他们是否还愿意再去做对社会有益而对自己却未必就有利的义善行为，更不敢想象他们是否也会像今天别人对待他们一样，以阴暗的心理去对待美丽的未来。早年读书老师最重视教导学生如何保护眼睛，而时到今日，或许已经到了该让全社会像保护我们的眼睛一样保护我们的心灵的时候了。

2001 年 6 月

为阳光而感动

那是个春光明媚的晴天,阳光仿佛无与伦比的水晶一样晶莹剔透。石阳吹着口哨从那个院子走过,她刚洗了头,坐在家门口阳光下晒黑缎子般湿漉漉的长发。听见有吹着歌曲的口哨声飘来,她抬手撩开挡在脸前的秀发,望了他一眼。两人的视线碰撞了,似乎黏了一下才松开。石阳的心怦然一跳,仿佛阳光有多么明媚,她那露出于黑缎子般秀发的颜容就有多么明媚,这一刹那石阳呆住了,犹如被强烈的电流击中。他想,她肯定也会感到那一时刻的非比寻常。以后他无数次回忆那一瞬间的感觉,她像阳光里一曲明亮透彻的歌谣一样攫住了他的心。爱情有时就产生得如此莫名其妙。

当时的社会拒绝以革命名义以外的一切个人情感,学校里尚且分男女界线,何况早恋?倘若一个男生喜欢上了异性是要被所有的男生耻笑和唾弃的,平时石阳把魂不守舍的情愫都小心翼翼地锁在心扉里。这是一场无可救药的爱得苦不堪言的相思。石阳利用一切机会从她家门前经过,尽量想能多瞄到她一眼。他曾无数次地想象用各种方式向她倾诉渴慕之情,但一见到她的身影即又像遭遇电击似的丧失了全部的信心。他这才发现爱到深处不是刻骨铭心的喜悦、幸福,而是无边无际的烦恼和惆怅。因为这时的爱情,从社会的角度好像无论对他还是对她都是不齿的,他太害怕万一遭到拒绝,他将从此无法面对她了。爱情的底色竟然是一种梦幻般的忧伤,伤感的石阳苦苦地爱着。终于熬到翌年高中毕业下放了农村,艰苦的生活以及情感的磨砺让石阳坚强了一些,第一次探家回来时,他口袋里揣了厚厚一封情书,下决心这一次鼓足勇气去直面梦中的初恋情人。然而,石阳大惊失色,她家所在的院子由于被一项市政工程的边缘扫到,住户们全部搬迁了。那里原是一个大杂院,住户散去后连寻找的线索都没有。漫长的怅惘使石阳不自觉地拿起铅笔,把对她的思念一遍一遍地体现在画板上。

石阳下放、上美术学院一共在外地七年,来来往往但再无缘见到过她。大学毕业石阳分配了回来。20世纪80年代初期的社会上到处闪耀着文艺复兴的星光,艺术的色彩点染着大众的生活,年轻的画家在人们的视线中比今天更有吸引力,那两年乐意找石阳处朋友的女孩子不少,可是他依然陷落在那场恋情之中不能自拔。直到这天,石阳与她在街上邂逅,遭遇得太突然了,突然到他简直不敢相信自己的眼睛——在马路对面的人行道上,她牵着孩子走过,石阳虚脱了般地凝眸着她款款远去。

石阳清醒过来,蓦然发现人生的残酷,爱了人家十年,她却早已结婚并且有了孩子。而他更痛心疾首的是,即使历经磨砺,面对她还照样犹遭电击。

极快,石阳谈起了恋爱。女友单纯、美好使他获得了情感上的补偿。而初恋,仍然是他心扉里一页隐蔽的秘密。婚礼如期举行了,场面非常热闹,女方来的宾客尤其多。竟然……竟然她也出现在来客中,石阳这才知道她和妻子是电大的同学,石阳不幸地觉察出胸膛又开始剧烈地悸动,他又类似虚脱了一样的软弱,无助地攥紧了妻子的手。妻子以为他在为这个幸福的日子激动。

数日后,石阳让妻子请她来做一次模特,他想真实地再现脑海中的那一幕情景。她对电大同学的好友拥有一位画家的丈夫,心里非常羡慕,听招后欣然而至。石阳刻意地复原曾经铭心刻骨的那一幕,让她依然是洗头，披下如波的长发；依然是撩起一绺，妩媚地盼顾他。石阳亦依然心潮起伏。他边画边有意将话题引向过去，像章鱼的触角一点一点地试图拨开她的回忆，但很快他就反应过来，她以前对他居然没留下什么印象，他不曾在她的记忆里激起过一朵浪花。石阳傻了，想起自己锥心的十年。

  这是一幅糟糕的失败的作品，画面呆板，缺乏感染力，大失艺术水准。可是他的技法已经日臻圆熟了呀，为什么表现不出心中的感觉？整整一夜，石阳坐在画室里苦恼。清晨，第一缕光线照射进来，石阳猛然跳了起来，对了，还有阳光呢？十年前照耀着她的那种镶嵌在他记忆里水晶般的阳光！石阳大彻大悟了，逐渐平静下来。这么多年来，他难以忘怀的早已不再是她这个具体的人了，是那一刻的阳光照亮了他心底被禁锢着的青春情怀的世界，后来他其实一直是在为那一片阳光而感动。

  以后再见到她，石阳心静如水。

1999 年 5 月

与汉语对话

除了汉语,我不再熟悉这个世界上所有的其他文字。

大约在初二以后我开始偏科,那时学校纪律不严格,英语老师说不喜欢这门课可以不来上,但来了就不许做小动作,愚蠢的我后来就不愿意上外语课了。今天当然是感到有一些遗憾,早知当初也该抱着外语书猛啃一啃,其他姑且不论,至少也可以看看还有哪一国的文字,能有汉字这样充满了令你惊讶的风趣与智慧。

很早就有一个年长几岁的朋友感慨地告诉我,学习电脑,是又一次扫盲的过程。他是一位令人尊敬的文学编辑,培育过不少后来叱咤文坛的人物,他自己也是一位作家,发表过很多文字。以前他的作品都是用钢笔写出来的。他的钢笔字很好,洒脱、耐看,别人遇见常忍不住要赞扬几句。然而后来,他使用起了电脑。我为他的钢笔字可惜。

过去我固执地认为,用笔来写作,听着笔尖在纸上簌簌滑动的那种美妙感觉是键盘所无法替代的。我疑惑地问他电脑如何,他就语重心长地说了上面的那句话。事实上,最终导致我也加入了在电脑键盘上敲字的行列,却是因为我的字不可救药地写得那么糟糕,惨不忍睹。把稿子用标准的字体敲击出来,使我能够有效地掩饰自己的心虚。

于是,我立刻发现,电脑确实在进行第二次扫盲。我以前也许将永远写错笔画的字被它毫不客气地纠正了。但是，我最感谢它的，都不是这些，而是我诧异地意识到我们竟然成了朋友，只要在家，只要不做其他事，我便会不由自主地打开电脑，像亲近的朋友那样一个词组一个词组地用我们俩都熟悉的汉语对话。

我打了"进攻"这个词的五笔字型输入指法，屏幕上出现了"戟"，哈哈，它极其精准地揭示了在冷兵器时代长矛大戟与攻城略地之间的关系。再打"不少"，居然瞧见了"沙"，无疑是对前者词义最夸张的诠释。而敲"造反"，蹦出的则是"选择"，真是太精彩的错误，造反可不就是一次道路的重新选择吗？绝妙到极致的，大概要数打"春天"，我目瞪口呆地看见了个"奏"，太富有想象力了，简直无法形容那一瞬间我欣喜快乐的心情，仿佛真的听见这个季节中万物的轻歌曼舞。汉字笔画的组合，竟然如此不可思议的同工异曲！

我开始注意，"猜测"和"狡猾"指法相同，狡猾者能不善猜测吗？"连续"对照的是"边疆"，我们知道，边疆总是连续的，否则就将发生重大问题。"礼堂"同"视觉"的一致尤其传神，这里需要闭上眼睛稍微想象一下，大礼堂过去的主要用途都是召开重大会议或者文娱演出，你最大的观感会是什么？当然直接来自于视觉。

"市政府"——"评论"，我不由叹服，这简直是一个宣扬民主的思想定义！政府一类的地方难道不应该是发表、听取各种意见，并允许民众进行评论的场所？"总司令"——"决"，总司令当然要决断、决定。"饥饿"——"饱"，不知饥饿哪儿来饱的感觉呢？"演员"——"赏"，演员过去被称为戏子，唱得好了得一点儿赏钱，这种关联很有些沧桑的历史意味。"腐蚀"——"文化馆"，大约老祖宗造字时便想到了文化与腐蚀的关系，只是过去形容吃穿不愁之后，人就要从精神层面上来作怪了，所谓饱暖思淫欲，而时代发展到了今天，论起各行当腐蚀的能耐，同金钱、肉欲比起来，文化的"腐"味实在是小巫见大巫，惭愧得很了。

最叫我感动的，是"祖母"与"视线"同时出现，想想吧，这个温馨的比喻，祖母岂不就是一缕时刻在慈爱地盯着你的视线？

我想打"信封"，结果出来的却是"领土"。我先是讶异，须臾领悟，一个人信封内装着的，还就是那么一块拒绝外人窥探内容的心扉领土。换言之，一个国家的领土，亦同样决不会允许他者觊觎。

试图敲出"全国人民"时，我当真吓了一跳，揉揉眼睛再看，没错，还是"集团公司"。我霍然大笑了起来，太神奇了，仓颉老祖宗是怎么就能预知他生后漫长的岁月间将会出现这个现代企业名词的？从改革开放之初的全民热爱文学到之后万众一心的全民经商，我们做了一个巨大的跨越也做了一个巨大的拐弯，我们不知不觉地就变得浮躁和急功近利起来，也在较多的时候开始习惯以逐利的价值标准衡量事物了。这两者之间的相连暗示了什么，悲乎幸乎？笑完发呆，莫非方块字里被注入了深邃的思想？提示这个时代的特征？大约也只有汉语才能如此幽默和深刻了。

与这样智慧的语言对话，你似乎能够感受到一种源远流长的理解。

2000 年 7 月

最不著名画家季红跃

20世纪80年代初,我的朋友刘力勋在单位有很大的一间卧室和很小的一间厨房,他喜欢读书、喜欢清谈,还喜欢自投罗网地表现一下厨艺,这些可爱的要素都构成了他的单身宿舍成为一些年轻人聚会窝点的必备条件。于是,在那儿我同季红跃便不可避免地相遇了。

与季红跃相关的许多有趣的事情,我都是从力勋的口中得知。好像在他们小时候的那个大院里,季红跃的年龄没够得上那一拨调皮捣蛋的半大小子,只能充当一个小乖孩子,撑死了顶多做做半大小子们的跟屁虫、谍报员——每当他们做了坏事需要探测大人的反应时,就会把稚气十足的不引人注意的季红跃派出去,也不知道他到底是否理解自己背负了怎样的重任,欢喜地晃着小腿跑去又跑回,便通了风报了信。

我们相聚在一个到处洋溢着文学热情的时代,但季红跃却不是那个时代里的文学爱好者,他是这伙人中唯一的一名美术专业的大学毕业生。那时我们朝气蓬勃,我们恃才傲物,不敢说别人,起码我自己误以为是对这个社会格外有用的人。我们有足够的信心和充沛的精力热爱生活,仗着年轻就放纵着自己的想象力,做一些性情所致的率性而为的事情,兴高采烈地挥霍青春。我们还会隔三岔五地拎着酒瓶、卤菜或者干脆就是揣两袋花生米来到力勋那儿,坐下来豪爽地喝酒，酒瓶空了就扔出去，把屋里的东西也乒乒乓乓地往外搬，将那张宽阔的床板掀起靠着墙壁而腾空房间，然后放足四喇叭收录机的音量，便开始跳舞（那时街上还没有商业性的歌舞厅）。季红跃最爱跳迪斯科，一个劲地扭，扭成很多年以后流行的"劲舞"——与力勋口中那个小乖孩子的形象很有点儿反差。

过后想起来才感到奇怪，我也有一些画家的朋友，可是我却好像始终没把季红跃列在其中，虽然我清楚他是中国画的科班出身，也明明知道这么多年他并没有放下画笔，似乎无论出自哪个角度，我有"印象"的画家中都不该会"遗漏"掉他。但有时，世上的事物就是如此叫人讶异不解。直到一次我无意间吃惊地听说，季红跃的连环画作品《美人鱼和红蜡烛》获得第十届全国美展银奖（2004年）——之所以吃惊，是因为在这一国内最权威的美术奖项上，此枚银奖开创了我省的历史。这时我才明白自己对朋友是多么漠不关心，也是又在这之后我才又得知，早在1995年他便在第八届全国美展上获过优秀作品奖了。原来我对他竟生疏到了这般的地步！而说起来，我对省内的文艺动态还是有着近水楼台之便的。

不过这等好事，他居然不通报一声！反过来思忖一下，我马上便释然了，画坛在一定的程度上也可说是个名利场，在名利的面前，低调和淡泊的态度或许实在是一种奢侈的要求，不是每一个人都能够做到和甘愿做到。季红跃大约可算作一例。

对于艺术创造，我是相信天赋以及那种禅机似的开悟的。前不久，我见到了《季红跃人物画精品选》。这是一册国画人物小品，匠心独具的稚拙造型弥漫着童趣，但它绝不是关于童年经验的简单回味、复述，我想这大约是他在中国画专业与儿童美术研究二十余年间相互揉砥、濡染后的一次穿越童年意境的艺术漂移。所谓的看山不是山，这时的"童年"也不再是原本意义的童年了，于是在他的笔墨之外，透析出那种心灵的微光探寻到释放路径后的豁然开朗。画册的封面有一盘腿捻须装神弄鬼的智者，身后是一不知所以然地捧着竹简憨态可掬的童子。那席垫上的智者大概是位诲人不倦的先生，摊开了一卷竹简，诵书后正闭目沉思。人类一思考上帝就发笑，我好半天才回过神来，觉得季红跃倒蛮"神似"那童子——将内心的领悟按下不表，便仿佛永远对生活充满了热情、不解同好奇。再细想想，我便也感到真的好笑了，脑海里很多很多年以前的一个小乖孩子说不定就是这样一个童子。

《季红跃人物画精品选》是收集在北京工艺美术出版社出版的"当代著名画家经典丛书"中。可能编者自然而然地认为季红跃属于此列，然而他恰恰不知，对眼下的季红跃，用"经典"或者其他经典的词汇来评述请便，却唯独不便纳入"著名"两字。因为连我这般老朋友都刚刚才知他的画名，他怎么"著名"得起来？以我对季红跃的所知，他也不曾想过那个什么名，有关这些绘画创作，用他的话说，没有什么明确目的，完全是一种兴趣所至，是他心态最放松的历程，不为别的，只为快乐。

无目的、放松、快乐？他也真敢说，他就不想想这是怎样的一种境界？我以为他应该是真没想！所以我说他是不自觉的沉潜，神似那童子，人在画里，世俗的东西总归要少那么一小点。

后来季红跃因为身体的原因很少喝酒了，偶尔喝起来也十分的戒备。曾经一次他喝高了，路过一歌舞厅见里面的高台子上正有人领舞，他跳上去高低把领舞者推下去，自己取而代之的往事便显得尤其的遥远了。不过也有例外，那年正月初六，难得又见他纵情地频频举杯了，兴致高昂之际于桌上当场约大家后天初八再聚，一个都不能少，他请，×××酒家。问何必跑那么远，答曰，那儿有一只本城最大的木炭火锅。

初八见识了一尊铜塔般巨大的火锅，果然非凡壮观。那日季红跃远远地靠在沙发上，自始至终没上桌子，初六他醉狠了，到现在一闻酒味都反胃。他一口未吃一口未喝,就是来埋单的。请客之意不在酒,而在于有一只最大的火锅,这就是季红跃。

这只非凡的火锅放在面前产生的快乐,就像是为了快乐而画画一样的道理。所以我琢磨,即便有一天季红跃大大地著名了,我仍然愿意投他"最不著名"一票,因为他那追求快乐的骨子里,是没想过要受名声之累的。

2008 年 8 月

又见镜湖

在我较早的有关"镜湖"的记忆中,它是一个香烟品牌,曾经点燃过我们青春的岁月。那时候同学少年,风华正茂,抽烟是一种时尚,代表了风度、气概还有一点儿叛逆的意味;那时的河流很清澈,碧波荡漾,鱼翔浅底,空气里也没有悬浮着多少不洁的微颗粒。现在已经记不清,早年我是否知道,镜湖的名字是源自于芜湖的一处风景名胜?如杭州的西湖、南京的玄武。

20世纪80年代末期初遇芜湖。当年安徽的城市排排坐吃果果,没有一家个头高的,芜湖自然不显山不露水,何况按汽车牌照的序列是:皖A省会合肥、皖B铁路枢纽蚌埠、皖C才轮到芜湖,可想而知,她难免就像是一个高不成低不就的尴尬女子。我们熙熙而来攘攘而去,市井一瞥若过眼烟云,留下印象深刻的却是城边的长江,那些不时翻腾飞跃出水面的黑色的江豚,给了我一次次惊讶和欣喜。我不是动物学家,对那黑精灵的前世今生十分陌生,我很固执,从此便执拗地以为江豚是长江之子,认定虽然世界上的江河众多,却唯独长江是它的家园。又过两年,为写一个电视片脚本我在芜湖盘桓二十余日,傍晚时分屡屡漫步于市中心的湖之畔,才算是与水泊景观的镜湖有所亲近。

后来,是哪一年我无意中发现"皖B"易位成了芜湖的汽车牌号时,才不自觉地意识到天下的新变局,芜湖市位置冉冉上升,由三进二了。这是一个中国城市化进程加速度的时代,我们不缺乏突飞猛进,不缺乏日新月异,一切的旧貌都在换新颜,一切的新颜都在召唤或制造着无穷的财富。后来的后来,2005年之夏,我随一个作家采风团走进了芜湖。果然,她和全中国的城市一样长大了、高了、亮了,闪耀出新世纪的五光十色了。这个城区的华丽以及可预见到的强劲发展势头,使我们一行人眼界顿开,都禁不住地大发感慨。我感慨的还包括有一个红梅社区,自组织起妇女义务巡逻队日夜巡察始,便从未丢失过一辆自行车。我的心遽然一跳:那两年内我身边的同事中,自行车被窃最多者竟然高达七辆!这里需要专门说明的是,"红梅"并非财大气粗的所谓高尚住宅区,这个老旧小区的住户多数是低收入家庭,他们在这里享受着干净、整洁、祥和的生活环境,享受社区的免费或低成本服务。起码,他们可以安心停放自行车而不太担忧丢失,这对于我们真是久违了!我确实是一个固执的人,我就是这么执拗地想,我们在很多时候和很多地方都不缺乏建设速度,然而,我们在很多时候和地方,可以将一辆自行车停放在道旁不必担心丢失吗?我们和谐社会的生活故事常常被一些宏大叙事所覆盖所遮蔽,往往疏忽了纵然微小却可能慰藉心灵的细节。譬如那辆微不足道的小小的自行车。

一晃,又是六年过去。车过长虹一般的芜湖大桥,不必再借助轮渡过江了。可是轮渡又如何?长江滚滚东逝水,我们已经极少再有机会目睹黑精灵的江豚了。我最后一次看到那道黑色的弧线优美地划过水波,是在一个江豚人工养殖保护中心。据说,长江现在每过十年江豚的数量就会下降一半,衰减的速度几乎令人绝望。而江豚在长江里是没有天敌的——即是意味着倘若人类活动不造成伤害的话,它们永远是快乐的黑精灵。照此下去,忧心忡忡的科学家说,将来比江豚低等的一些鱼类也会慢慢地消失,长江的水环境就会陷入危机,殃及两岸。

环境是 21 世纪一个最引人注目的词汇。我曾经在晋陕大峡谷那黄河大拐弯的岸旁，遭遇过被遗弃了的村庄废墟，残垣荒凉，窑洞塌败，一尊沧桑的石磨黯然地倾听着波浪声滔滔远去。我相信最初人们喜气洋洋地来到那儿，不会是为了兴建一处日后的遗址。然而，它终究成了遗址。

除了"文保"单位，很难想象今天的城市里还能找得到"遗址"，我们正在拆迁所有旧日时光的遗址，建设一个个生机勃发也富丽堂皇的新址。这六年来，又有了诸多家声名显赫的国际、国内知名企业落户镜湖，城区内的新型商业业态图景已经璀璨到炫目，如此除旧布新的巨变，当然是无与伦比的浩然成就，完全可以用大量蔚为大观的形容词来加以修饰，不过——请原谅我的固执无药可医，我就是这么执拗地想，这与中国所有快马加鞭的城市建设有什么不一样吗？结果我到底发现了另外的"不一样"：镜湖周围的拆房还自然生态的做法，启动得比杭州西湖还要早两三年；赭山公园改造打开围墙，显山露水地把绿色还给市民；市政府迁走了，原址建起的是文化休闲广场；江畔的房屋扒了，修建的亦是历史遗存和文化底蕴丰厚的滨江公园等等。须知上述以及省略去的不少"等等"，无不都是城市中心区域寸土寸金的黄金地块，在这样金光灿灿的地块上建设公园、广场、博物馆等没有经济回报的公共文化空间，地方政府是需要有极大的智慧与勇气，才能遏制住惯常可见的 GDP 冲动和土地财政依赖的"地王"膜拜。而我们已知，真的不是每一个地方的政府，都有这种深谋远虑的公共财政情怀。在镜湖区听到的有一句话：我们的安置房是全省最好的。宛如温暖的雨滴从耳边落入心田，很是触动人。他们的安置房和商品房一体化开发，安置房除了价位低廉，其地段、质量、设施、功能等一切指标都统统与"高尚"的商品房同样高尚，不带丝毫的人文歧视。我不知道平时所说一座城市的"幸福指数"是如何确定的，但我想，标准应该更侧重去安置房面向的低收入者那儿寻找。毕竟，他们生活在底层。

　　我们的城市是由楼宇、街道构成，但我们的生活环境远远不只有楼宇和街道，就像黑精灵江豚的生存环境，也肯定不只是长江的流水与泥沙一样，它们和我们，都需要各自的幸福指数。

　　近些年学到了个基本常识：当人们关注到某一话题时，差不多该问题就已经是十分的严重了。所以我祈望，就此不再提起黑精灵白精灵所有的精灵包括我们自己内心里的精灵。

2011 年 8 月

等我十年

　　一个人总会对个别特殊的日子比较敏感，每逢快到生日的时候他便开始心神不宁，仿佛不自觉地便暗暗升起了某种不可名状的期待，今年这天的前夜他把台历翻过一页，写下了"我的生日"四个字，感觉像是一颗流星从天空滑了下来，落到台历上面，这才安稳地睡倒。早晨他不动声色地上班去了，在办公室里心旌摇曳，到时妻子会为他送上一份怎样温馨的节目单呢？每一次的电话铃响都使他幸福得心跳加速，随后便伴随着一次次失望，等不到期待中的电话，一整天都无所事事又躁动不安，直到下班的铃声摧毁了他最后的浪漫情怀。生日就这样过去了？他把失落埋在心底，闷闷不乐地搭公共汽车回家。

　　在车上他碰到了艾。她是个漂亮又快乐的女孩，亭亭玉立风姿绰约洋溢着青春的魅力，开朗的笑声时常感染得周围的人都同她一样愉悦。今天他有点儿异样，艾察觉出了他的怅惘。他说，今天是我的生日。艾望着他，突然不说话了，两人莫名其妙地缄默起来。在这种奇怪的静谧里他忽然特别不想回家，希望同艾就这么不下车地一直坐下去，一站，一站，直到……可是他已经到站了。他情不自禁地瞄了艾一眼，艾还在望他，眸子如水。他听到自己的心在怦怦地跳，犹豫了片刻，却还是起身下车了。

　　推开家门时他先稳定了一下情绪，慢慢地走进去，环视了一圈，但是立即更加大失所望，桌上并无想象中的蛋糕、礼物、葡萄酒。妻子已经下班回到家了，正在忙着拖地，听见声音头也不回地吩咐他烧饭。看来她根本就没有留心到台历上的那行字。他不吭声，下了一锅清水面条。晚上睡觉时他实在憋不住了，问妻子可知道今天是什么日子。她说，你在日历上不是写了吗？他张了张嘴又闭上了，这一次的失落是无法形容的，一瞬间他极度后悔在公交车上时没邀艾一块去哪儿坐坐，那么生日就绝不至于这般的无趣了。

翌日艾便知道了他的生日是怎么平淡地度过的，他忍不住透露说，其实昨天我差点儿就要邀请你陪我去哪儿吃个饭。艾嗔怪他干吗不讲，说她当时也想陪着他给这个日子留下一点纪念的色彩，然而不知他在家里是如何安排的，没好主动开口。她的善解人意使他的心里涌起了一缕暖流，更后悔昨天回家那么早。

他没想到的是，第三天艾趁父母不在家，她请假没上班，买了好多菜，打电话叫他去，她要给他补过一个生日。

以后他就再也忘不了那一天了，与艾爱得如火如荼，他感到和妻子似乎还没有如此热烈过。艾是第三者，他俩的恋情只能藏在暗处，这对于两个人都是一种折磨。艾磨着要他离婚，盼望能够完整地拥有他。他也觉得自己离不开她了，遂下决心准备与妻子摊牌。不过80年代人们对婚姻解体的看法与今天不太一样，从风俗世情到司法层面都持宁拆十座庙不拆一桩婚的态度，一个家庭的分崩离析通常不可能在较短的时间内走完它的法律程序，将会不可避免地大费周折。为了使艾有足够的心理准备，他故意不将自己的打算告诉她，而是预先把离婚的难度描述得更大，路途形容得更加遥远，说，我不是没考虑过离婚，但是这样弄不好需要你等我十年，这个问题你想过没有？十年！艾倒吸了一口凉气。艾的意思，十年的工夫她岂不变成老姑娘了！不等到那时，她母亲也会拼死拼活地逼她嫁给了别人。尽管他清楚这的确是艾必然面临的现实处境，并且她的真实想法是想催他尽早与妻决断,然而他还是认真了,又追问她究竟能否等他十年。十年!他在心里祈祷,只要艾点了一下头,他便宁愿为离婚去赴汤蹈火。

艾不点头,只是如梦般地望着他。

回到家,不知为什么他先这样问妻子:如果那时我十年都调不回省城,你还会等我吗?妻边洗衣服边说,你脑子有病啊?谁去管你什么十年八年调回来的,哎,你怎么想起来了这个?他没有回答,沉静在纷呈的思绪中,在心里自语道,其实何须真等十年呢!

他最终没提离婚的事。

1999年5月

一座城市的传奇

铜陵的传奇是有历史深度的。

1977年底，一辆敞篷军车拉着一群兴奋的青年人驶进了怀宁县境内一个青峦环抱的山坳里，之后在那儿我整整生活了四年。山外离我们七八里路远的西边丘陵上有一片建筑群，是一座铜矿的基地，但它并不属于怀宁，而是铜陵市的一块"飞地"。在我有限的视野内，飞地算是一个稀罕的行政管辖特例，十分意外和好奇。那时我们年轻得对整个世界都感到好奇，我与伙伴们数度到这块铜陵的飞地去张望过，东瞧瞧西看看，走过路过不要错过。那时我们青春的目光明亮清澈，好像总是在寻觅和企盼什么，脑海里永远飘扬着无数迷彩的期冀。自然，这是一个异乡青年对另外一座陌生城市莫名的好奇，亦是他对未知生活的一种茫然的期冀。现在想来才领悟，在我尚未撩开一座城市传奇的面纱之前，其实早已相伴着它度过了一段岁月春秋。尽管那只是一块飞地，不过无疑它最具有这座城市的象征元素——泛着铜金属光泽的一块飞地。

长江之畔的铜陵，当然是因铜而得其名。铜陵的铜矿采冶始于公元前的商、周朝代，迄今已跨越了漫长的三千余年。我书房的墙上有一张《中国古代史概要一览图》，是南京大学出版社在20世纪的专利产物，当年一见便喜欢这种简明的设计，如今它已经很陈旧了，几次搬家都还舍不得丢掉，仍然带在身边。它宛若一扇古老的窗口，伸延出一条弯曲幽远的小径，引领你不由自主地往历史的深处踽踽独行。在人类学会了保留火种同打造石制工具一路走来之后，青铜器时代是人类社会史上一个跃进式的文明阶段，贯穿了中国奴隶制国家的产生、发展及衰亡的过程。铜制与碳钢兵器差不多都恰好分别出现在原始社会向奴隶社会和奴隶社会向封建社会转型的关口，这不免令人对那些闪烁着青铜色锋芒的杀伐浮想联翩。我无知者无畏地揣度，这是否还意味着，也正是铜器取代了石器、钢铁件更替了铜制品，生产力的极大解放在某种程度上催化了社会形态的巨大改进？稍微懂一点儿历史常识的人都知道，包括东西方民族在内的世界文明进程中，中华古代的科学技术知识水平曾经在很多个世纪里遥遥领先，所以我又想，在辽远的三千多年前的某一日，那天的阳光金碧辉煌，云彩像一簇簇圣洁的凤丹灿然绽放，织锦般绮丽的蓝天下，第一缕冶铜的紫烟从罗家村或木鱼山这样最初的古采矿原址上缭绕、飘升……我们的先民们是否意识得到，此缕紫烟必将惊世骇俗，它意味着一场早期的工业革命事件在这里发生了！从那一刻起，在长江两岸一带广袤的土地上，铜陵成为代表着一个朝代科技进步方向的重要现场。

　　大约将近十年前，可能是一个秋意正浓山色斑斓的季节，我第一次走进了铜陵凤凰山间的金牛洞古采矿遗址。中国仅有两个正式对外开放、供游人参观的古铜矿遗址，它是其中之一。这儿有一段民间传说：上界的神牛私入凡间，因贪恋凤凰山的迷"牛"风光而不思归返。后为躲避天帝的叱唤，神牛钻入山中，其身化为了金银铜脉，于是诞生了金牛洞。这个神话故事虽然编得不够生动，却也符合人们在庸常的生活之余，补偿式地寻求化腐朽为神奇的美好愿景。据悉这一处遗址的年代始于春秋。我一直以为中华民族最有想象力和创造力，天赋异禀，性情强悍，思想活跃，不尽风流的时期就是春秋战国，展现开来的都是一幅幅金鼓齐鸣、风云叱咤、长河落日、诸子百家的鲜彩焦墨的壮丽篇章。有的时候，环境氛围会剪修一个人的情绪，我肃穆而景仰，一步一步地蹅下金牛洞，一个台阶一个台阶地进入内心的情境，遐想自己苦披着千古年岁的山风雾岚，拂拭去身上一个又一个世纪的烟火锈尘。那一截短短的小道上我是一名虔诚的朝圣者，顶礼膜拜远古的青铜。

凤凰山的凤丹同样历史悠久，其栽培史可追溯到西晋年间。凤丹色玉白或粉红，丽质清雅，她特别的妙处，还在于既有观赏价值且又入药，是一味"赏心悦目"的名贵药材。我不懂花卉，似乎清雅的凤丹和雍容华贵的牡丹同属一支，因为铜陵的朋友每每邀请时总说：抽空来看牡丹啊！凤凰山形同凤凰，由横山、面山、灵凤山、潭山和金山等构成，有密林、奇崖、清泉、飞瀑，一条相思河从南麓淌过，山明水媚，风光入画。大概是得天独厚的造化，凤凰山的水土之精华滋养出来的凤丹格外有名，丹中的上品。我之所以敢在这儿挑了得天独厚四个字，是因为铜陵"得天独厚"地坐落在北纬30°线上。北纬30°是地球上一条神奇的纬线，它精确地串联起了四大文明古国，它沿途丰盈的景色美得登峰造极，它与百慕大三角、埃及金字塔、巴比伦空中花园以及我们的花山谜窟、危崖悬棺、三星堆等等奇异奥秘都有着不解之缘。铜陵的凤丹居然就开放在传说中的北纬30°，由不得人不平添出了一层臆想的向往。凤凰山地区有万亩生态牡丹园，被中国花协牡丹芍药分会确定为全国四大牡丹基地之一，可想而知，即便一个脑筋钝化的人，也都能极鲜活地想象出一朝绽开时那花山花海的无边芬芳。

可不巧的是，我去过铜陵已不下七八次了，却偏偏没有一回踏在花期上，可见世上的有些事情原来是不可强求的。凤凰山——金牛洞——钟灵毓秀的凤丹，很容易让人联想起一长串风铃那么美丽动听的传说——然而没有，凤凰山里的传说缺席了凤丹，似乎就少了点儿什么。随后我在相思河畔的相思树下，听到了一段爱情的相思传说，才算是聊补了那么一丝遗憾。说起山水的风雅，新疆阿尔泰山林里的喀纳斯湖，是我所见到过的最神秘最秀美的湖泊之一，如若步入幻境；我此前进过三次疆，第二次直奔喀纳斯而去，在许多旅人的眼里喀纳斯并不只是一个湖，还有高山、河流、森林同草原，著名的额尔齐斯河最大支流的布尔津河从附近流过，碧水苍茫，沼泽草丛，杨树和桦树林在宽阔的河滩旁一群一群地伫立，静静地聆听风声掠过原野——你见过那种带了一点儿忧郁的，怀旧的，色调温暖而深沉的俄罗斯油画吗？意韵有些近似，请想一想吧；而喀纳斯又不仅仅是那些自然景观，还包含着诸如"嫦娥脚印"、成吉思汗后裔图瓦人、历久弥新的"湖怪"等等逸事传说。新疆的朋友称，每隔几年，都会重新漂泛起一次有关湖怪的逸闻，这便是他们地域文化的魅力所在。我心里暗忖，凤凰山正是铜陵的"喀纳斯"。

　　铜陵是一座多元文化的城市，铜文化不用说了，还有长江文化、吴楚文化和徽文化在这个水路交通口岸交汇融合，多重文化的碰撞，构成了其妖娆婉约和慷慨激昂兼收并蓄的包容风格与开放气势。今年五月，我赴铜陵参加长篇历史小说《风起大通》研讨会——大通是铜陵的一座临江的古镇，曾经名声赫赫，因为商业的繁荣鼎盛被喻为"小上海"，抗日战争爆发后才衰败于战火兵燹。不过大通的名动天下却并非源于"小上海"，而是爆发于1900年那场武装反清的大通自立军起义。起义悲壮地失败了，可是影响波及深远，为即将到来的辛亥革命吹响了激越的前奏曲，在中国近代的那个历史节点上，大通被时代赋予了特殊的位置，书写了一段铁血雄风的瑰丽传奇。

　　这是我第二次来到大通，距上回已过去了好几年，是来参观淡水豚自然保护区的长江重点野生动物保护中心。保护区的前身是铜陵白鱀豚养护场。白鱀豚是我国特有的野生动物，形象尤其可爱，像一支蓝白双色的大纺锤，有水中大熊猫之称。原先长江中下游和钱塘江一带都是白鳍豚的活动领域，到了20世纪80年代，唯余长江铜陵段是它们赖以生存的宝贵水域了。可严峻的现实是，长江里已经很有一些年头监测不到白鳍豚的讯息了，保护中心里也只有几头黑色的江豚。记得不过二十余年前，老百姓还习惯把不时欢快地蹿出江面的这些黑黢黢的小东西唤作江猪。这分明是一种很有文化的称呼，豚在字义上本来就是猪的意思，但汉文博大精深，只一字之别，便不言而喻地表明了这"猪"的身份比较家常，普通得很。倒是没过多久，仿佛一不留神如今就稀奇金贵了起来，濒危得几乎难寻踪影，人们开始小心翼翼地称作日常生活中少见的字眼——"豚"了。在自然保护区那段夹江的岸边，保护中心的工作人员端出食盆，用力敲击船舷，只见远处波光粼粼的水面上应声跃出几道黑色的弧线，这是江豚条件反射地赶回来进餐了。我下放农村期间养过鱼苗，撒豆浆或麦麸时池塘便犹如演变成了喧哗热闹的星空，一团团鱼苗忽然拥挤着浮出水面，繁星闪闪地游向你，场景特别温馨。我望着几头江豚欢腾而来，心里却似缠了一圈水草，这种纠结的感觉不可名状。对于环境、动物保护的话题我不敢轻易地持以乐观的态度，白鳍豚的警示还犹存在耳，据说现在江豚的总数每过十年就会下降一半，听到这样的衰减速度你无法不悲观。我们稍感宽慰的是，好在长江之滨毕竟有了第一个国家级的铜陵淡水豚自然保护区。但愿珍稀的江豚、中华鲟、胭脂鱼等等这些人类的朋友，不致终有一天只能在我们伤感的回忆之中游向我们。保护好其他物种及其生存的家园，又何尝不是保护好我们人类自己生存的家园？

"铜陵虽小，但很美丽。"这是国务院前总理朱镕基2002年来铜陵视察时的嘉许。最近的一二十年来，中国土地上的城市化建设发展突飞猛进，我们用史上最快的速度拆迁记忆里的陈旧痕迹，宛如是转眼之间，所有的城市都张灯结彩万象更新了，都同时的铺张、高大、华丽了起来。我无意置喙有关城市扩张的话题，如今中国人有钱了不错，可是我们的快乐却好像并没有相应的存款那么多，我们建设成就的观感和 GDP 指标飞升也未能与老百姓的幸福指数相应匹配，此处我只是想说，如果让我自己选择一个居住地的话，我宁愿来到这个畔临孤帆远影碧空尽，唯见长江天际流，湖光澄莹，山野葱翠，小而美丽的铜陵。

2012 年 6 月

错　位

　　退休后就形影不离，老两口去哪儿都相依相伴。两人来到了菜市场，挑选蔬菜时背后挤过来了三个年轻人，卖菜的瞥见有一只手伸进了老太太衣服的口袋，但她不敢声张。这年头许多事情都弄颠倒了，真像过去的"颠倒歌"所唱那样：南北大街东西走，出门看见人咬狗，拿起狗来打砖头，反被砖头咬了手……那三个年轻人如同在自家菜园里摘菜一般的从容自在，紧张的倒是卖菜的，她只敢拿眼睛使劲地盯着那只不幸的口袋，试图引起老太太的警觉。可惜老太太的注意力全部用来对付菜的优劣去了，根本没想到自己正在成为一桩盗窃案的受害者。小偷得手后扬长而去，卖菜的方才敢提醒，问她口袋里的钱少了没有。老太太先是一惊，继而胜利地笑了，为谨慎起见她出门一般不带钞票，钱都是装在后边老爷子的身上，今天就委屈小偷们白忙活了一场了。

　　然而，她立刻又发现钱虽未损失，但那本老年证却不见了，老太太顿时着急了，补办证件的手续是十分麻烦的。问清了小偷的模样，老两口连忙一路寻去，老爷子边走边气得吹胡子瞪眼，心想可恶、可恶！证实了老年证的下落后非报警抓住那些个可恶的扒手不可！

　　老太太拉住了其中一个青年，说小鬼你把我的老年证拿去了吧？那里面没有钱你还给我。青年声称没拿。老太太说你把它甩到哪儿了跟我讲，我自己去捡回来。老爷子一肚子的火，可是眼下还不到发作的时候。

老太太缠住三个年轻人，反复地叙述着善良老人大都会讲的善良话。青年终于说出来，证件已经扔到菜场外边了。老太太央求青年领着去指个地点。她的神情使年轻人不忍了，遂带路，来到左近那条河的大桥旁，老年证就扔在河下。

老两口傻眼了，如此的大陡坡，老胳膊老腿的实在不容易下得去。

这是一个老年性难题。小伙子们忙安慰老两口别着急，说他们好事做到底，总不能让年轻人眼睁睁地看老人爬上爬下吧？万一摔着哪儿可不得了！老两口望着几个小伙子比赛般地翻过围栏，跑下去找到老年证，再气喘吁吁地往上攀，一个劲地喊他们小心点，感动当今的青年就是有觉悟。

对老人的赞扬小伙子们表示这根本不算什么。老爷子为他们的谦虚激动了，掏出二十元钱一定要青年收下买饮料喝。这回是年轻人急眼了，坚决拒绝，声称做这么一点儿小事还收钱，老人家也太看不起他们了。

千般感谢之后老两口与小伙子们告别了。老人得出一个结论：世上还是善良的人多。

三个年轻人今天也很快活，他们之前难得听到这样由衷的滚烫的夸奖。

2002 年

窗含西岭千秋雪
——闲话周志友

认识周志友时,他已担任省电影电视家协会常务副主席,理应是剧作家。当然,在这个名家泛滥的年岁里,他懂乐器识乐理填过词谱过曲,书刊方面装饰设计的名头又比较响,开一个假面舞会,给他戴上音乐家或者书刊装饰美术家的卡通面具,好像也能获得锦上添花的笑语掌声。他前后办过多种报纸杂志,身兼编辑家自然更是毋庸置疑的了——"家"的标签不贴也罢,唯独我没想过,他还是诗人!

我也幸识几位诗人。譬如侯卫东,我曾沐浴过他诗名的甘霖。那年在郑州,几个人小酌,席间还有一位当地诗人。其时文学热已经降温了,不过诗人的感觉依然有点儿小牛,得知我是安徽来的,诗人跟我碰了一杯,提起侯卫东的大名,矜持地说,卫东是他的朋友。我的虚荣心立刻作怪了,豪爽一饮,更加矜持地说,卫东,是我的小兄弟!那位一听,神情顿时恭谨了三分。其实这是一句该掌嘴的话,刚出口我便心虚了,侯卫东才华横溢聪明绝顶,倘若阳春三月随意地往河滩上一插,弄不好很快就绿树成荫,迎着风口便独树一帜了。自我检讨那天酒劲上了头,是拉大旗作虎皮,借他的名声给自己撑腰,头脑清醒时我万万不敢如此肆意地连累他。

再如方可。早期侯、方两人在一个游泳池边初遇,当得知那位身材健美风度飘逸的泳裤男就是一直无缘相识的方可时，卫东立马趋前，谦逊地做了一番自我介绍。方可不甜不咸地微笑，淡淡丢了句"以后常联系"，便优雅地跃进了一池碧波中。饶侯卫东是个思维缜密意志坚强的人，显然也不幸未能及时做好充分之心理准备，他蓦然睁大了眼睛，晃晃那颗聪明的脑袋，感慨方老师啊方老师，心里面很受伤很受伤。

在我熟悉周志友之前，方可的嘴上便经常挂起"大友、大友"了，那种亲近的姿态和亲切的口吻使人不禁疑惑，因为所有的迹象都无不表明他俩的关系很像是地主同佃户，周志友常把他揽下的农活都交办给方可去做了，关键又还在于"大友"交办得心安理得，方可劳累得心甘情愿。纵然佃户偶尔也发一两句经典的牢骚："我都给他搞死了！"但我们完全可从那自娱的炫耀的喜上眉梢的语气中听得出，方可其实特别享受这种剥削与被剥削的不平等关系，继续沐雨栉风欣然披星戴月，借用老舍先生发明的一个词"认"劳"认"怨——他"认"了。倒是我们都深知，方可骨子里头自持得很，遇到"大友"却能把身段放下来，揣着一颗高贵的心去耕田耙地当牛做马，除了他俩对艺术事业共同追求上的近朱者赤之外，恐怕只能说明一点，"大友"的人格魅力厉害，朋友乐于和他一道分享辛苦。

周志友的朋友众多不算特点，特点是众多的朋友分布在众多的领域，亦有诸多专业性很强的学界精英，跨界远到了千里迢迢，但是来他这儿全能切入话题。此处似乎有必要说明，小时志友没在学堂里扫过几年盲，要不是以后"电大"给了他学历翻新的机会，即便他学富五车著作等身，在我国的人事制度中他还就只能是一个"文化程度"小学毕业的人。他短暂地当过煤矿工人，画过画，拉过大提琴，最为钟爱的到底还是文学。诗歌赋予他一双黑色的眼睛，他从地层深处向矿井口寻找光明，等待日后一位风姿绰约的舞蹈演员，踩着诗歌的韵律，循迹而来与他相逢——我就不明白，为什么最终他又离诗而去？

　　凭借诗情画意就能俘获一颗美丽的芳心，在如今这个物质主义流行的时代里听来真似遥远的童话。20世纪80年代初淮北市民周志友在《人民文学》发表了一首诗，市委书记闻知在大会上击节称赞，这样的场景今天想来也同样是梦幻般的异常遥远了。志友出道早，1974年即在《安徽文学》发表诗歌处女作，开创了个人的文学新纪元；1982年他参加了第二届"青春诗会"。当年"青春诗会"比今天的"春晚"还要先声夺人，露上一小脸都熠熠生辉，出席的人均为站立诗坛最前沿的风头最健者；星移斗转，他放弃了落地北京的工作机会，回到安徽辗转腾挪于好几家报纸杂志，螺蛳壳里做道场的同时又写出了一批小说、散文和报告文学，直至出任省电影电视家协会的主要操舵人。正是这时，侯卫东撞到了他的手上，于是一个悲情的角色不可挽回地诞生了。卫东是成天为繁荣我省电视文化事业操透了心的电视人，荣膺协会理事也算顺理成章，唯一的瑕疵是他只顾埋头做贡献，却疏忽了及早办理入会手续——按说也不是没有一点儿补救的可能，可是，周副主席发话了，不是会员，焉能理事！啪，惊堂木下来，程序公正，大义灭亲，退堂！卫东傻眼了，一点儿脾气都没有。好在卫东本质上就是儿歌里唱的那一枝奇葩马兰花，风吹雨打都不怕，小小的冤情毁不了他的三观。

　　我不会写诗，比侯、方二者俗，一个俗人再怎么修炼，思想境界也高不过五谷杂粮。用一双俗眼窥睨世界，不敢保证没有殃及别人，把对方的境界也看低了下来，比如我就以己度人地觉得周副主席身上还有一种假象，存在着某种欺骗性。这是有案可稽的：他是古井酒厂名誉职工、高炉酒厂的顾问，听起来格外的狐假虎威，实际上两三杯小酒便能把他撂倒了；他胸腔浑厚，音色低回，都说他的歌喉不应存疑，可至今未能成为一名出类拔萃的麦霸；他曾经总是用最快的速度更新手机等时尚的新潮产品，而今早已不是逐浪潮头的那个人了……没错，朋友们的确常常颂扬他有女人缘，千朵万朵压枝低的美妙景象，犹如他那儿坐落着一个鲜花盛开的村庄，不过有女士却抱怨他口惠而实不至，平时说得万紫千红，嘴上的风景这边独好，但逢年过节甭指望能见到他的一片花瓣（我想补充一句，万一真捧来了一大束花，肯定也是方可辛辛苦苦培植剪插出来的）。我曾随他去过一趟苏州，在"德胜公司"恬谧的布兰特小街漫步，聆听他字正腔圆的介绍。德胜公司是一家东西方文化交错并叠，严重挑战和颠覆了我想象力的现代企业，妙曼的布兰特小街如她的名字一样充斥着异域情调，那几日我仿佛听见自己的血脉搏动和心理拔节。平时我没太注意周副主席的高蹈优雅，在那儿意外地见识了，我从脑海里为他挑选出了一个庄重的称谓："周志友周先生"。听起来稍嫌繁文缛节，然而凸显出了庄重的仪式感。我老土，不喜欢吃西餐，也不耐烦操刀弄叉，只能笨拙地放下餐刀立地成佛。可是人家周志友周先生，一双手学贯中西，左执叉右擎刀，剪裁有度从容不迫，气闲神定彬彬有礼。

"周志友周先生"即是他的假象，我们几乎忘记了他的诗人出身。20世纪80年代初某日，诗人周志友出差郑州，路过该省文联门口，望着"文学艺术界联合会"的一排字样，胸腔里一股悖动着的神圣感油然而生，这是一座圣殿！那时周志友多么年轻，不爱功名只爱诗，天子呼来不上船，风华正茂得赛雨后晴空下碧翠的青竹，竹叶的雨珠上悬挂着七彩的晶莹，从宽阔的街道上骑车而过，仿佛都能听到迅风吹过竹梢那簌簌的诗句般的啸声。后来，他就是怀着那种萌发于心底里的神圣感挥别北京，从《中国煤炭报》社回皖，成为"圣殿"安徽省文联《诗歌报》的一名编辑。那时的天空清湛碧澄，没有雾霾，他的一行行诗像白鹭一样飞上青天，《诗刊》的著名诗人邵燕祥会仅仅因为周志友纸稿上一个字的潦草，就专门写信向他索证。在他的心目中，邵燕祥那伏案写信的背影，正是蔚蓝色天幕下霞光照映的一个时代的诗歌背影。对于那个年代，诗人周志友轻轻吐了两个字：干净——我就不明白，为什么最终他又离诗而去？

　　志友离去的岂止是诗，还有美术，还有音乐。他小时一块儿画画的那位小伙伴，如今是大名鼎鼎的厦门集美学院院长，赫然闻名的美术家。假设志友当初坚持一条路走到底呢，美术、音乐或者诗？但假设结果没有多少实际意义。我想的也不是结果，是想后来的周志友周先生当初为何往往选择舍弃，不与自己的人生较一把劲，他未必就不能按照本来的方向走下去？

　　和志友同期借调到《中国煤炭报》社的还有一位豫籍诗人，该老兄的形象容易使人联想到庄稼地里的一株庄稼，每次进入煤炭部的大门时，保安都会万无一失地逮住他要证件。日复一日，该老兄终于火了，那天雕塑般地矗立于保安的面前整整一小时，任何人劝解都没用，逼迫保安一次把他看个够，如果翌日还不能识别他，后果可想而知。这真是快意人生的一种。从此，那道大门该老兄如履平地。我无事生非地想，如果是志友呢（可惜保安不给他那个机会），他将如何？结论是否定的，怎么迈过那道门槛姑且不谈，他有自己的方法论，虽然也要快意人生，但他决不当雕塑。自然这只是我的猜度，不排除诬蔑了志友的性格。

　　长江平民教育基金会主席聂圣哲写了一部戏，志友将剧本初稿交我等拜读。聂是异人，亦异相，在芸芸众生中一眼便能辨识。一次在杭州，席间他站到了椅子上朗诵，那一刻他是诗人，酒后几个人跑到我房间七零八落地散聊，他庞然地盘踞在地板上，我怎么看他都怎么是一尊坐佛。坐佛生性洒脱，拥有数枚相当了得的头衔，却只喜欢别人称他聂先生或者干脆老聂。剧本没有标注作者的姓名，我尚未完全糊涂到无知者无畏的程度，座谈时有心先问了一句，作者在场否？老聂险恶，谎称作者是个籍籍无名的小年轻，没来。这个做法极有风险，好处是能够听到无忌情面的真知灼见，坏处是不能防备哪个家伙信口雌黄乃至不识好歹,那时就有些难受人了。说者被无辜地蒙在鼓里,听者绝对需要有雅量和勇气的巨大支撑。这种不破不立的异事唯有异人才能干得出来,可恨志友甘当合谋,置说不定就会陷我们于不仁不义而不顾。我始知此人也有诡谲外加心肠铁硬的时候。

在朋友圈内,我一向都惭愧沦为孤陋寡闻之辈。以后我自以为对志友日渐熟知了,但等到听说那本风靡已经不止一时,再版又历二十余次,并为多家高等学府列为教材的《德胜员工守则》就是周志友主编,继而他又推出了被盛誉为"企业管理的圣经"的长篇报告文学《德胜世界》时,我又隆重感叹了,周志友周先生不但风尘仆仆而且八面来风,真不敢想象他下一脚还将迈向哪一领域去风光旖旎啊。尤其是他拿出《德胜员工守则》的一半稿费十几万元捐给了山区孩子的教育事业,我吓了一跳,这个数额不惊人,我惊讶是在他为女儿北京购房欠下着大笔债务的背景下捐出的。自忖再三,我做不到。由此我才反应过来,志友的内心世界肯定比我想象得更加清澈也更加丰饶。

然而我也不愿认同周志友的内心就一定比我们更为高尚,当真和一个高尚的人同事,会把不高尚的我们累得要死。我宁愿把部分原因归结为他的运气,从写诗开始,他心里每升起一个取或者舍的愿望便去做且又幸运地如愿了,就是这么简单。关于"运气"志友有见解,他认为一个人、一个家族的运气是有定数的,得失之间暗伏因果,老天在平衡,不要把自己的运气掏空了,福祉占完了,冥冥之中或许挡了你孩子的路。我得承认这是一种智者的思考,但理论基础实在不够高尚,一下子把他的境界拉矮了一大截,打回到普通人的原形。不过我以为,这恰恰是生活的真实。

在真实的生活中,我们终将老去,但世界不会老。周志友的女儿周展茁壮成长了,屡获国内外影视编剧大奖。有一个谜语应运而生，谜面：周展回家探亲。谜底：载誉归来。写剧本的女儿声名鹊起，名气直追曾经写诗的父亲，甚至青出于蓝，现在我们常常如此介绍他：这是周展的爸爸周志友。

"周展的爸爸周志友"，这当然又是他一个骄傲而欣慰的人生侧面。认识一个人也许和认识一个世界同样困难，窗含西岭千秋雪，志友更多的绮丽景色还在雪峰的远方，真要是探身西窗往外一瞧，像本文的开篇所叙，周志友周先生丰富多彩的生活中，又何尝真正离开过诗、美术和音乐？

2014 年 3 月

大龄女孩

大龄了，人们还称她女孩。

大龄女孩多是不大龄时条件太过优越，或相貌清丽身段娇美，或气质优雅性情脱俗，或文章锦绣才识过人，或名门深宅来历不凡，总有一两款适用于她，往前一站，全身透出来的精气神儿就令群芳黯淡无颜色。毛头小伙子看到她，未及开口先自怯了三分，心道我还是老老实实不招惹她吧。你敬而远之？我还不爱搭理你呢！那时她们特自负，站得高望得远，长缨在手真理在握，天下者我们的天下，要选男友，必定是世界上最优秀的那一个，十全十美，九美都不行，缺了那一美就决不原谅。寻寻觅觅到最后，就像老人常爱唠叨的那一句：挑花了眼。还有一种，旧日的痕迹太重，与从前的情人一朝分手，便黄山归来不看岳，一览众山小，找就一定要找比前面那个可恨的东西强十倍百倍千倍的人，非拿今天的男人们同往日的他比出个子丑寅卯。结果还没分出高低却先比出了春夏秋冬，疏忽已滑去了年年月月。凡此种种，女孩向大龄挺进了。

大龄女孩的心理似乎特别敏感，碰到抽烟喝酒的，哎呀怎么有不良嗜好？遇上烟酒都不沾了的，却又蛾眉微蹙，连个烟都不会抽，少了一股男子汉味耶。恋爱时又尤其偏好考验对方，对他的感觉是横看成岭竖则峰，远近高低各不同，他来少了嫌冷，来多了嫌热。他敲门偏不开，要测试他的温情和耐心；又敲，还是不吱声，心想再让他敲最后一次。门外的他不知情,茫然、迷惑,直至很有自觉性地忖度是否哪儿得罪了她?终究不是她肚子里的蛔虫,欲再敲又缩回了手,悻悻然地离去。她伏在窗帘缝望着他的背影跺脚懊悔,刚才干吗不早一步把门打开?这个人,这个人,你再敲一下不就开了嘛!但悔归悔,却绝不会喊他回来。内心里转上三圈不禁又犯了疑,众里已经寻他千百度,好不容易蓦然回了首,然而这个家伙到底是不是灯火阑珊处的那个人?

  大龄女孩还刚强,天塌下来自己顶着,一个人吃饱全家不饿。大龄女孩又脆弱,像成熟果实坚硬的外壳里包裹着的是细腻柔软的内核。大龄女孩还潇洒,比同龄人少了一道家庭的羁绊,单位需要加班便埋头干它个天昏地暗;拿到奖金想散心了,买张车票就旅游;带着一身风尘归来,喊三两个好友边喝啤酒边吹路上的见闻,吃了喝了闹了,劲头上来了也能扔个酒瓶助助兴。大龄女孩更情深义重,走过的桥比你走过的路多,对一个缘字比谁理解得都格外深刻,亲情友情还包括爱情,不是尚未撞上心目中的白马王子吗?然而绝对笃信那种一见钟情式的电击感觉,就不相信等不到,林子如此之大,总会有一个比翼双飞的。缘分到了则爱情至上,一日成家爱惜备至。不委屈自己不辜负生活,大龄女孩或多或少都带有一点理想主义的色彩。

  还有抱定独身终生的,那更是了得,标准的理想主义受害或受益者。

  最后只剩一个问题,生活继续向前延伸,再过一些年,固然青山不改绿水长流,但总不好永远地叫她大龄女孩。不过怎么称呼不关她的事,大龄女孩依然该惆怅的时候惆怅,该欢乐的时候欢乐。要是为她瞎操心,活该你自讨没趣。

  而实际上她的内心,你也许全然都不明白。

2000 年 9 月

有一个美丽的传说

此刻我站在新安江源头的一个地方——皖南休宁县怀玉山脉六股尖的右龙村。在我贫乏的想象中，一条江就是一条龙。龙是这片土地上的图腾，因为人类在大自然的面前曾经非常弱小，老祖宗们由于敬畏而不得不寻找图腾崇拜，去抚慰内心的杌陧、寄寓不安的灵魂和美好的憧憬。人们敬天、敬地、敬山、敬水，祈求风调雨顺，五谷丰登，终而把这一切的愿望都虔诚地托付给了"龙"。

雨，还在下。有雾洇濡峰峦，遍野碧澄，满目苍翠，幻若幽绿的纱巾飘落在眼前，似虚似实。这里的山不是山，是画，是画中的彩，彩里的韵，是一曲雨滴伴奏的彩色的天籁神韵。周围是茶园，我们行走在草径上，头顶的伞像盛开在雨幕中五颜六色的大蘑菇，一朵一朵地在小道上漫游浮动，不由得你不疑为人间仙境。这雨，从半下午便开始紧一阵慢一阵地飘飘洒洒，不过当地人说，只要"板凳龙"一出庙，雨即会自行停止，几百年都是如此。真是一个神秘而美丽的传说！

也许全世界的民俗文化都起源于传说，舞板凳龙的习俗在福建、浙江、重庆、安徽等地都有历史流传，右龙村的板凳龙民俗是肇始于宋朝，为古徽州传统文化一景，寓意保佑、祈福。其龙首雄壮，双目如炬，龙身由一节节木条凳连接，农家一户一节，每节上立三盏红灯笼，最长时可达一百八十多米。龙行时锣鼓鞭炮喧天，气势恢宏，舞者激情四溅，场景沸腾。右龙村的板凳龙焚香、起程于一株沧桑古朴的香榧树华盖之下的小庙，据说此树神奥，寻常从不挂果，但凡有重大的时世变化，则会从一小枝丫上生出数枚果实，如1949年国家新政权成立和1976年毛泽东去世便分别出现过这般奇特的现象。1949年我还未出生，1976年我正下放农村。记得最清楚，九月的那日，我们在养鱼塘里分拣鱼苗，下村的一位老奶奶颤巍巍地跑来，颤巍巍地说了一句话，竟是一个惊天动地的消息。我们陡然闭上了嘴，没有人再说话，甚至都不多问一个字，便立即全部上岸，一声不吭地提起泥污的双腿，赤脚走回场院，聚集在大树上的喇叭下，蹲着，抽烟，缄默地等待着新闻重播。当时的感觉就是，天塌了。那时我还不满十九岁，但那时我和很多天真少年们都以为自己远远不止十九岁了。

雨声真的小了，弱了，似有若无，仿佛那个龙行雨止的传说即将出现了。暮色四合，山里的夜晚状若突然降临的，但是所有的灯笼都燃亮了，巨龙顺着弯曲的草埂展现出辉煌的身形，犹如一条光芒璀璨的道路起舞了。人群喧哗起来，一路尾随着长龙，喜气洋洋地逶迤行进。我们现在已经被太多的物质化欲望所左右，很少有时间像一棵树、一根草、一朵花，或者一只鸟儿那样，把自己的心灵浸润在大自然的怀抱里，让生命的火花自由自在地绽放片刻，如那龙之精灵的飞舞。焰火腾空而起，在宽阔的场地上穿梭旋转着的巨龙嬗化成火树银花不夜天，欢腾的气氛达到了鼎沸，又似泼了一地的烈酒，人如醺如醉。身边的同伴不敢说，至少我是有了几分醉意。当时我告诉自己，即使只看了这一眼，也不虚此行。

沿着这条村道延伸出去，便是著名的"徽饶古道"，一块块青石板从徽州铺就到了上饶。徽饶古道当年又称徽州大道。这个路名不陌生，我家就曾经住在合肥市的徽州大道上，在那里我度过青涩的年代和开始我的初恋。或许，那也是我生命年轮里的"香榧树"

挂果的季节？回想起来，亦如一个辽远的传说。山谷的道边有小溪依随不舍，流水潺潺，清冽冰凉。水中有鱼，山泉里的冷水鱼。冷水鱼无疑是水世界里安贫乐道的修行者，它们像一片片叶子一样静悄悄地挂在流水的枝头上，静悄悄地聆听红尘中的声音。是的，我相信它们听到了发生在这条山路上所有的爱情故事。并且我还相信，一切可能不是那么纯洁的世俗情感，在未受到任何污染的新安源山泉里鱼儿的想象中，都依然是那么纯洁的。因为新安源是一个洁净的世界，洁净如同传说中的"世外桃源"。

唯一的区别是，这儿是"世外茶园"。"新安源"已经不仅仅是地名，而且还是一个中国驰名的有机茶商标，只有"世外茶园"里生长出来的嫩叶才配得上这一尊贵的名称。"有机"是一种绿色、环保、天然等综合因素的概念，它原本是大自然给予我们的最普遍的馈赠，不知何时起变得"尊贵"了起来，好在，我们尚未来得及破坏、污染新安源以及类似新安源这样的很多地方之际，现在终于汲取了这个教训。

在飘浮着无尽微颗粒的城市空气中，已经看不到真正的大自然的夜与昼了。阳光明媚，我踏着新安源古老的青石板拾级而上，与朋友们徜徉在蓝天白云下，青山、碧水和茶园中，山水有情，我的内心就情若山水。我不懂茶，传说茶是天上一位绿裙飘逸的仙女，那是一种超越凡尘的境界，我却是凡夫俗子，只敢往人间里想，我想茶叶也许就是浮在茶树枝头上的鱼，在静悄悄地聆听，聆听……这拂过世外茶园的微风。

2011 年 5 月

西行散记

无边的土地

　　新疆，新疆，新疆……列车始终朝着西北方向奔驰，车轮一路咏叹，反复地弹奏着这个音节，似乎在动情地歌唱那个遥远的地方。

　　我生活的地方离新疆太过遥远，平时我对新疆的了解也甚少，我所晓得的只是字面意义上的克拉玛依、天山、戈壁、吐鲁番和吐鲁番的葡萄等，顶多再加上《达坂城的姑娘》和《新疆的泉水清又清》。那一切，毫无疑问都充满着诗情画意。不过，无论我对新疆的认识是多么局限、肤浅，有一点我却是非常明白，那就是新疆这个美妙神秘的地名，能够最大限度地纵容人们的想象力。离家前我在地图上研究行程，才惊讶地发现，新疆原来竟是这样的大！而过去，我只知道新疆是全国最大的省级行政区域，却不曾仔细地注意过她居然辽阔到如此的程度。

　　关于在脑海中定义于诗情画意的新疆，我第一次产生了其他的联想。我记起了一件事，好像以前曾看过一篇报道，说位于戈壁滩腹地的罗布泊干涸后并未很快为人所知，而是后来的一次航拍时才意外地发现，原来这个中国最大的咸水湖已经消失了。当时我不禁讶异了一下：烟波浩渺的罗布泊怎么会在多少亿双眼睛的视线之外不见的呢？初中地理课，老师介绍罗布泊是戈壁滩里一枚清冽的明珠，青少年时代的我便神往过那种碧波荡漾飞鸟嬉戏的景象。咸水湖与淡水湖只是个咸淡的不同吗，还有那些沙滩、水色、鱼类和其他生物族群等等呢？十分好奇。20世纪60年代后期我们家一度处境艰险，曾到巢湖岸边一座小镇避难了一段时日，我游泳就是在那八百里烟波浩渺中学会的。当时用一个孩子眼光来看，湖，也就只比天小那么一点点了。可是，只比天小一点的一个闻名遐迩的湖泊失踪了，这个世界居然一无所知，简直不可思议！那是一个什么样的不可思议的地方？现在我透过车窗极目一望无际的沙砾地，好像有了一点点醒悟，在这样沧海桑田的土地上，凝固着的只有历史，而流动着的也只有时光，所有的变迁你都不敢想象，面对这种无穷无尽的苍茫，人类的目光显得无比的短浅，很难看得进大自然的最深处。

　　2002年7月26日清晨，我在火车的卧铺上睁开眼睛向外望去，瓦蓝的天空碧澄如洗，一轮赤日在天尽头浮起，被祁连山的雪峰烘托着，红白相映，蔚为壮观。大概中国绝大多数的人记忆里都刻下过"雪山"这个名词，中国工农红军最困难的时期就是经历"爬雪山过草地"走过来的。而祁连山，则是见证过"西路军"那一段悲壮的烽火硝烟。

　　我是第一次瞻仰雪峰的神采，心情十分的异样，然而对雪山的新奇，立刻又被另一种更大的惊叹所湮没：列车已经在大漠戈壁里运行了一夜，可是浩瀚的沙砾戈壁依然没有尽头，奔驰着的庞然大物的火车，在这里只像一条蠕动着的绿色的虫子。那么人呢？

　　列车这时尚在甘肃境内行驶，离新疆还远着呢。

　　我的卧铺正好与三位中科大的教授相邻，他们说，都讲到了北京才知道官小，到了深圳才知道钱少，到了海南才知道身体不好，而只有到了新疆，你才能真切地体会出，地有多大道有多遥。

黄河之水

愈往西去，海拔渐次升高，地形越发变得粗犷豪放。铁道旁的房屋建筑也发生了变化，最明显的变化，平房的屋顶不再是南方常见的"人"字形，大都呈一面倒的斜坡状，且没有屋檐。当地人称之为"半边房"。

有一种理论，把世界上的文化归纳为两大类：农耕文化和游牧文化。一个使牛的一个骑马的，早期人类在大自然的面前非常羸弱，就去驯养块头与筋骨都强过自己的这两大动物，借它们的力量开拓生产保护本族，其实人家原本既不叫牛也不称马，是你把人家当牛做马的。文化在人类社会发展的各阶段中往往带一定的强权性，但在更加强大的大自然面前便只有顺从地适应，无论农耕还是游牧，都是与人类最初的生存环境有着密不可分的关系。可不可以这样说，大自然决定了最早的文化形态？皖南民居的建筑特色在较大的程度上是由于那个江南山区的地貌和气候而生成，那么大西北的"半边房"呢？我不懂建筑，不知它是否还有别的优点，但起码我知道，一面斜坡的屋顶节省木料。西北干旱，大片大片的土地寸草不生，荒芜裸露，树木稀少木材金贵。而不设计屋檐，自然是一年下不了几场雨，没必要要它。说到底了，都源自一个"水"字。

这一路，过了兰州，武威、张掖、酒泉、嘉峪关、玉门、敦煌……一个个璀璨的地名镶嵌在古丝绸之路上，但如果这里不是自然环境恶劣的戈壁瀚海，而是雨水充沛草丰羊肥的富裕之乡呢，这些地方还能唤得起人们特别的记忆？也许，当年的商队、使者艰难地在茫茫大漠上跋涉，几百里路没有人烟，蓦然遥遥地望见了一片绿洲，惊喜之余便刻骨铭心地记住了这些地名。

对西北人来讲，绿洲具有特殊的意义，有树的地方意味着有水，而有水就能活人。确切地说，水是人类的母亲。我们汉族把从青藏高原流下来经过甘肃的黄河比喻成"母亲河"，后来到了新疆我又得知，在藏语和蒙语中，黄河同样也是母亲河的意思。据说在人类学里，汉、藏、蒙的人种关系最为接近，这个我信，因为这些民族都拥有同一"母亲"之源。两年前我曾去过黄土高坡的陕北，那是冬季，站在延川刘家山的气势磅礴的晋陕大峡谷上，开了冰的九曲黄河裹挟着冰块轰鸣着滚滚宣泄。而在更上游的甘肃这一段，地势平缓，河道宽阔，黄河温柔地缓缓流淌。从兰州向北，穿过宁夏，去滋润内蒙古草原。

从20世纪的下半叶以后，我们开始逐渐地认识到水资源的宝贵。这个人类的认识过程，可能也是生态环境进一步恶化的过程，原来，水并不一定是永不枯竭的。有人预言：下一场大规模的战争，或许就不再是为了争夺石油、天然气等燃料，而是为了控制水资源！这个话过于危言耸听，但你的惊悚却恰恰表露出了对这一先见之明的严重不安。幸而我们拥有，创造了源远流长的中华文化的长江、黄河。

西去的列车几度穿过黄河或黄河的支流，所有的河水都沉甸甸得像泥汤一样。每过一条河，不管是汹涌澎湃还是涓涓细流，我和同行的一名同事都要情不自禁地问别人，这是黄河吗？想想也蛮可笑，怎么我们竟然变得像稚气的孩子？回过头来细究，是黄河出现季节性断流的消息，使我们不敢再用河水流量的大小来判断眼前的究竟是否是那条闻名于世的大河了。这是一种潜意识里的担忧。

邻窗有一对母子望着外面正在对话。孩子大约六七岁，也像我们一样在问，妈妈，这是黄河吗？得到了肯定的答复后他说，怎么黄河水这么细？

母亲回答，黄河没水了，我们就完了。

孩子不解，又天真地问，黄河为什么会没水？

黄河为什么会没水？我的心一动，这真是一代人向另一代人的发问。

大漠雄关

我对新疆认识的加深，是从火车上开始的。而此前，新疆仅仅存在于我一厢情愿的想象之中。

中国科技大学的满发胜教授已近二十次往赴新疆了。他是来疆执行一个国家招标的资源调查的课题，候鸟一般南来北往，从"七五"开始，每年的夏季都要长途跋涉一趟，如今已经跨越四个五年计划了。把他最年富力强的学术时光，贡献给了这一片神奇的土地。作为一名资深的学者，他的足迹遍布新疆各地，他对新疆的了解，甚至超过了绝大部分新疆的本地人。没有办法，新疆实在是太大了，有机会跑遍全疆的人，后来我在新疆逗留的那些天里也还没有遇上一个。如今满发胜已经退休，课题组的负责人由中年的倪守斌教授担任，满发胜打趣说，现在他是给倪守斌打工。倪守斌也多次进疆，谈起新疆的风土人情如数家珍。老年的和中年的教授似乎都对进疆的经历格外自豪，当我们买来列车上出售的哈密瓜，请他们共享时，教授们坚决地谢绝了，他们不约而同地显示出对新疆瓜果鉴别的内行。尽管我们对手里的哈密瓜的品质已经感到非常满意了，但他们仍然表示，留着肚子到新疆再吃好品种的瓜吧，这个，不行，差远了！

邂逅学者为伴，使我们增长了不少见识。车过酒泉，前方即将到达嘉峪关站，教授提醒我们，将可看到驰名的嘉峪关。20世纪80年代中旬我去北戴河时，曾登上过山海关，那座城门楼尤其巍峨，入海的老龙口也气度非凡。不到长城非好汉，我和同伴在长城上疯跑了一阵子，从为了旅游修缮过的城段一直跑到消失了现代痕迹的野山外的城墙那里。迎风立在长城上，我的胸膛里也灌满了浩浩荡荡的山风，鹄望着远方，年轻的我自以为就真的是一条好汉了，那时多幼稚可笑呀！不过年轻人的幼稚可笑上帝也原谅。

我看着窗外的风景，两边远远的是连绵不绝的祁连山脉，山脚平缓而平坦地延伸下来，铺展开一览无余的极其开阔的沙砾地，这里是当年的古战场吗？我的耳畔仿佛依稀听到旌旗翻卷人喊马嘶的声音。大漠中的嘉峪关，或许更能令人浮想联翩。

然而，在火车上却看不到真正的长城，嘉峪关也已不再是一座"关"，而是一个城市的名称了。它并不在铁道线旁。我看到的仅是站台上一座按比例缩小的嘉峪关模型，许多乘客抓紧时间下去在模型前照相留影。

但是，它就代表了那个威震大漠的长城雄关？我抽着香烟，不想去模型边凑那个热闹。

长城应该算是农耕文化思想的产物，它在两千年前便充分地体现了我们这个民族的防御心态，丝毫不具备扩张性和侵略性，像拉起了一道院墙，我们只想在自己的天地里织布耕田，自娱自乐，过皇家百姓的小日子。此时在嘉峪关和敦煌之间，列车途经了几个绿洲，高大的白杨树组成了防风林，离沙漠一步之遥就是村庄、田野和农作物。满教授告诉我，棉花成熟后，河南、河北还有安徽等地的民工就赶来帮助收棉花，干上两三个月，除去开支，也就剩下两千多元辛苦钱。不过，他们也感到满足了。

我们是个容易满足的温和的民族，我们试图用长城来维护住自己。我们在很长很长的时间里，都给它赋予了伟大到极致的至高无上的意义。但是，尽管长城是人类文明史上一个壮丽的奇迹，当那些年间灿烂的敦煌艺术被外人肆意地破坏和盗窃时，这个我们一直引以为自豪的奇迹却早已被湮没成遗迹，不知它究竟为我们保护过什么？

　　也许我们过去给长城附加了太多的政治、军事以及思维模式上特殊的象征意味，其实经济学家算过一笔账，在长期的农耕民族与游牧民族的攻防战略中，前者想维持和平的最低战争成本就是防御。从秦汉到明，前者对后者的讨伐胜算居多，可是几乎每次大规模的远征都劳命耗财，在草原上固然扬我军威了，却使国家经济伤筋动骨，甚至能够导致朝代的命脉衰落。雄才大略的统治者们大概看清楚了这一要人命的重大问题，干脆决定还不如忍一时经济压力之痛，为长远计筹集巨资修建长城，把擅长流动作战的后者逼到固定的战场上打阵地战，省钱省力省物，实现了利益最大化。自古至今，经济从来都是人类社会活动里的一面镜子，说不定万里长城即是一笔巨大经济账考量的最终结果。仅此而已。

　　站在嘉峪关，我踩灭烟头，回身时不禁又看了一眼，那道长城——一座模型的"墙"。

人与自然

　　在城市里待久了，我们常常说服自己要走进大自然。但在很长的时间里，我们又何尝认识大自然？我们真正地亲近、真正地了解大自然了吗？来到西北地区，这种感觉尤其强烈。20世纪末尾的那一年，我走进了毛乌素沙漠，满目犹如洪荒时代，我在一篇文章里写道："我怀疑，地球的幼年是否类似这样荒凉？我们生活在地球上，可是我们平时对这一点却好像并没有多少感觉——我们的一切生存体验，其实是在土地上，而不是在地球上。但今天我确确实实真切地感受到了：我的脚下是地球。"

　　茫茫戈壁滩同样给了我"脚下是地球"的感受，引发你去思考，就像地球绝非仅仅是土地一样，大自然也绝非就是自然景观，她也有她的情绪诉求的表达方式。裸露的沙砾地仿佛是这个蓝色的星球向我们悲壮地敞开了苍凉的胸脯。是大自然想提醒、警示我们什么？

我们曾经有一句口号，叫"人定胜天"，而直到罗布泊干涸，黄河几乎变成季节性河流，北方沙尘暴甚嚣尘上，长江流域的灾害也连年愈演愈烈的今天，我们才终于亡羊补牢地反应过来：人，从来就没有胜过天。

大自然是用不着你去战胜她的。在我国听说仅次于呼伦贝尔的巴颜布鲁科（音）草原上，有一年突然冒出了一种人们从未见过的害虫蛾子，对植被破坏得非常厉害。虽然中科院有一个工作站在那里，但仓促间一时未能找到有效的治理方法，大家正束手无策之际，广袤的大草原上随后便又出现了这种不知名蛾子的天敌，扼制住了它的急剧蔓延。这不是巧合与幸运，而是大自然有她的平衡机制，相生相克地维持住生态的每一道环节。譬如阴天下雨之前，气压降低，空气潮湿，蚊虫开始猖獗，而大批的蜻蜓这时也必然会像歼击机般地蜂拥而来。所以有些西方国家对待洪涝的办法就是两个字：移民。不堵不泄，不用人的意志去打破那种平衡，维持生态环境，让大自然自己去调节。遗憾的是我们不行，我们必须组织起几十万大军在大堤上严防死守，因为我们占世界22%的人口需要在占7%的农业耕地上生存，我们没有多余的可耕面积让洪水去淹。我们的人口负担太沉重，这是批判了一个马寅初留给我们多少代后人去承受的代价。

我向满发胜教授提了一个十分幼稚的问题：如果新疆的荒漠土地都成为良田的话，这个负担就解决了吧？

当然。教授说，要是有那么多的田地，足够了。

记不清旁边是谁补充了一句，不过那不可能。

其实我也知道，是不可能。

天山之水地下来

新疆知名度最高的是什么，大约首推达坂城的姑娘和吐鲁番的葡萄。这是得力于歌曲广泛传播。

此行我们与达坂城及吐鲁番擦肩而过，不过看到了新疆其他地方的女孩子，任何人都能够想象出达坂城的姑娘"两只眼睛真漂亮"的俊俏模样。至于吐鲁番的葡萄，在如今的现代化交通条件下，更是已经远销全国各地了。

远远遥望青黛色的天山，吐鲁番在海平面150米以下，是世界上海拔最低的盆地，气候炎热，《西游记》中的火焰山，就是坐落在此地的范围内，守着一个大火炉子，可想而知盆地堪比桑拿浴。像新疆的许多城市一样，车过吐鲁番站，实际上离吐鲁番市尚有很远的距离，美丽的葡萄沟还藏在烈日下的戈壁滩背后。那晶莹剔透怡人可口的果实，如何偏偏生长在这干旱缺雨环境恶劣的地方？

在那沙砾滩上，不时可望见一个个直径两米左右环形的沙土圈，奇怪地分布成规律状向远处排列。这圈里围着的就是坎儿井的井口。吐鲁番的坎儿井工程，据说最早从汉代便有了记载，经过近两千年种植供水需求的不断发展，今天被视为世界上第三大地下水利工程。

新疆的年均降雨量只有一百多毫米，仅赶得上南方一场暴雨的水平。种植葡萄，需要开渠引来天山峰峦上融化的冰川雪水，穿过茫茫戈壁去浇灌出吐鲁番的翠绿甘甜。可是戈壁滩上的水分蒸发量太大，雪水根本流不到这么远的地方，为了宝贵的水不至于白白地损耗，人们每隔一段距离打下一口井，然后在地下的一定深度横向挖洞将这些井串联起来，吐鲁番地区便诞生出了一个纵横交错的地下河渠网络。那井叫坎儿井，总称为坎儿井工程。简直匪夷所思，在自然条件极其严酷的戈壁滩上，竟然隐藏着这么一个奥妙的"水乡"！最初的时候，生产工具非常落后，掘进的人在洞中没有任何方向的参照物，如何就能精确地从这一井口毫无偏差地直达另一井口呢？据说，靠的就是油灯照明时的影子，一盏盏油灯向前延伸，所有的灯影连成直线，就绝对不会犯方向路线性错误。

我不知道坎儿井的想法最早是出自于哪一个人。他怎么就敢于构思跨过那么遥远的距离，引天山冰峰上的雪水浇灌吐鲁番的葡萄呢？他如何又敢于想到要从地下穿透大戈壁的呢？仅仅这么一想，便已是惊世骇俗了。我相信那是位了不起的胆大包天的人，他的胸中一定蕴积着一个异常激动人心的愿望，说不定他为了那种伟大的憧憬有许多年睡不安稳觉了，终于有一天，梦游中的他想象力有如神助，恍惚中看见一条潜龙一般奇妙的河流从地下钻了出来……他的坎儿井成功地滋润了吐鲁番。

充分的日照，昼夜的温差，再加上冰凉的雪水，吐鲁番的葡萄怎么会不甘甜而甲天下呢？

不过在我的心目中，吐鲁番的坎儿井比吐鲁番的葡萄更具魅力。

地方普通话

在蚌埠火车站的候车室等候检票时，坐在我身旁的一个小伙子是在新疆长大的，这次他来送母亲乘车。听说我们是第一次去新疆，他热情地介绍起新疆的情况。小伙子的父母亲当年支边，在新疆生产建设兵团工作，全家都是"兵团人"。如今父亲已去世了，母亲回内地的老家安度晚年。小伙子现在安徽工作，他还有个姐姐仍在新疆，他的母亲这趟就是去女儿家探亲。

"新疆生产建设兵团"我们并不陌生，新疆解放后，赴疆的解放军有十万人就地转业，组建起了以屯垦建设守卫边疆为己任的劳动生产型组织，此后，直到"知青"运动的20世纪六七十年代，还陆续有大批的内地热血青年，奔赴去了那里。我们此行应邀出席的"奎屯之夏"文学活动，就是由新疆生产建设兵团作家协会、乌鲁木齐市作家协会、《绿洲》文学杂志社和兵团农七师文联联合举办的。

在乌鲁木齐市火车站外，农七师文联秘书长张新荃正举着书有我们名字的牌子接站。乌鲁木齐和奎屯都是维语，前者意译为"美丽的牧场"，后者则是"寒冷"。或许久远以前的先人们来到这里，在冬季被风雪奇寒困于奎屯，直到春暖花开后才走向乌鲁木齐，映入眼帘的正好是鲜花绽放斑斓绚丽的草原，骑在马背上的牧人驱赶着云彩般雪白的羊群。几千年的时光便在我们的话语中流去，面包车穿过高楼林立的乌鲁木齐市驶上"乌——奎"高速公路。张新荃的老家在河南，他操着一口河南腔的普通话与我们交流，他说的每一个有关新疆风土人情的话题都使我们倍感新鲜。

没过几天，我们感到更新鲜的是，普通话在新疆各地奇特地流派纷呈，分别都带有点儿河南、山东、陕西、河北……口音，各地不同，反正都不纯正。这个有意思的现象，源自当初部队整建制转业时的人员籍贯构成所致，如哪个团的山西籍官兵多，大多数人说山西腔的普通话，结果当地的居民误认为这就是标准的普通话，跟在后面照葫芦画瓢，于是就形成了那个地区的语言主流特色。

说起语言，张新荃曾去邻邦吉尔吉斯斯坦访问，那儿有一个陕西村，祖上是清代从陕西逃难过去的，虽然如今他们已经不再会使用汉字，但全村人仍然还是说当时的古陕西话。只是经过了几百年，现代汉语发展变化了不少，和他们交流许多词汇对不上路径听不懂了。他们民风古朴、敦厚，比如抽烟时并不互相敬，但口袋里的烟抽完了会直接向你要，坦露出性格里的率真、单纯。张新荃的烟也只剩一支了，他连同烟盒一道递了过去，不料对方又还给了他。张新荃热情推让，对方坚决不收，最后张才弄懂他的意思：需要帮助时他会直爽地向你求助，但他不能拿走你的全部财产，否则他这个人就太残酷了。

西北人的厚道，是从古至今流传下来的。

民以食为天

在新疆遇到了时差的问题，夏季比春秋更加明显，白昼长达18个小时，把一日的事情分解到每个小时里，节奏便不由自主地缓慢了下来，好像总是你在等待时间慢吞吞地挨过去。陕西作家红柯曾在奎屯生活十年，他告诉我，如果在冬天我会更不习惯，睡一觉醒来天没亮，再睡一觉，睁开眼睛窗外依然是黑乎乎的，不知夜究竟有多长，急得死人。

来时在火车上的最后一顿饭是晚上七点钟左右，赶往奎屯的路上张新荃接了一个电话，是通报宾馆已经给我们的房间里摆放好了瓜果。到达奎屯的时间已经夜里十二点半，严格地说应该算是第二天的凌晨了，平时这个点上如果还在外面活动，习以为常的安排都将是去夜宵补偿一下体力了。我把瓜果抛到了脑后，充分地做好了去吃夜宵的思想准备。谁知，把我们安顿妥当以后，热情的主人们便礼貌地告辞了，临出门前没忘关照明日九点半去餐厅吃早饭。

都什么时间了，怎么不给饭吃？而且，离下一餐还有遥远的九个小时！我立刻痛苦起来。只好用西瓜和哈密瓜去欺骗肚子。翌日我才反应过来，新疆的半夜十二点，也只不过相当于内地晚上七八点钟，人家的晚饭结束还没一会儿，哪能想到夜宵这一说？

在家里妻子常批判我眼一睁就要吃饭，糟糕的是在新疆我的生物钟怎么也调整不过来，总是早晨六点多钟便醒了，然后无所事事地等待着早餐，硬要煎熬三四个小时才终于填上肚皮。在我的记忆中，起床后的这一段时间类似于1960年，那年月我已隐约记事了。

1987年，我与朋友袁汝学两人骑自行车沿途采风去河南，途经淮北平原时我们在阜阳的农村流连了一阵子。1960年安徽是饥饿的重灾区，而阜阳地区又是灾难的重中之重，有的村子惨不忍睹惊心动魄。村民说，饿死的大都是整劳力的青壮年，妇女儿童反倒经熬，还有那部分外出讨饭的也活了下来。一些饥民甚至就把饭讨到了新疆。据知，"三年自然灾害"的阴霾里，新疆人在同样吃不饱肚子的情况下还勒紧了裤腰带，将节省下来的粮食调去了嗷嗷待哺更加困难的省份。新疆的每片绿洲都盛产优质的粮食和含糖量极高的瓜果，不仅粮食，瓜果也能活人。

而天山的雪水流到哪里，哪里便会出现一片绿洲。

毫不夸张地说，没有天山，新疆就失去了一大半的绿色。新疆的地形是由阿尔泰山、天山和昆仑山这三大山脉，中间分别夹着塔里木盆地和准噶尔盆地组成。天山居中，以其为界将那一片辽阔的土地分为南疆和北疆。从天山里淌出来的一条条河流，途经哪里，就洇湿出一片绿色的原野。新疆人称之为绿洲。

"洲"的字义是指水中的陆地，然而在新疆，它又被赋予了新的含义，意味着是生长着农作物和大树的地方。

瀚海胡杨

最早知道胡杨这种植物，是多年前读过一篇叫《胡杨泪》的感人的报告文学。从此便牢牢地记住了它。

在中国几乎所有的地区都能见到杨树，它的分布极广。东北有桦树，树干上一颗颗酷似眼睛的图案，撕开皮层层如纸一般的光滑。所以人们又把它叫作"眼睛杨"，也是杨树的一种。白杨则更不用讲了，茅盾先生的《白杨礼赞》将它比喻为华北的战士。新疆的绿洲里也有白杨。新疆的白杨中还有一种形态和名称极为吻合的"钻天杨"，枝叶紧贴着树干笔直地指向云空，形如一柄刺破青天的长剑。可见杨树对环境的要求是多么豁达，不拘东南西北，它都是以各种挺拔的姿态点染着这个世界。

去农七师一二四团，是为了到古尔图梭梭木自然保护区里看胡杨林。道路向前延伸，沙漠如凝固了的大海般的庄严肃穆，车辆像风浪里的舢板起伏不平地颠簸着。四处生长着芨芨草、骆驼刺、铃铛刺和红柳等沙漠植物。需要注释的是，红柳不是柳，也不是树，现在正是它开花的季节，一蓬一蓬大半人高地顶着淡红色的缨穗，给大漠的严峻装点了些许妖娆。沙漠里的生命形态，无不突出了一种坚韧、达观的精神，譬如灌木的梭梭，它是世界上种子发芽时间最短的植物，在那气候干旱的恶劣环境下，只要赶上下雨，会争先恐后地在两三个小时内就迅疾地生根发芽，用最快的速度生长、蔓延开去；再如篮球那么大小毛茸茸的团团草，成熟后随风而滚，落到低凹处停住，等到来春只要哪怕落下一次雨，立刻就生根顺着渗水往深处狠命地扎下去。地面上，便又展开了一团顽强的生命。

但是沙漠中所有的生命都比不上胡杨那么伟岸，那么雄峻，那么骄傲，那么超凡脱俗。胡杨的叶子从下面到树冠由小而逐渐变大，这是因为在生长的初期刚扎根吸水不足，为了减少蒸发叶子较小，随着根系发达的程度，新生的叶子才越来越大。这是植株物种进化的奇观，世界上也许再也找不到还有这样一种具有生存使命感的植物了吧？在它的面前，你能不心生敬畏？胡杨的质地异常坚硬，都说其生了千年不死，死了千年不倒，倒了也千年不朽。它的树皮粗粝如沟壑，极其刚烈地站立在天荒地老的沙漠里，保持住了真正的绿叶乔木顶天立地的精神禀赋，气度可以与平原上任何雍容华贵的树种相媲美。

主人们从车子里取出瓜果、熟食、馕和啤酒，铺开一张很大很大的塑料布，我们散乱地席地而坐，随意地聚在胡杨林下的沙地上，轻松自然极了。一切是这样的自由自在，没有虚伪的客套，没有矫揉造作，这格外对我的胃口。席间，我们无意中发现一个很高的树洞口探出了一枚蛇头。细细的一条蛇，色碧绿，要不是它的移动很难被注意到。也许是给这帮人惊扰了，它探出树洞，半擎半昂着头仿佛是在望天，蛇类的视觉极差但听觉灵敏，感觉又分明似在侧听人间。我远远地扔了根树枝上去，蛇头缩了回去，只稍隔一会儿，便又探了出来。我扔了两三次，每次都离得老远，蛇头反复缩回又探出。碧绿原是一种清新安详的色彩，然而染在了冰凉的蛇身上，便有了一丝冷飕飕的恐怖了。造物主真是太神奇了，在这个地方，沙漠、胡杨、一条绿色的蛇。

我爬上了高高的沙丘，美不胜收的胡杨林海尽入眼底。古尔图河从天山蜿蜒而来，水波清澈地闪烁在茂密的芦苇丛里。真是《诗经》中"蒹葭苍苍，白露为霜"古称蒹葭的芦苇，我几乎不敢相信自己的眼睛，那岸边还支着摩托车，竟然有人在这大漠的深处悠悠地垂钓！

我问同行者，这冰凉的水里有鱼吗？

答，有，新疆的鱼多着呢，而且特别鲜肥细嫩。

这我倒能想得到，因生长得慢，凡冷水鱼，多鲜肥细嫩。

这一带方圆近百公里都是属于农七师一二四团的地界，那钓鱼者大概是兵团的人吧？兵团人与胡杨林……瞧着眼前的景致和情致，我一阵阵地感触，心里为轻扬而起的思绪所萦绕。

神奇的烙印

沙丘的起伏愈来愈大，面包车爬不上去了，新疆的作家们不止一次来过此地，他们留在胡杨林的边缘休息，让一二四团一辆越野车把我们外地的这几位分成两拨继续往前送。

其实与大多数人们的认识不尽相同的是，沙漠的本身并不是祸害，也不是我们常常所形容的那样是地球上一块可怕的疮疤，它同草甸、湖泊、高山、盆地完全一样，就是一种与生俱来的自然地貌，是地球吐纳演变的一个组成部分。沙漠也是一种自然生态循环系统，也支撑着某些物种的生存繁衍。也就是说，地球存在一天，就会有沙漠存在一天的必然。至于平时我们所说的一些地方面临了"沙漠化"的问题，如果站到太阳或者月亮的视角上看，那么只是针对人类的生活所言而已。是现代人双重的功利性和贪婪性，短视地向环境过度索取，硬是把很多原本的绿地糟蹋得植被退化、土壤沙化、气候恶化的结果。地球上沙漠存在的时间单位是以千万亿年计，但是北方的沙尘暴威胁到北京附近，也不过是最近一些年才开始感觉到需要警醒起来了的地步，可见，沙漠不是人类社会的祸害，"沙漠化"不幸是源于功利而贪婪的我们自己。

前方没有路，汽车的辙印零散地指向沙漠的深处。其实我已经放弃了进去的念头，不想驾驶员再辛苦这最后的一趟。新疆作家、《绿洲》杂志副主编钱明辉看出了我的心思，立马仗义地表示要陪我跑一趟，把我拉上了刚刚返回的车子。钱明辉的老家在江苏无锡，不过无论是他那汉子的形象还是粗犷的性格，却都无法与习惯印象中的"江南小生"联系得起来。他为人爽直，不拘一格，有时甚至大大咧咧的。他还有一个幸福温馨的家庭,美丽贤惠的妻子是过去藏族贵族的后裔,家族身份在藏区不是一般的高贵——几天前我对他的了解还局限于此。直到我翻开了他的作品集《黑梭梭》后才得知,钱明辉从小就是一个兵团的孩子,有着农场连队那种艰苦环境中体验出来的极其深刻的苦难意识。他说过,别人是喝黄河水、延河水长大的,我是喝"涝坝水"长大的。在荒原干旱地区,人们将平时的雨雪积攒在池子内作全年度日之用,这就是味道腥异、颜色浑浊的"涝坝水"。钱明辉跟我谈起过以他亲人为原型的小说《母亲》,我能感觉到他落笔时那种生命搏动里涌溢出的觉悟以及忧伤、眷念,他写的不仅是他自己的亲人,还是一位整个兵团人集成的伟大的"母亲"。

这一带是稳定性沙漠,表面形成了一层沙壳。倘若失去了这一层壳,就会成为沙害严重的流动性沙漠。四轮驱动的越野车拼命地向上冲击,前面那一趟它爬上了这个高坡,然而路面的沙壳已经被碾碎,这一次它的努力招致失败,车身和沙流一道不断往下滑,十分刺激。最终我们还是弃车走了上去。蓝天仿佛离我们特别近,阳光猛烈无比得似乎有尖硬的质感,铺天盖地都是沙,沙地滚烫滚烫。这座沙丘是这里的最高点,视界开阔到极限,荒漠触目惊心,可以看到远处的胡杨林和稀稀落落的耐旱植物,但你的感觉中依然是纯粹的沙的世界,好像除了沙还是沙,除了你自己,这里没有生命的吐纳。旷野上的风宛若带着重量呼呼地掠过,可你却仍然觉得这里是寂静的大地。钱明辉低低地说了一句,每次来,我都要到这儿站一站。他望着远方,不知在想什么。

钱明辉回过一次无锡老家,在那个家族的这一辈人中他是长子,受到了空前的礼遇。但他说不习惯,真的不习惯,过不了几日就想新疆了。

初识钱明辉时我在心里嘀咕,这个蓄着小胡子的家伙好像有点少数民族的血统。后知是我犯了主观主义的错误。我对红柯也发出了类似的疑问。结果红柯自己感到好笑起来，说他当年进疆时头发并不泛黄，也没有这么卷，十年后他离开新疆时形象上却变得带点儿异族情调了。没过几天的一次宴会上，我的错误就犯大了，东道主是一位拥有几百亩土地的私企老板，过去爱好文学，是农七师文联主席韩天航的学生，他的相貌十分典型，鼻梁高挺，有鬈发、碧眼，再加上一抹浓密的小胡子。这回我是坚定不移地对他说，你是维吾尔族人！岂料顿时惹出一场哄堂大笑，韩天航解释，他是标准的汉族，兵团的第二代人。

这是一个非常奇特的现象，在内地迁徙新疆的居民中，从他们的第二代开始，有相当一部分人的容貌发生了奇异的改变。后来在归程的火车上，我见到一个碧眼长睫洋娃娃般可爱的小女孩，我就不敢再教条地猜测了，果然，她年轻的母亲说，孩子的双亲都是汉族。

这种变化，如同那片土地给她开垦者的后代们打下了神奇的烙印。

热爱土地

新疆是一片尊重文学的土地，著名诗人艾青曾经被下放到新疆劳动改造，生活在天山脚下辽阔草原上的各族民众的眼里，诗人是尤其的高贵，竟有一位大诗人突然从天而降，那还得了！他们景仰极了。著名作家王蒙下放到新疆也是如此，当时在伊犁一带知名度甚高，到老百姓家里都能得到非同寻常的礼遇。

还有一个典型的例子韩天航，他是上海知青，一生中最宝贵的时光在建设兵团度过。韩天航是新疆现阶段一名蒸蒸日上的小说家，当初红柯一到奎屯，他俩便一拍即合地成了挚友，把酒时都发誓将来一定要在文坛上大放异彩。现在两人该如愿了吧？韩天航笔耕多年，开始影响不大，成名作是1995年发表在《清明》的中篇小说《回沪记》，为选刊转载，又被改编成电视连续剧《重返石库门》，在上海播放后引起强烈的反响，随之进行了重播。以后《清明》又陆续推出了他的中篇小说《棚户记事》和《背叛》等。都在全国引起了关注，并且后者又被改编成电视连续剧。所以韩天航常说他是《清明》推出来的。前一阵当新作《养父》动笔时，他原本仍是准备寄《清明》的，可架不住好朋友钱明辉的紧逼盯人，到底给了《绿洲》。我读了这一篇，在我看来，《养父》差不多是他到目前为止最优秀的小说作品。现在又已签了电视连续剧的改编合同。值得玩味的是，他这些小说无一例外不是站在文化与人性的视角，犀利地剖析上海小市民传统积淀里的那些劣根性的东西。今年底韩天航就到了退休的年龄，他女儿在上海工作，他亦在上海买了大套住宅。不过奎屯的房子他不打算卖掉，留着，以后好每年回来住上一段时间，他也认为自己不习惯上海了，在情感和文化上更认同新疆，离开会想念这里的。在内心的深处，实际上他早已"大西北化"了，是中亚瀚海的烈日和劲风造就了他，如果没有浩瀚戈壁与街巷里弄的巨大落差，他也不会是今天这个回望上海时非常大气的韩天航。

我也算是走过了不少的桥和路，但我不曾发现还有谁比新疆人更热爱自己生活着的地方。韩天航的妻子金萍当年是从甘肃奔赴新疆生产建设兵团的，年轻时是宣传队的积极分子，直到今天，一旦跳起了欢乐奔放的新疆舞蹈，她立刻又变成了一名永远的少女。为脚下的土地骄傲，为美丽的生活自豪，好像是新疆人一种根深蒂固的文化。

根据韩天航小说《背叛》改编的电视连续剧《问问你的心》在央视黄金时段播出时，农七师政委命人在师机关大楼拉出热烈祝贺的大横幅，还让广告公司在奎屯市的街道上制作了户外广告。这时韩天航正在上海探亲，闻知十分感慨。作为作家韩天航是幸运的，不论是他生活在这片土地还是他生活在农七师。

在生活愈加物质化的新世纪的今天，我委实不敢想象，文学还能在哪儿享受到这般的敬重了。尽管我们谁都应该知道，对于一个社会，健康的文学能够起到的是心灵阳光、精神雨露和阶层之间润滑剂的作用，这个作用不是仅仅只由政治、经济等力量组合就能够达到的，而给予健康的文学一些必要的敬重，是倡导社会良好风尚的开端之一。

农七师的文学氛围很浓，拥有一批作家、诗人和文学爱好者，师政委万卫平在大学读书时当过校园诗社的社长，内心里积存有浓郁的文学情结，农七师的"天涯诗社"成立起来了，社长的桂冠又戴到了他的头上，这一次万卫平是主动请缨的，诗人们全都心领神会地举双手拥护——以后开展文学活动就不愁粮草先行了，师政委推动文学事业发展的用心实在良苦。

不管别人是如何认识的，我是这么看待：新疆有文学。其实这句话我是从红柯那里套用过来的，当年他还是一个毛头小伙子的时候，一半为了相守爱情，一半为了"天山有文学"这句话，拍拍屁股便带着恋人不远千里地从陕西奔向了天山的脚下。十年后他夹着厚厚一摞发表过的小说偕妻重返了原先工作过的那家文理学院。有一次，红柯在讲课时，学生向他提出一个尖锐的问题，你说天山有文学，为什么你最后又离开了天山呢？红柯回答，因为你没有在天山生活过，所以你不能理解我为什么要去，同样的道理，你也不能理解我为什么离开。你只有去了以后，才能明白。

有意思的是，陕西省作家协会副主席高建群也曾在新疆生活过五年，是在阿尔泰地区当兵，威风凛凛的骑兵。他的《最后一个匈奴》《遥远的白房子》《大顺店》等一系列重要作品，都是以新疆的历史为背景的。在这一点上，红柯与他相似，《西去的骑手》《复活的玛纳斯》等都是属于西部小说；他们另一个相似的是，都先后地来到和离开了新疆；他们最后一点相似的，则是都不约而同地获得了文学的成功。这是偶然的巧合吗？是不是还有一种内在的关联？是否当视焦的距离拉远时，才能发现一片更大的激情的和思辨的形象空间？当然，这个距离绝不可能是地理意义上的。

第一口油井

我说新疆有文学，更多的是指那里人们胸中激荡着的热情和理想的成分。

听说在奎屯举办文学讲习班，有的人甚至是从乌鲁木齐赶来参加的，而克拉玛依油田竟然一下子就来了八名作者。新疆的城市之间，相隔几百公里是太稀松平常的距离，这里突然间云集了一大片广阔土地上各种行业的热爱文学的人，所有学员的积极性与认真的劲头都令人感慨，或许如今也只有在新疆还能见到这样热烈的文学景象。隶属克拉玛依油田却离克市很远而距奎屯较近的独山子区，一位年过半百的新闻工作者马润清，曾出版过一本新闻通讯的集子，他最大的理想，就是在有生之年再出一本小说集。马润清对我们几位首次进疆的外地作家表现出了异乎寻常的热忱，以个人的名义一再邀请我们去独山子看看，活动的日程里当然没有这一项安排，诚恳的他利用一个午休时间打了两辆的，悄悄地请我们直驶独山子，到那安静、干净的市区周游了一圈。当我们异口同声地赞美独山子的美丽时，他满意极了，也满足极了，郑重地反复告诉我们，这座美丽的城市是他们油田职工一砖一瓦在戈壁滩上建设起来的。

以前我多少知道一点，新疆的诸如克拉玛依这一种类型的城市，都是因石油产业而诞生的"石油城"，以至于我脑海里以词害意，以为这样的城市可能难免有一点儿黑黢黢油乎乎脏兮兮的,从来不曾设想过她竟会是洁净整齐、景观迷人,我当然就更不可能想到"石油人"对自己亲手建设起来的城市是如此的自豪、骄傲,以及他们情不自禁得时常就要表露出的那种强烈的亲切感和归宿感。

新疆的建设兵团和油田里都流传着这样一句话:"献了青春献终生,献了终生献子孙。"不站到戈壁滩上,你无法体会出其内涵的深沉,同时也无法稍微贴切一些地认识、理解"兵团人"与"油田人"对于新疆无与伦比的胸怀及其情感。

油城克拉玛依有一座"黑油山"公园,在克拉玛依市作家朋友的盛情邀请下,我们前往"魔鬼城"参观的途中在克市作了短暂逗留。"黑油山"实际上是一个天然的油气井口,遥远到不知是多少年前地壳在这儿裂开了一道缝隙,地球深处的奥秘便源源而出了,因长年经久地泄冒,下面的压力愈来愈小,最后涌得极缓极细,似将枯竭。当年在勘探克拉玛依油田时技术手段还十分落后,有两种理论争论不休,有专家认为这一区域的石油想来没有多少储藏量,并不具备开采价值,后来是决定试打了一口井,不行就转移……幸亏这第一口井就为油田人争了气。我仿佛亲眼看到了几十年前那一天的场面,追溯起来有时历史的瞬间就是如此的令人心惊肉跳,倘若最早在确定钻位时有所偏差(据介绍当时这是很正常的),倘若这一口井打下去没能给人们带来惊喜,那么,克拉玛依的历史将少写多少年?而那时,年轻的共和国比任何时候都更急需工业血液般宝贵的石油。像我这个年龄段的人,可能还记得小时候听说过的一个有关石油的故事,大致是说我们玉门油田与苏联的油田在地底下是相通的,但人家那边的地势比玉门低,我们的石油就源源不断地流淌到了那边去,所以玉门油田都快要没有油了。那时我都恨死了,难怪苏联大鼻子是修正主义分子,让我们国家吃了这么大的亏!现在回想起来真是可笑得可以,那的确是一个无知而轻信的年龄。其实任何时候,轻信都是与无知联系在一起，即便今天我们也不一定敢说，自己就不再可笑了。我们只比过去稍微智慧了一点点儿，毕竟知道了曾经的可笑。我们又开始对生活持以怀疑和戒心，信奉眼见为实。

克拉玛依油田人的另一个壮举是，穿过茫茫荒原，挖筑了一条总长329公里的河渠，从额尔齐斯河引水济克，使矗立在戈壁深处的这座城市碧水环绕。额尔齐斯河发源于阿尔泰山南麓，是我国唯一一条流入北冰洋的河流。新疆人提到阿尔泰无不广而告之为人间仙境，据说额尔齐斯河沿岸风景如画，宛如一条叠翠镶彩的飘带。这一日，我目瞪口呆地望着苍茫戈壁的荒滩上，一条引水干渠笔直笔直地伸向远方的天边，湍急的水流一泻千里，从天边的远方如万马奋蹄奔腾而来，经过九只巨大的龙口撞入克拉玛依的胸怀，何其壮观，震撼人心。同样，不亲眼看见，你不敢想象，也无可想象。未到新疆之前，我以为大西北干旱，这儿的城市无疑缺水。第一天早晨起床后，我到奎屯的街道上去散步，却惊异地看到各街道旁竟都还有一条平行的水渠，活泼的水花随波逐流，把这座城市滋润出一片片花团锦簇、一行行绿荫如织。

大漠绿洲，生命力无限，"油田人"和"兵团人"生活的本身，就是如同在创造着激烈昂扬的文学理想光照下的世界。

今天从昨天延伸

魔鬼城是在克拉玛依与阿尔泰之间。

在新疆期间，不止一个人对我描述过阿尔泰的美丽。直到我离开新疆去兰州的列车上，邻铺碰巧有一位奔山东探亲的老太太，她听说我们居然没有到阿尔泰，也情不自禁地表现出了很大的困惑。啊呀，都到了新疆，你们怎么能连阿尔泰也不去看看呢？那可是太漂亮了！她恨铁不成钢地说。

老太太乡音未改。她是1964年来的新疆，丈夫当年是建设兵团的一名连长，她怀里抱着刚出生没几个月的女儿，坐在那种闷罐子火车里，除了加水、吃饭或让道需要停下来，列车就一股劲地往前跑，足足跑了一个星期。她两眼一抹黑，也不知走了几千里地，反正是离家乡愈来愈远，心里越来越凉了，像那荒原一样的荒凉。最后就来到了阿尔泰地区，在北屯的"地窝子"里扎下了家。"地窝子"顾名思义，就是房子的大半截都挖在地下，它的好处是冬暖夏凉，但是不透光不通风还容易漏沙子。也还有那整个房间都埋在地里的"地窝子"，只有一只伸在地面上的烟囱预示着底下住着人。那时老太太实在是不习惯，受不了新疆的风土气候，一心只盼望着能回山东老家去，带来的行李好几年都没有打开，好像闷着一股心劲，生怕一旦打开行李那个回老家的指望就散了似的，等啊等，就等着返回的那一天。可到底还是留了下来。一晃三十八年过去，老伴已在新疆去世，他们的六个孩子，有五个守在新疆。在老太太的眼里，天底下最好的最值得留念的地方莫过于阿尔泰了。

当年被老太太抱着进疆的大女儿如今是兵团职工，她也对我们说，你们都到了魔鬼城，离我们阿尔泰已经不远了嘛，再往前走走就到了。我知道，新疆人说不远，一般也还有好几百公里。没去过阿尔泰，也许是个遗憾，不过第一眼望见魔鬼城时，我便明白即使仅仅为了一个魔鬼城，我也该来一趟新疆。

魔鬼城的地理形态，专业的叫法是"雅丹地貌"，不知多少年以前这里大约是一片崛起的土山，在绝少雨水冲刷，主要是猛烈的风沙横向切割、侵蚀的作用下，形成的一种千奇百怪嶙峋迷宫般的地形风貌。那连绵不绝的每一尊大自然随心所欲的造像，都能在你的脑海里产生惊讶的丰富的联想，特别是到了夜晚，点点寒星躲闪在辽远的穹隆上，伸手不见五指，烈风在魔鬼城里穿梭肆虐，发出乾坤摇移的喧嚣，那恍若又是存在于梦幻中的另外一个世界。不知怎么，我觉得这整座的魔鬼城如同就是一尊巨无伦比的智慧之神，它俯瞰着脚下这些渺小的生灵，嘲笑地穷尽了你的想象。这里好像比戈壁滩其他任何地方都更加彻底地没有生命迹象，这是我在中亚细亚高原上遭遇的紫外线最强烈的一天，宛如这里原本是太阳的栖息地。我很想再往前走一走，就一个人，向深处，向我站立之地目光所不能及的深处走过去。但是我没能这么做，还没下车时张新荃就千叮万嘱，在魔鬼城里谁都不要单独行动。他的肩上负有责任，害怕出现意外。等汽车回到公路上时，我最后一眼回望魔鬼城，蓦然感到这里怎么没有生命？它就是最大的生命谜语的化身，它在告诉我们什么是生命的不朽和速朽。

离魔鬼城不远就有一个建设兵团的连队，我非常希望当晚能住在连队里，可惜未能如愿，主人坚决地将大家带回了城市。后来我想，那个连队的职工，肯定也会像那位山东籍老太太热爱阿尔泰一样，对这儿怀有一份特殊的感情。

流出天山的河

我实在想不出还有什么山的名字，能比"天山"更叫人肃然起敬。我不清楚天山山脉的范围到底有多大，我听他们说过东部、西部和中部的天山，好像天山是不止一条而是三条山系似的。这一趟我在新疆所走过的每一条河，源头全部发自天山，结果在我的感觉里，就好像新疆所有的河流都是从天山流出来的，天山像父亲一样威严而又慈祥地俯视着大地上每一片娇媚的绿洲。

在去霍尔果斯的路上，我第一次前所未有地走近了天山。山脚向平地过渡的区域是地毯般的牧场，在灿烂的阳光下一派金黄璀璨。

我过去曾以为文学作品里形容"金色的草原"是夸张，草青青，青青草，怎么可能会是金色的呢？现在才惭愧自己的坐井观天。也许是降雨量不够的原因，牧草的尖子上微微地发黄，远远望去就是金黄色的大草原了。山麓有成片成片青黛色的杉树，挺直而深沉得像思考着的哲人。山背后更远处的极巅，就是君临天下高贵的雪峰了。所有的线条和所有的色块都清晰明朗，似一幅幅层次感分明的巨大的版画。是的，版画，唯有版画才能表现出如此刀刻般鲜明的线条，和这么整大块整大块的色调。我不曾见过其他的类似这样的山。

霍尔果斯是一个边境小镇，设有海关口岸。过关的车辆很多，排着队缓缓前行，过去的大都满载，过来的却基本上空车。陪同着我们参观的口岸主任说，这是因为改革开放以后我们发展得快，比那边富裕多了。

我们受到了优待，汽车直接开进不准游客进入的禁区。原来这就是边境！两边有铁丝网，一座并不太宽的桥连接着友邦的中国和哈萨克斯坦，我方的桥头一名身着呢制服军装的士兵，以标准的站姿纹丝不动地挺立着，对岸有几间平房，树荫下的长条凳子上悠闲地坐着两名军人。看来他们的边防官兵要比我们当得自由自在一些，值哨时可以闲适地抽抽烟、聊聊天，优哉游哉。不知作为军人，他们看到这边哨兵的军姿会作如何感想。更远处，可见对方的一些建筑物。

这条裸露着乱七八糟的石块，干枯、蜿蜒、狭窄的河床竟然就是国界线吗？我明白它的神圣与宽窄深浅无关。我退后一步，另一端在繁华都市大上海的312国道到达这里即是终点。我心情异样地分别在国界纪念碑和312国道的零公里碑前留了影。在霍尔果斯我做的另外一件重要的事情，就是找到一台当地的电话机给家里拨了个电话，我想让我的妻子和从上海回家来度暑假的女儿能感觉到，她们生活的幸福有时同一条河——哪怕它是干枯蜿蜒狭窄的河——

也是不无关系的。我告诉她们，此刻我就站在这么一条河的河边。

新疆的每一条河，在我的心目中都是神圣的。这一路上我们经过玛拉斯河、奎屯河、古尔图河、精河……河床都比较宽阔，河底是散漫粗粝的卵石，天山那冰清玉洁的雪水在这样的河道流淌下来却不似我想象得那么清澄，似男人的肤色一样发浑。从天山流淌下来的河永远是波澜壮阔的、激情澎湃的，纵然是细流的季节也总是翻着白沫迅疾地奔跑着，一往无前，一泻千里，有些河流就是这样义无反顾地最后失踪在广袤浩瀚的荒漠戈壁里。这是一种高尚的牺牲和悲壮的归宿。据说在戈壁滩的深处，可能还存在有人类未知的小绿洲，这我相信，或者怀着某种奇异的愿望情愿相信。既然曾经浩瀚的罗布泊消失了许久我们都不得而知，那么为什么在戈壁滩里就不能掩藏着其他匪夷所思的隐秘呢？真期冀渗进戈壁荒原的天山的河水，奇迹般地在那未知之处涌出一潭潭清泉。

阳春化冻之时，天山雪水直泻而下，往往冰凌堆积数层，这时必须把河坝般的冰凌清理掉，否则它最终就可能是一颗威胁力巨大的定时炸弹，会像脱缰的野马造成山洪暴发，冲毁下游良田。但还不能用炸药炸，怕震波引起峰巅上的冰川坍塌雪崩什么的，只能由驻守的部队派人上冰坝去用铁镐砸开。这是极其危险的时刻！有时生命的鲜花，就永远地绽放在了这种丝毫不亚于硝烟战场的危险时刻里。我仿佛看见，在那发自天山的河的上空，还飞舞着一群年轻的守护者的精灵。

一种庄严

中国有两个闻名遐迩的天池，一个在东北的长白山，一个就在西北的天山上。内地人到新疆一般都不会漏掉去看看离乌鲁木齐不太远的天池。

天池是高山湖泊，环抱在苍翠的群山叠嶂之中，雾锁雪峰，一池碧水豁然开朗，风光无限。不过也许因为天池的名头太大，以至于我的期望值便不由自主地过高了，置身其间时反而未能产生那种不期然的惊喜。好像感觉她本来就应该是这样的。

更能攫住我心灵的，是博尔塔拉蒙古自治州湖面海拔高2073米的高原湖——赛里木湖。

在公路上遥望大漠里有白茫茫的一片，心中禁不住地直慨叹，以为就是赛里木湖，谁知错了，那是比赛里木湖更大的艾比湖，而且阳光下的银白也不是波光水色，是盐碱地。我在1∶6000000的地图上见识过艾比湖，能够出现在这样地图上的湖泊，好像应该是一派气势磅礴的泱泱大水，现在我看到的是它部分的干涸，也不知这里是季节性的还是长年的枯竭，戈壁滩在生机和死亡之间没有留下丝毫的缓冲，我不曾想到没水时这里就是寸草不生的荒凉。我的心中更加慨叹不已了。所以当不多时赛里木湖倏然出现在了面前，我像中了一枪，心理和视觉的反差都太大了，草滩边的湖，天是什么颜色水就是什么颜色，随着苍穹的变化而变化，随着时间的推移而嬗变，眼前若明珠、若翡翠、若仙、若妖，若海市蜃楼的一片魔境。对岸有青幽幽的山峦，白皑皑的冰峰，西面是大草原，而就是一湖之隔，这边并不远的地方便是荒漠了。

赛里木湖的蒙古包内飘出草原民歌，这是美丽的哈萨克姑娘湖水一般明亮的歌喉。这儿的一切完全区别于我以往的生活体验，我第一次在祝福的歌声中端起酒杯，在主人的引导下先敬了天、敬了地、敬了父母，然后才庄严地一饮而尽。一点儿都不矫情，庄严感是油然而生的。我也是第一次在喝下一杯烈酒时，感觉它的意义是那样的深厚广博。我喝下去的好像并不完全是酒，还有一些其他的意味。

近似的感觉后来从天池下来，转道去天山牧场时，我又有过一次。

这一次我们还是住在蒙古包里。上午我们这个营地又开来了一辆双层卧铺大客车，走下了二十多位看上去健康、祥和的维吾尔族老人。他们大概是一次集体旅游，大家在设置于树荫下的桌子旁愉快地笑着交谈着。等到午饭端上来了，桌子被撤到了一边，老人们全部在一块大地毯上席地而坐，这时他们基本上不再说话，每个人都挺直着身板，神情庄严地进餐，他们的动作不紧不慢，不疾不徐，有的人还执一柄精制的小刀，耐心细致地剥下骨头上的羊肉。午餐结束了，每一位老人都捡拾起自己面前的瓜果皮和骨头等弃物，送到这边的垃圾桶内。我一直在满怀敬意地注意着他们，他们的整个午餐，没有浪费一点食物，干干净净，爱爱惜惜，认真得宛若是在进行一道庄严的议程。我曾经读过一篇文章，作者记述了一位老渔民是如何将捞起的小鱼重新放回水中，只留下了一条稍大的鱼用河水煮熟，连鱼鳞都一点不剩地咽了，只余下"清洁干净"的骨刺丢回进河里。老渔民把河流视为他的衣食父母，每一条鱼都是衣食父母给予的馈赠，他心存一种感恩。老渔民没有读过多少书，这只是一种与生俱来的自然而然的朴素的情感，但令你不得不为之感触。

我对这些维吾尔族老人们的敬佩生发于他们对待食品的态度，我想这应该也是他们对待生活和对待一切自然界的态度。庄严地面对大自然赐给人们的食物，这里面的意味太多了，大约也如同我们面对天池、赛里木湖甚至艾比湖的感情一样。

在铁道线上旅行

维语中的"吐丝娜"是月亮。

吐丝娜同时是一个维吾尔族女性的名字，她出生在中秋节月亮最皎洁的那天，她是乌鲁木齐客运段上海车队三组的一名列车员。

在那一趟车上，水龙头旁为旅客们预备了洗手液，这使我意外了一下，随之还有一点儿感动。我有两年未坐列车远行了，又是第一次搭乘乌鲁木齐铁路局的火车，看来我的旅途经验不够用了。

随后，我和几位旅邻们便都注意到了吐丝娜。只要她一当班，就好像没有休息过，永远在走道上巡回着为乘客服务，并不时地会听到她微笑着"谢谢"。这是一位勤快又令人心情愉悦的列车员，大家都感到我们应该向她表示感谢。我请她用维语教我一遍"谢谢"，然而我的语言能力令人沮丧，听起来生硬而做作，十分对不住维语。于是我决定饶了自己，也饶了别人的耳朵，而作为补偿，产生出要写份表扬信的念头，借以比生硬的口音相对准确地表达我们的谢意。我们上中下铺六个旅伴立即响应，一致赞成，推举那名大学生执笔，大家都认真地签了名。

不久，列车长来了，他是看到了表扬信后专门来核实的。在他的口里，我们又了解到，吐丝娜的身体不太好，患有胃病，但这丝毫不影响她对工作的勤恳热忱，有一次她甚至劳累得晕倒了。列车长是个谈吐文雅彬彬有礼的年轻人，经过短暂的接触，从他身上我们便明白了为什么这个乘务组能够使旅客产生一种温暖如春的感觉。

后来我们离开新疆去甘肃兰州时，乘坐的是T70次列车，一路上依然让我们如沐春风。当时我幸福地以为，这就代表了全国铁路系统当前的服务质量，可是等换乘了上海铁路局的T114次列车，开水却遗憾的不烫，或许又因为乘客们自觉地将环境清洁保持得好，基本也很少来人打扫。好在服务质量虽不怎么样，服务态度却是不错，列车员说话时热情和蔼，相对于在蚌埠下车后，又转换T127次列车上的经历，则令人欣慰得多了。先是那节车厢的保温桶里空空如也，列车员小姐回答到座位上等着，回头给你们送开水。等了很长时间，终于等到列车员小姐姗姗走过时问了一声，才晓得开水已经有了，但她们忙，要喝水自己倒去。

我们是上车补的票，我帮相遇的一位同路的邻座军人到服务台代办，一时忙中出错把两人的票开成了一张，回单位没法报销。我再去请那位列车员小姐将票作废重开，她批评这事怪我自己，当然是怨我自己的粗心，我诚恳地接受了批评。此时还有人在补票，她极不耐烦地要我等一会儿再来。如果不计较列车员小姐傲慢的态度的话，倒也是一个不乏有理的选择；第二趟去没有补票的了，然而她和几名列车员在啃鸡爪子。她说你没看我一手油吗？你问哪个旅客不报销的自己去换票吧。不知怎么我忽然冒出了一个想法，想瞧瞧列车员小姐到底会如何打发我这个旅客的问题。下一次再看到我，她就非常非常地不高兴了，非常非常不高兴的列车员小姐是非常非常的冷若冰霜，一举一动一言一语都是拒人于千里之外的。我有足够的思想准备，准备了足够的耐心，因为我刚刚经过了两个铁路局，试图尽量站在一个无情绪化的客观立场上做一次公正的比较。前后跑了五六趟，在快要到达终点的合肥站之前，我觉得体会上海铁路局火车上这种恶劣服务态度的时间已经够充足了，我这才严正地告诫她，旅客遇到难题，列车员是有责任帮助其解决的，她现在就必须这么做！列车员小姐终于恼火地重新开了票。这时我想起了她的同行吐丝娜，我笑起来了。我笑着说，重申一遍，错误确实是在我，给你添了麻烦。对不起，谢谢你了。她大概意外这个家伙为什么竟然要笑，更加愤怒地扯开了脸。其实青春韶华的姑娘没有想到，倘若她不生气地扭曲了脸面的话，本来她应该还是比较美丽的。

　　西北之行画上了一个完整的句号，我兴致勃勃而去，在归来的最后一刻却尝试到了疲惫，然而也许正因为如此，当再次想起新疆的时候，我会更加地向往。

2002 年 10 月

纪念一个山洞

从小我们兄弟姐妹几个都听母亲津津乐道过,在父亲家乡天柱山的主峰天柱峰,峰势险峻人不可登,上面有个天柱洞,洞内有石桌、石凳、石盆、石床……据说早年间曾有药农攀崖采药时进去避过雷雨。所以,在我天真好奇的小脑袋瓜里,神秘的天柱峰引发出过无尽的联想,那诡谲而奇妙的天柱洞无疑就是个天上人间的神仙处所。

想象中的山水总是无限的美好,但这一种美好未必就肯定靠得住。桂林山水甲天下,而甲天下的桂林在我的眼中只是一个放大了的盆景,固然如画,然而过于精细、精致和精巧,不够轩昂大气,缺少了大自然狂浪野韵的性格,宛如在庭院里耍开来一路花拳绣腿的套式,好看归好看,就是出手不具备征服性。可是我们必须承认,人家旅游宣传的广告确实比我们下了功夫,不仅桂林,还有旅游大省的云南,一踏入境内,那些经过规划整合的广告便一波推一波地涌到你面前,后浪推前浪地反复强化着你的印象。而相形之下,家乡的天柱山似乎就不曾出过那么大的风头,尽管她雄奇灵秀、碧水晶莹、风月无边、美不胜收;尽管古时汉武帝曾登礼册封其为"南岳",而且还是佛教禅宗和黄梅戏的发祥地,京剧鼻祖程长庚、小说大家张恨水的故乡;尽管这片土地上酝酿出了《孔雀东南飞》与"小乔初嫁了"两大爱情故事,李白、白居易、苏东坡等不朽的人物也都曾留下了足迹。山不在高、水不在深,在于有仙、有龙,可见比风景更引人注目的并不一定是风景的本身。有戏言称:不去桂林一辈子后悔,去了桂林后悔一辈子。这当然是一句含有某种审美情趣偏见的调侃。不过在我的心目中,要论亲切感,无论如何还数天柱山,谁不说咱家乡好嘛!

家乡的导游胡琦,她对天柱山的感情比我自然又要浓厚了许多。小胡是看着CCTV《正大综艺》节目长大的,极其羡慕那位阅尽天下美景的口齿伶俐的导游解说员,后来,她去外地读书,果然就选择了导游专业;再后来,又考取了国家导游资格证,实现了自己的理想。小胡明眸皓齿,声音犹如岩畔青枝上滚动的露珠一样动人,我那些"古皖文化之旅"作家采风团的见多识广的同行者们不禁诧异,土生土长于斯的小胡,黄梅戏唱得声情并茂倒在预料之中,怎么普通话也说得如此标准、悦耳?年轻的资深导游胡琦,仿佛也成了天柱山的另一道怡人的风景线。小胡是个有思想的导游,那条新建的高速公路从水吼岭大山间的重绿叠翠中横空出世,一道高架桥如虹如幻气势磅礴,站在皖河滩边望去直叫人叹为观止。小胡对此却流露出了一种忧患意识——当初因穿山隧道的造价太高,才改成了高架桥,水吼岭的自然生态不可避免地会受到某种程度的破坏。我不由对小胡增添了一分敬重,或许,这就是现代化进程的代价。但我们必须考量的是,与隧道的造价相比,将来在我们子孙身上付出的代价究竟可能有多大?

"水吼岭",一个多么鲜活多么感性的地名!当年母亲常常说到它。大约在1976年,还是知青的我坐在一辆拖拉机上,顺着这条清澈碧净的河流旁的砂土公路颠簸而上,就第一次去撩过她美丽的面纱。我来水吼,是想看看父亲母亲曾经走过的地方。如果我没弄错的话,那道连接了山里山外的公路是早年父亲拍板干的事情,那时他还血气方刚,上面不支持,他就发动群众修筑了起来。虽然后来此举被认为无视上面的权威,好在一条坦途已经化为了现实。当然如今砂土公路已经变成了现代化的水泥高速,历史早已被覆盖了过去。我下放在几十公里之外的黄铺,那是丘陵地带,遍布坡岭的都是成不了材的小腿、胳膊粗的枞树。枞树的油脂性很大,当地人依树的针叶形状把它叫作"枞丫",易燃的枞丫落到地上,被孩子们扒扫回家,是极上品的烧锅材料。可母亲说,当年她初到潜山县的时候,漫山遍野都是几人合抱不过来的大树呢!那些遮天蔽日的古老的高大植株,原本是大自然生生养息的生态杰作,如今却物以稀为贵了。不必说,这就是1958年大炼钢铁时伐光、烧光的后果。这个巨大的后果现在我们都清楚了,只要违背了科学与民主,迟早有一天会吃代价的苦头。所以今天,我们对自己得有个最起码的要求:不能再做傻事了。

水吼现在是镇,旅游事业的发展是经济的一个增长点,漂流竹筏的艄公告诉我,这一带老百姓的生活算是比较富裕的。社会的进步在水吼镇是显而易见的。在文学热的年代里,我的一个文学青年的朋友背着行囊走进了水吼岭,那年月,每天推开门第一眼见到的阳光,都是理想主义的光芒,我的理想主义的朋友在一位山乡教师家借住了一段时间,他为水吼岭民风的纯朴、人心的纯净而受到深深的感染。临行之前,那位令人尊敬的房东死活不收他食宿费,翌日他是趁山乡教师没在家时离开的,登上竹筏,渡河已过大半时,身后传来喊声——一个穿着件洗旧了的蓝色小褂的小姑娘,扬着手臂在大山的幕景下奔跑、追赶、呼唤,河面上飘荡着一串串水花般的回音。他的心湿润了,小姑娘是房东的妹妹,她扬起的手里攥着的肯定就是他悄悄留下的那一小卷姑且算作食宿费的钱。这一帧画面,从此便定格在了我朋友的记忆深处。又过了几年,城市和乡村都在变化,唯有他记忆深处的那帧画面依旧,纤尘不染。但我朋友没想到某一日,那位令人尊敬的山乡教师忽然来到了省城,山乡教师想做生意,想把家乡的土特产弄来推销掉,想请他帮忙……山乡教师有点儿激动,他已经想了又想,他有许许多多的憧憬和各种各样的想法。不过……做生意,我的理想主义的朋友陡然别扭得要命,他无法把商人与教师这两种形象叠加在一起,这个世界怎么了?以后,他同曾经的房东便淡失了联系。又过了很多年的今天,我的朋友已知天命了,他平素是个十分自负的人,我不认为他长于反思,但在这件事情上他反思了,负疚而懊悔,你以为自己在坚守什么、怀疑什么,那时为什么就不肯帮人家一把呢?时代在改变,我们也在改变。

时光若白驹过隙,我们哪个人又没有坚守过、怀疑过还包括遗忘过什么?从20世纪80年代以来我三上天柱山,也就是这一次,才不期然想起小时候听母亲说过的天柱洞,已经很多年忘却了它。导游小胡如数家珍地介绍着家乡的景观,她也没有提到这个绝壁上令人遐思不已的山洞。我想向她求证一下,最终又没问,想来是没有必要。不知这个"失传"的洞穴最初是怎样出现的?是确实曾有人亲见还仅仅就是民间传说?而传说如今已消失于无形,如环绕在天柱峰巅上那一卷薄云,悠悠地随风散去。不过我知道,我的已仙逝的母亲和我年届九旬还爱喝两口酒的父亲,从来都不曾怀疑过天柱峰上藏有一个近似于神话的自然奥秘……我感觉自己的思维,在当下物质化的生活里已经退化了想象力的翅膀。

2008年4月

下　海

那时好像有很多理想主义的同路人。20世纪80年代，犹如封闭着的房间打开了窗户，人们的眼界顿时开阔了许多，呼吸着刚吹进来的清新空气，最渴望歌唱的心曲大都是与美好的理想有关。当时的社会还没有今天这样开明、开放、多元而多彩，但池塘比现在干净，土壤里也不曾有这么多污染，虽然人们的日子过得相对贫瘠，往往一到月底便感觉囊中羞涩，生活中却不太缺乏理想主义的同伙。

该类同伙通常都有点儿莫名其妙的自负，人一自负就容易不拿理性对照现实，平时显得很感性，还有率性。这些同伙的思想里不乏信念和追求，有信念有追求的不要说人、就是一条泥鳅也会在激流中勇往直前，他们和大多数怀揣着理想的年轻人一样不安分守己，永远憧憬着下一个人生路口处的湖光山色。那些年文学热还没有冷下来，热情高涨的全国人民好像也是十分感性的，头天晚上还在畅想着文学，第二天早晨梦醒了，仿佛整个世界伸个长长的懒腰，猛然就急不可待地要做生意了。忽如一夜春风来，千树万树梨花开，大街小巷上冒出无数的公司在挂牌开张。路上问个道，你最大概率碰到的就是商人。经商的内心冲动，是那个时期人们普遍的精神特征。

真个是花开好时节，有几个同伙调进了一家以该省简称命名的刚新鲜出炉还热气腾腾的集团公司。他们赛如蒸桑拿浴时赤诚相见，从内心到四肢都冒着腾腾的热气，每个人意气风发精力无限，个个记忆力出其不意的超常发挥，流窜于市场上那些紧张物资的价目表几乎人人倒背如流，他们眼观六路耳听八方，他们激情澎湃废寝忘食，他们辛劳而快乐，他们奔忙而舒畅……他们常说，这里是一片创造和实现理想的芳草地，在这片芳草地上要建立起他们事业的大厦。他们高尚地想，下海首先是为了干事业，不是为了挣钱……

该集团公司不是梨花，纤巧的梨花没那么肥硕，而似梨树冠上绽放开一枚鲜美的诱人胃口的超级大蘑菇。其实它的规模也并不算太大，超级是在级别上——辖制的两个子公司分别都是正襟危坐的正厅级单位，它自身的台阶就可想而知了。除内贸之外，它还拥有当时一般企业都不具备的直接进出口权。当初之所以组建这么一家看上去很美的集团公司，美好愿望是期冀它能够宛若一艘战力强大的航母，在远洋商海上有如旗舰一般引领本地大大小小的商船们冲浪抢滩。这一不乏冲动思维的宏伟构想，很像出自于一位战略军事家的庞大的脑袋。

在计划经济和市场经济并存的"双轨制"的当年，这个一厢情愿的举措其实还是有一定的现实性和前瞻性的，只可惜该航母的运气实在不好，后面事与愿违。市场正在逐渐放开，社会上不可避免地会出现物资紧缺、物价抬升的阵痛过程，这就使得荷包尚未鼓起来的人们端着碗骂娘了。老百姓疑心四起，人民群众喜闻乐见的那些价廉物美的东西都弄哪儿去了？那一时期见光率最高的词汇之一是"官倒"，抨击某些掌握权力或者与权力有亲密关系的人，利用双轨制形成的制度漏洞和物资差价，充当了以权谋私攫取暴利的二道贩子。都说人民群众的眼睛是雪亮的，有时也未必，糊涂起来很要人命，对于这样一艘航母公司，人民就看走眼了，高低把它误认作官倒，嚷嚷着要打倒，以为打倒了公司就是打倒了官倒，从此天下歌舞升平。

真是冤枉死了，实际上它整一个窦娥。官倒的要害是谋私，倒腾计划物资往自家的卧室里扒钱，可这家国企集团公司听起来财大气粗，却名惠而实不至，它的手里并没有多少计划指标，员工们得辛辛苦苦任劳任怨谦虚谨慎戒骄戒躁地在市场的荒地上刨食创业，相形之下还不如今天的垄断企业那么态度倨傲。而且，它又不是为个别人家谋幸福，作为百分之百的国资平台，挣钱也完全在为国计民生做贡献。尤为关键的是，它的发展规划是要尽快将更多的家门口贸易推广向国外，赚日元、美钞、英镑、澳币补贴本地家用，在根本目的上没有从老百姓的碗里分上一杯羹的意思。然而这个倒霉的窦娥当时名气的确太大了，大到令人不得不疑窦丛生，终于经过该省人民齐心协力的广泛误解之后，公司才成立两年便又为了顺应民意而被上级政府撤销了。

难为了同伙，他们是奔着海天一色处的那片理想的芳草地而去的，不料刚下水，还没来得及远航，触礁了，船没了。

这是一桩个案，但是在当时具有突出的典型性或者代表性。

在20世纪的六七十年代和八九十年代，中国分别发生过两次群体性的生活大动迁、大变奏，一是知青运动一是下海热潮，两者都处于急剧波动的社会变局时期，前者源起于革命领袖的一次气势磅礴的战略构想，规模庞大，持续时间长达十余年之久，以初高中毕业的城镇青年为对象，相当于是成建制的"上山下乡"，生活图景从户口迁出的那一天起直接切换到了农村模式。知青运动在形式上是全国一盘棋，自上而下地层层动员，有规划、有管理、有步骤进行的，直至所有的规划、管理和步骤到最后都一朝崩溃，知青们几乎全体返城回家，重续他们被中断了的城镇生活。而滥觞于80年代初，几年后形成鼎盛之态的下海热潮则又有另外一幅山重水复的画面。它虽然看起来似乎风起于青萍，下海者更多出自个人意识的自觉自愿，但从高层政策到基层措施上的激励起到了催产素作用；它虽然卷入的人数可能不及知青运动那么庞大，但对整个社会生活的波及程度同样的广泛且深入；当知青运动走到了一个历史节点后戛然而止，下放学生们随即回归了原本大致的生活轨道，但很多下海者们个体的人生道路则往往因此而彻底扭转了方向，并由他们的沉浮从某个视角上折射着中国经济的起伏成长。

"下海"这个词汇，是改革开放之后才开始进入日常用语的。

1978年中共十一届三中全会的召开，宣告了中国一个历史阶段的结束和另一个新时期的开始，那些年在宏观的层面上人们经常听到的一个热门词语是"继往开来"。其实对于许多返城知青，就他们微观的个体而言，"继往开来"此时也同样具有深远的人生意义。知青大回城把中国积攒了多年的城镇青年就业的包袱蓦然抖开，无论最初知青运动兴起的缘由究竟是什么，当历史走到这一步，它都归结在了就业的问题上。回城知青的基本诉求是，我们也有一双手，我们要用自己的手养活自己——就是讨要工作岗位。当年所谓"工作岗位"的概念，专指国家或者集体性质的企事业单位。另一件后来影响了中国经济形态的事情也发生在1978年——各地"打击投机倒把办公室"的牌子被摘了下来，换成了工商行政管理局的标识。两块牌子的更替，不显山不露水，悄无声息，甚至没怎么引起局外人的注意，然而其意味深长，它标志着私有经济终于可以登堂入室，一个新兴的市场即将正式开张。首批走进这一市场的人被冠以了勇敢者的称号：第一个吃螃蟹的人。

根植于农耕社会的中国传统观念历来是重士轻商，遥远到从奴隶社会即把人群按等级划分为士农工商，商排老末。人往高处走水往低处流，不把从商的路径叫"路"，而叫"海"，好像打算经商的人是因为无路可走就只好"下海"了，瞪着眼睛朝水里跳，水可载舟亦可履舟，让人提心吊胆的。此时的下海者大都是因为种种缘故失去或者根本就没有得到过工作岗位的人，为生存继而逼上了梁山，下海只是谋生的手段，如果有一份合适的工作，他们未必宁愿下海。早期的下海者更多是不得已而为之，被动式的生活抉择。

最早的市场往往也是竞争最不充分的市场，只要你胆大、肯干、吃苦耐劳，就很有可能在地上捡拾到一大把碎银子。几度风雨几度春秋，每天的太阳照常升起，似乎是不经意间，中国的第一批万元户就在商海的水面上露头了，那时人民币最大的面值是十元，在过惯了穷日子的国人眼里，以五位数的"万"字为核计单位的分量足以令人惊诧错愕。钱不是万能的，唯有当无钱者面对有钱者的世界时，才会真切地发现，没有钱是万万不能的。今天的社会多元化发展，是从当年成批的万元户浮出水面起始初见端倪。也是直到该时，悠然地站在岸上的人们才恍然意识到，原来真的是春江水暖鸭先知。水，已经暖了。

在20世纪80年代中后期，整个社会环境和氛围也为下海的风起潮涌创造了必要的条件，除了赚钱先行者们榜样力量的召唤，体制内出台了各种鼓励的政策与措施。经商不但是职业的挑选，好像还成了一种引领先进生产力和美好人生方向的时尚之风，天时地利人和，万事俱备只欠东风，于是乎，做生意的热情一浪高过一浪，到处都在倒腾货源的信息，街上流行二传手，个个都是经纪人，相互照面不是打招呼吃过了没有，而是神经兮兮地打听，最近手里有什么货源？经商的潮流一旦涌起，三人行必有弄潮儿，此后下海者身份的构成又有了变化，工人、职员以及知识分子等等开始加入其中。客观地说，这一阶段下海逐浪的人，不少都是或怀才不遇，或自视不凡，或感觉环境不尽如人意，或者固然在单位有一点腾挪余地仍希望能寻找到更大自由施展的空间。总而言之，是不太满足于现状，抓到点颜色便想开染坊的。当然，也掺杂有一些把生活当彩虹，不明确自己实际上并没有什么具体的现实目的，就是想换一种活法，纵情释放一番青春的家伙。

从历史的背影看去，这样一群前仆后继下海试水的人，仿佛与数年前知青奔向农村的那种奋不顾身的姿态非常相像，不过其间内里的差异巨大：知青群体是将下放视作就业前的过渡，目标为了日后的迂回返城；这群下海者已并无有关就业的考量，下海经商的本身宛若就是目标。差异还有，如果知青曾经的理想放飞作为群体的色调更为强烈的话，下海者表现出的则已完全是个体愿望的追逐了。

都说下海为了挣钱，其实下海者的个体愿望也是千差万别。当年在我身边的那帮下海的朋友，好像基本上都把挣钱与抱负分得很清楚。也许这是因为20世纪80年代铜臭的功利主义尚未如今日这么泛滥。我是知青运动和下海热潮的亲历者。那年头的下海者，大多数正是经历过了上山下乡的知青。我们曾经一窝蜂地下放，一窝蜂地回城……又一窝蜂地下海……社会亦如此，曾经一窝蜂地成立公司，到了某一年，又要把成立了的公司再一窝蜂地撤销掉。

文中上述的那家集团公司撤销后，立即着手清资、清算，打捞、收容漂散在海面上的人财物。

有一仓库酒，是以前大家一箱一箱扛进来的。眼见着要过劳动人民的"五一"节了，有人提议把这劳动成果每人发一箱。但我朋友否决了，说全部移交清资接收单位，我们要做到问心无愧。不料移交的当天下午，接收单位连搬一下都懒得麻烦了，直接就原封不动地在原仓库把酒作为该单位职工福利一发而空。眼望别人喜笑颜开地拎着酒回家过节去，原来反对每人先发一箱酒的他心情很复杂，为什么开始不一人先发两箱？我们开的荒我们种的粮，真气人！我朋友本想无愧，可感到对大家有愧了。

兵败如山倒，有一笔远在东北的生意，清资人员与业务经办者乘火车转汽车地辗转，前往结账，费一身劲才抓弄到吃不得喝不得价值又缩了水的一堆货物。时下严冬，千里冰封万里雪飘，返回时好不容易把货拉到几十公里外的火车站，却根本拿不到计划车皮，而计划外的，算算费用到达目的地已经顶得上货款了。东西扔都没地方扔,雇人卸货还要付钱,清资人员与业务经办者商量,悲壮地决定白送给拉货的汽车司机,让他原车拉回家去。天上掉下一块可疑的大馅饼,司机吃了一惊,这无亲无故的内地人是不是要陷害他于无辜?要求白纸黑字证明无偿赠送,一切责任由赠予者承担。清资人员与业务经办者哭笑不得,写了张郑重其事的证明书。回到家后,又写一份情况说明交上去,程序走完,到此结束,前面的一切画了句号。后来我朋友想,这个结尾,叫什么事!那个什么,有时候真像戴着一个鬼头鬼脑的假面具。

后来过了很久,我朋友的朋友听说了酒的故事笑话他们。我朋友还曾经拒收回扣,告诫同行人回扣拿了以后夜里会睡不安稳觉。我朋友的朋友还是当笑话听,问他,既然下海不是为挣钱,那下海干吗?就像农民不为种庄稼他干吗,渔民不为打鱼他干吗一样。要干事业在岸上干呀!

我朋友无言以对,想想也是的,下海到底是为的什么?这时再看看满世界熙熙攘攘的人群,已经寻找不见同伙了。

再后来,到了20世纪90年代,又兴一度下海热,包括许多官员也去纷纷下海,是为后话。

2011年11月

流光溢彩的童话
　　——韩美林侧影

一

　　从某种视角看去，韩美林就是中国当代美术史上的一个童话。
　　2001年，自封为属猫有九条命的韩美林，因做心脏搭桥手术出院后，立刻又马不停蹄地开始了新的创作，约过半年，12月31日，这一年的最后一天，韩美林第五次个人艺术展在中国美术馆隆重开展，三千件作品汗牛充栋，几乎布满了美术馆的展览场地。大概每一位参观者都能预期将会是怎样的盛况空前，唯独没人想到，在开幕式上他突然宣布，今天就是他的婚礼，给了在场所有人一个惊诧和意外的欣喜。那一刻，韩美林的兴奋与得意都暴露出了他那种大男孩子的纯真本性。他美丽的妻子周建萍被巨大的幸福冲昏了头脑，面对热情洋溢的宾客们说了这么一句壮胆的话："请把美林交给我吧，我想，我已经准备好了！"
　　实际上，当时周建萍并没有真正彻底地明白过来，如果你遇到的美术大师同时还是一个活力四射的大男孩，即便你是他的爱人、知己、朋友、学生和粉丝，也很难完全"准备好了"，因为他往往总是在别人没有思想"准备"之时，突然就又那么兴奋而得意地给了你一个意出望外。

韩美林是山东人，十三岁便参加了革命，两年后从部队复员到济南市南城根小学教美术。其时有的学生年龄比他还大，十五岁的小教师初次走上讲台，紧张得一下子没配合好手脚，结结实实地摔了一跤，课本、粉笔散了一地，顿时全场哄堂大笑。韩美林狼狈地爬起来，开始了他人生的第一节美术教育课，让同学们在各自的本子上先画个圆。他挨着座位巡视了一遍，没一个画得圆的。回到讲台上韩美林拈一截粉笔，吸一口气，扬臂，刷地在黑板上画了个标准的圆，转过身，睨了大家一圈。学生们惊讶地望着他，蓦然安静下来，小老师的这一手把他们镇住了——我猜想，在这小小的成功之后，他的脸颊上很可能就漾起了后来人们常见的那种孩子气的明亮笑容。

从1979年起，韩美林在北京举办的前五次个人艺术作品展都揭幕于中国美术馆。他第二次展览的《前言》就是两行正楷："我不善言，有话尽在画中。"这是一句毫无雕琢的大白话，宛若一个天然、自然、坦然的大男孩子立在那儿瞧着你，微微一笑，请吧。观众一步走了进去，一片豁然开朗的艺术疆域。赵朴初先生看过之后题了八个字："善哉韩子，得大自在。"这样的评价，若非高德厚慧者说，不知谁能张得开口？果然善哉，从艺术上的循迹索源到进入自由自在之境界，扳扳手指数一数，世上敢称有几位？到了他的第六次个人艺术作品展，移师去了中国国家博物馆。2011年12月26日，这一天是韩美林七十五岁生日，按照中国人的习俗是一大庆。好家伙，六千多平方米的展陈面积，书画、雕塑、陶瓷、设计四个门类，汇聚其第五次个展以来，近十年新创作的作品三千二百多件，如此波澜壮阔的规模，在中国美术界，恐怕该是一时无两了。

至此，韩美林给我们出了一道不大不小的难题，他总共创作的那一万多件艺术珍品，涵盖了诸多艺术领地，用美籍华人画家丁绍光的话说："几乎横扫了美术和工艺美术的各大门类。"以至有研究者指出："韩美林的艺术成就是多方面、多维度的，我们很难用画家、书法家、雕塑家、陶艺家或是平面设计艺术家、环境艺术家这样的概念去对位……"也就是说，汉语具体的哪一个名词都很难完整地归纳韩氏艺术。这是我们偶尔遭遇的一次语言困境，鲜有对照。于是便有人到更广阔的范围内去搜索例证，终于在世界美术的坐标系里寻找出了一位——作品无以数计，在油画、素描、雕塑、拼贴、陶瓷等多个领域都大放异彩，现代艺术创始人的巴勃罗·鲁伊斯·毕加索。

所以，韩美林不止一次被称为是东方的毕加索。

也有人不太爱听这样的喻义。中国诗书画研究院名誉院长文怀沙老先生说，不，毕加索是西方的韩美林！

二

不是每一位美术家都有韩美林那么多流传甚广的故事。

1960年，半个多世纪过去，人们已经开始淡忘了那个灾荒的年景了。韩美林等中央工艺美院的师生六人在广交会上布置展览，一天又累又饿地工作到很晚，那年头全中国都没有夜市，大街小巷黑灯瞎火，没地方能找到吃的。几个饥肠辘辘的人经过一番提心吊胆的密谋，决定由一个文弱的女生放哨，余者全部溜进食品馆，每人都紧张而激动地抓了满满两口袋糖果。回到宿舍，开始享受战利品时大家才失望地发现，糖纸里包的居然都是小木块。

这是一个生活小事件，然而糖纸裹住的历史真相，给予了当事人像那胶木唱片纹理般的伤感、喜感和黑色幽默。生活如此，艺术也是如此，在相当长的时间里，韩美林对于艺术创造的那种渴望都是处在一种饥不择食的状态之中。"四清"运动时他下放到安徽煤城的淮南陶瓷厂劳动，一只小狗与他成了朋友，成天形影不离地跟着他，后来"文革"中小狗就在他的眼前遭受了棍棒之灾，直到他出狱才知道它伤重悲鸣了三天而亡。韩美林进牢房的时候，大墙上露出几叶柳枝，等到出狱，小树已长成绿树成荫的大树了。他感慨万分，内心里怀念着那个消逝了的生命，画了一幅题为《患难小友》的作品。这也是他创作动物画的滥觞之作，自此一发而不可收。

这亦是韩美林个人文艺复兴的开始。而揭开了近代欧洲历史序幕的文艺复兴运动，是高擎着人文主义的烛光，照引着欧罗巴摸索出了中世纪夜色下的羊肠小道。这与韩美林刚刚脱身于囹圄的历史背景略有相近，后来许多人注意到他所画的动物都是可爱的、善良的、柔婉的形象，从无冷酷、凶狠、野蛮的嘴脸，这恰恰是他内心深处幽光的映照，笔墨里人文主义的内蕴，浸润着人性的温暖与透亮。几十年来他闻鸡起舞，每天创作长达十八个小时左右，把他个人的文艺复兴如火如荼地进行到底。韩美林的一批批作品横空出世，从小品到巨幅，从动物到人体，从紫砂到"天书"，从古典到现代……有一档电视节目叫《美术星空》，如果美术灿若星空，那么韩美林那洋洋大观的作品系列拖曳开去，便像极了童话般流光溢彩的银河系。也许还可以比喻成，他一个人就构成了艺术史上的几个横断面。

但是无论如何，不管韩美林的艺术成就令大众多么高山仰止，上述那些所有所有的一切，凡此种种，都丝毫没有妨碍他继续保持着一个大男孩的本真。

通常大男孩都不肯把生活弄得枯燥、刻板、正经八百，要有情有调有滋有味，要洒洒脱脱浪浪漫漫。再打一个比喻：宁愿有路不走跳沟爬坎，下雨天偏不打伞淋着雨水唱支歌。具体落实到韩美林的身上，纵然一天工作长达骇人听闻的十八个小时了，也绝对不当一名清汤寡水的苦行僧，用他自己的话说，就是一只快活的大苍蝇。

身为一个积习难改的大男孩，他种豆得豆种瓜得瓜，想干吗就干吗，最不喜欢捆缚住那心灵飞翔的翅膀。无拘无束，至情至性，要做就做最好的，把大男孩子的倔强、率性发挥得登峰造极。画巨幅作品，是由于据说他只能画豆腐干子大的小猫小狗；画人体而且要画难度较大的女人体，是不想再让人误以为他只会画动物；书法是行家一出手，便知有没有，从颜体、大篆，延伸到被丁绍光叹为"有天助，有神助"的"天书"。但又正因为是乐天无邪的大男孩，虽历经坎坷仍童心稚趣不改，争强而不好胜，譬如"天书"，不是为了书法的本身，而是侧重于视觉上的古文化感觉，大漠孤烟也罢星光璀璨也罢，不外乎是身外的风光，统统抛到脑后，自己驾着艺术大篷车奔向远方去了。

一些功成名就以后的艺术家，艺术风格的探新求异常常都发生在其老年，称之为衰年变法。不过这个规律却套用不到韩美林长途跋涉的车辙里，他的青年、中年，直至古稀以后，好像压根儿就一直没有停歇过艺术上的改弦更张，永远改变在自然而然之中。对于这个不耐烦坐而论道的大男孩，变法如影随形，什么时候发生没有一定之规。自然就是法度，就是通途；就是庙堂之上的正大光明，草莽江湖的义薄云天；就是贩夫的推车走卒的挑担，大路朝天各走各边；就是集贺兰山岩画五千年文化光阴的宠爱于他一身，在艺术的天地之间上掠苍穹下抵谷壑，随心所欲，纵横捭阖。

借用哲学家的话，就是从自然王国达到了自由王国。

三

在纯粹的精神向度上，韩美林那种目无清规戒律的不信邪的秉性,还有点儿接近欢喜自由驰骋在山野间,绝不循规蹈矩的绿林好汉。或许和他的家乡不无渊源。

山东从来都是英雄好汉辈出的地界,民风尚武。韩美林小时也曾是个练家子,身子骨里还保留有一点儿童子功。2001年住院那次,心脏快要开刀搭桥之前,他还向周建萍做了一次比较稀奇的示爱——在病床上三角倒立了半个多小时,倘若不是她把他拉下来,他还愣在那儿杵着。但是已经来不及了,他奇怪的行径被大吃一惊的医生撞见了,恼怒的医生从医学的专业角度,把恋爱中的心脏病患者韩美林恶狠狠地痛斥了一顿。

金风玉露一相逢,便胜却人间无数,韩美林与周建萍,两个均有过不成功的婚姻,都深谙有关鞋子合不合脚问题的人终于相逢、相知、相爱了。一个酷暑的夏日,韩美林在外地接到周建萍的电话,她准备翌日赶来看他,韩美林立即心情大好,心花怒放得边哼着歌曲边挥毫作画,如入无人之境地就那么画下去,收笔时一点数,竟然一口气画了179幅。摊上了这么样一个性情中人,可想而知他常常会有怎样的意外之举,掀起一浪又一浪的幸福冲击波。那次周建萍旅程结束归来,接机的韩美林捧着一块纸巾裹着的东西,上面插着几支从机场花园采撷的小野花,她接过花打开纸巾,天啊,居然是还冒着热气的烤白薯!又一回周建萍在外地忙碌得不可开交,他托朋友买了九十九支玫瑰悄悄地放在她的床上,她回去时推开房门倏然一怔,随后一喜、继而一乐,浑身的疲惫顷刻间烟消云散了。

山东自古以来名头最大的是孔孟,其次大约是响马。山东的响马一般都不信邪,信邪的也当不了一名出类拔萃的优秀响马。不过现在人们大多数只听说过响马大碗喝酒大块吃肉,却疏忽了响马其实还是非常讲究传统文化礼数的,《水浒》里描写梁山好汉最常见的一个场景是,遇到尊者"纳头便拜"。韩美林第一次拜见岳父时,大老远地就扑通一声跪到地下,纳头便拜,弄得岳父大人反而一时手足无措。

和周建萍结婚前,韩美林生怕她的儿子了然有什么不太适应的感觉,特地在首都宾馆单独和他谈了一次,很推心置腹,很肝胆相照,很仗义也很够处,说儿子,无论我与你妈妈怎样,我们两人起码是朋友!人家了然也是一个大男孩了,郑重地点点头,完全同意这种男人之间的契约,非常朋友式地表态,您给我点份红烧肉吧!

韩美林的艺术观是不疯魔不成活,周建萍需要跟着他的节奏跑,协调和打理生活,也不时对他大伤脑筋。她眼里的这位仁兄,差不多像个心直口快,弄不好就捅次娄子惹次祸的孩子,不见得就比了然让人少操心。当所有的生活细节成天叠加在一起时,周建萍与韩美林难免会发生一些矛盾,每每在这种立场分明之际,了然基本上都与爸爸兼朋友的韩美林站到了一边。两个男人迅速地建立起了巩固的联合统一战线,从舆论上先声夺人,争得赢时就争,一旦觉察出赢的可能性微乎其微时,两人便拿出掩耳盗铃式的大度,明显缺乏诚意地宣称,我们不跟女人一般见识。

韩美林终于有"家"了。家不是房子不是院落不是家具摆设,而是慰藉身心的情感、灵魂栖息地,在这个世界上,除了周建萍别人给予不了他。韩美林的生活不知不觉地发生了微妙的改变,直观上的表现是,这位被人误为是东方毕加索的中国大男孩,三天两头在外面打游击吃饭的日子少了,在家里请朋友欢聚的时候多了。

在20世纪中叶的某一日,有人问毕加索怎么看不懂他的画。毕加索思忖了一下问他,你听过鸟叫吗?答听过。再问,好听吗?答好听。那,听得懂吗?这个奇妙的小故事,我是情不自禁地当作童话来听的。我不懂自然主义、表现主义、立体主义等等绘画的主义,但我懂得这个美术童话里人物的童心。

人们之所以把韩美林比作东方的毕加索,是因为他俩的身上的确有许多相像之处,比如天才、多能、真挚、浪漫等等,然而若以我言,他俩最为接近的一点，还数两人都永远惊世骇俗的童心不老。

也许前面所述的文老先生的好意我们能够理解，也无妨心领了，可是因此也就更有必要说明，毕加索并不是西方的韩美林。毕加索就是西方的毕加索，韩美林就是东方的韩美林，而他们又都是世界的毕加索、世界的韩美林。

世界的韩美林，首先他是中国的。清华大学美术学院教授邹文先生说："韩美林已经到了一种境界，不需要地位、钱财、名望，加上一位美丽妻子，便是真的什么都不需要了……"我看邹文先生深识韩美林，"真的什么都不需要了"，只有童话里的人或者创造童话的人才能做得到。由此可见，韩美林真的是个内心里永远充满了新奇感，从大千世界一路雀跃而来的大男孩，不知疲倦地奔跑出了一个不老的传说和一段流光溢彩的中国童话。

2014年7月

后　记
——打酱油者说

　　第一次参加中学的同学聚会，离开学校已有二十来年的光景了，走进当年的教室，真有点儿少小离家老大还的感觉。岁月是一柄无形的雕刻刀，许多同学都相见不敢相认了，提醒名字之后才蓦然惊喜，也还有的，无论如何想不起来曾还同窗共读，为了掩饰，脑子里已经放弃了手脚忙乱的回忆搜寻，脸上却装出一副记忆犹新的模样。有一位明察秋毫，看出了我的虚伪，笑眯眯地过来问我是否还记得她。我答当然。她不肯饶过，要我直接就说出她的名字。我张口即来，并愉悦地回忆如烟的往事，曾经因我不交作业、不遵守校规等，作为组长她不止一次陪老师或单独（也许是受老师委派）来家访，通报我在学校的不良表现。谁知她一口否认，声称从来就没有去过我家，根本不知我家住在哪一条路上，哪有什么家访一说？我明白她忘了，在班上我是年龄最小的一个，组长她性格善良，为人真诚，责任心强，对我的关照比对别人更多，家访这样的课余小事她一转身便可能抛到了脑后，我们没有理由要求一个人多少年后还能记住与自己无关痛痒的某些生活细节。而我没忘则是因为每次被家访之后，我都会痛恨她一段时间，恨得痛心疾首，恨不能化装成班干部也到她家去搞一次负面评价的家访活动。我记不清当年曾否悄悄地撕坏她的作业、扔掉她的书本或者不声不响地给她制造过其他小麻烦，但我不敢肯定没有，以那些年一个少年的顽劣和不知好歹，一切皆有可能，我知道光凭记忆，有时是靠不住的。

坐到当年自己的座位上，每名同学都要站起发言，叙述几句这些年来的工作、生活经历。我给自己做了一个简略的概括：工农兵学商，我都浮光掠影地游历了一遍。一个人如果有点儿好奇心而且运气又好，那便挡不住他总会身临其境地四处溜达溜达，想做什么时，都能获得机缘一偿心愿，包括他的个人喜爱以后还成为其衣食饭碗的本职工作，这可不是一般的运气。感谢生活，我就是人群大众中的这样一个幸运者。

除此之外，便好像没什么特别值得一提了。在学校时我就不太积极进取，贪玩，不但不力争上游，没有争当一名模范好学生的崇高追求，甚至连下游都不力争，甘做一名坏学生也是需要非凡勇气的，我这个家伙既缺乏决心又缺乏恒心，只适合逍遥自在。在整个校园读书的日子里，我唯独在初中时莫名其妙地当过两个月小组长——还是副的。上任和卸任几乎就是眨眼的工夫，弄得我挺糊涂，后来揣测，也许因为当时的班主任老师袁德伟喜欢我的作文，偏爱之心一时迷住了他智慧的双眼，做出错误的决定，惠赐一小位置以资奖励，但很快又发现我实在冥顽不灵，与其让我当一名班干部受拘束不如逐我回归本真，遂修正用人失察之误，免去副小组长职务，随我玩自己的去，爱干吗干吗。

在我所有的老师中，最心存感激的有两位，都是当年合肥师范附中初中班的教师，袁老师即是其中之一，另一位是初一上学期班主任老师姚诚瑞。我打小就是一个糊里糊涂的孩子，那年头学校对学生的管理不太严格，曾经家人不知道，我每天背着书包出去其实是很少走进校门的，逃学逃得罄竹难书，旷课旷得耸人听闻，基本上滑到了破罐子破摔的边缘，直到老师见我拉下的课程太多，忍无可忍地打算让我留级了，我还残存有一点可怜的自尊心，害怕以后背上"留级生"的名声,在小学的最后一个学期才心无旁骛地坐到了课桌前。初一因搬家我转学到了师范附中初中班,这是一所在当时社会背景下少见的学习氛围浓郁的学校,主要缘由是教师基本上出身于师范留校的"文革"前高才生,后来的1977年恢复高考,我的同学中表现上佳者不在少数,清华大学那年在合肥一共只分配了两个招生名额,结果均出自于我们班,由此可略见一斑。刚进这个陌生的集体我尤其自卑,却意外地在课堂上经常得到姚老师对我学习特别是作文的隆重夸奖,我这才晓得,原来啊原来,原来我竟然还不算是一个糟糕透顶的差生,渐渐增添了一些自信。继任班主任的袁老师,则是将我这种初级阶段的自信进一步地巩固和发扬光大,开始了我有理想有抱负的一个人生新阶段。我最早就是从那时起,生发出了将来要做一名作家的愿望,尽管这种憧憬还是模模糊糊的。

高中毕业我下放到潜山县黄铺区农场,那里只有我一个知青,独在异乡为异客的感觉格外强烈,为排解内心的寂寞我几乎每天都要写信或日记,在师范附中我已养成了认真写好每一篇作文的良好习惯,这时那些大量的信件和日记,也许可算是一种无心插柳的散文随笔的训练。

不过,我喜爱的却是小说,很少涉足散文随笔,有时凑一个趣罢了。我的第一篇见诸铅字的作品就是小说。倘若没冒出一个小插曲的话,处女作原本应该是另外一篇短篇小说,初稿的风格比较先锋,那时的意识流刚刚进入中国文学爱好者的视野,很受感染,实际上就是模仿出来的。请一位老人家看了,说是你不会写现实主义的吗,答曰会啊。于是改写,还是原来的题材原来的人物与情节,改成现实主义表现手法就是。投《安徽文学》,答复"留用"。20世纪80年代初在文学刊物上发表一篇小说是相当困难的,这简直是一件非常值得庆祝一下子的重大事件,我一兴奋又写了一篇,又投给了《安徽文学》。不久编辑部回了信,却把已经"留用"暂时尚未排上版面的那篇退回,而选择了他们更看好的第二篇。我错了，我这个人做事一贯随心所欲缺乏筹划，在某些方面实在是糊涂不浅，起码从经济学的角度看待问题，从来就不太懂得利益最大化。

俗话说，从小看到老，在我的身上，往往会冒出许多不确定性。一个人的人生仿佛总是带有某种宿命，飞蛾扑火般的热情经常驱使着我不停地东张西望，直至有一天终于醒悟了过来，说到底我还就是一个不求上进的人。我的朋友周志友周先生曾经当众揶揄我这人太容易受到诱惑，没个定性，这话已留了情面，他没好意思直截了当地批判我成天晃来晃去根本就是一个打酱油的。好在我已经有了自省，在一篇文章里我这样写道："……（曾经）以为万般皆下品，唯有文学高，写作是一切未竟事业中的最美好最崇高的事业。我就是类似这么一个愣头青，那时我并没有想象，今后写作从来就未能成为过我的事业，我完全就是一个打酱油的，而且还经常连酱油也不打，晃荡着腿脚倒买倒卖盐或醋去了。"

打酱油的甚至不比跑龙套的，龙套跑长了还寄存有指望，说不准哪天熬出了头，猛地甩开老长老长的水袖便成就了一名风光鲜亮的主角，打酱油的不行，打死了也绝对打不出一片锦绣山河。不过，世上一切事物必然有其正反两面的特性，这是辩证法，由不得你不信，大凡不幸沦落为打酱油者，一般都淡薄了对人生高远目标的追求向往，一句话，至少是没有多少功名心了，活得稍微放松自在一些。当然我要说，那个向往亦真的可以有，它既可以化作利国利民的强大写作动力，又完全符合有关"修齐治平"的中国知识分子传统人文的终极理想，丝毫不必介意。在这里我的意思，是想为自己的庸常找个开脱的借口：假如一个打酱油的写不好散文随笔，大概是可以被原谅的吧？

好在纵然打酱油，却不代表就不需要严于律己了，我写作的态度是端正和诚恳的，我都已经打酱油了，再随意地毁损文字太不道德。

人不怕拙，怕不真诚。我对自己的笔端是否无意中捎带出一些谵妄性，也诚惶诚恐地抱有一定的警惕，这本集子里的作品以前都在各种报纸杂志发表过，之所以集结取名叫"从侧面望去"，一是因为回头看看，发现许多文章里都不时穿插有一些回忆的色调，那么，当一个事件消失了很长时间之后，回忆肯定是完全真实的吗？我仔细地反复地思忖之后，却又觉得不敢保证了。这儿存在着有心理的、情绪的，还有记忆上的误差等等。或许随着时间的拉长，记忆中的有些事情，在时间拉长的过程中自身也变形了；或许好像是从侧面望去一样，角度已经不同了，有些部分凸显了出来，有些部分却被遮蔽住了。毋庸讳言，这里面还包含有少数应酬式的篇章，虽然为应酬而作，我亦是以认真创作的姿态落笔的，不敢有丝毫的懈怠。但既是由应酬而起，有时笔下可能难免会露出了一分"假"两分"装"。要真是假模假样，装腔作势，我自己也厌恶。是否收进来有过犹豫，后来想想还是收，第一个原因是看看自己的假装，若是脸能红一下说明这个家伙还有点救；第二个原因就很简单了，胆小，缺乏正视的勇气，心虚地从"侧面"望望过去的文字，或许能够掩饰一点怯意。

　　也就够了。打酱油者懂得知足。